MINGUO TONGSU XIAOSHUO
DIANCANG WENKU

民国通俗小说典藏文库·冯玉奇卷

黄金祸·镜花月

冯玉奇◎著

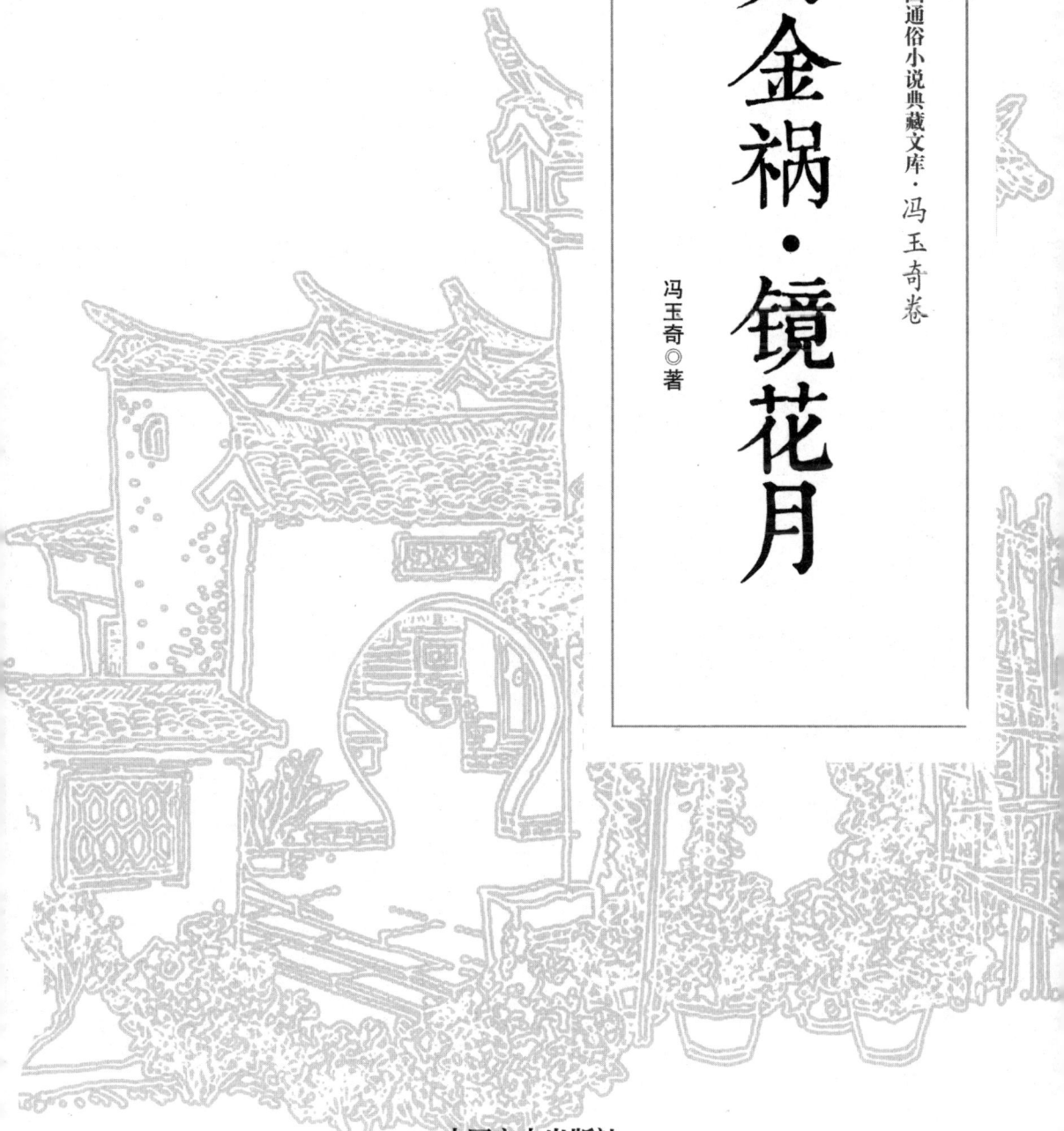

中国文史出版社

目　录

黄 金 祸

一 进谗言离间姐弟情

天色已经黑下来了，窗外已没有了阳光的影子，而且还有点起风，把那株高大银杏树的枝叶都摇摆得瑟瑟作响。何太太在房中整理着石福华所有的东西，玉明表面上是帮助母亲整理，实际上当然是怕母亲会在里面放什么重要的东西。换句话说玉明是在监视母亲的行动。何太太心中也确实有把贵重的物什送几样给福华的意思，但是有女儿在旁边站着，因此她就没有落手的机会，也只好心中暗暗不快而已。

"母亲，天晚了，明天再整理吧！我见你辛苦了一天，也休息休息吧！不要累出什么病痛来，倒又叫我们心中着急了。"

"照你们的行为看起来，就最好把我做娘的也和你舅舅一同赶出去，好叫你们快快活活地做人。假使我肯生病的话，你们心里喜欢还来不及，哪里还说得上这'着急'两个字?"

何太太对于女儿那种讨好的话，只感到无限怨恨，所以冷冷地笑了一声，讽刺地回答。玉明的面上有点惨然，她深长地叹了一口气。虽然她有许多话要向母亲细细地剖解，但是这种问题，一个做女儿的和母亲说，并且自己又是一个待字闺中的女孩儿家，事实上是很难说出口的。所以她在不知怎么一个感觉之下，便匆匆地走出房外去了。齐巧健生从外面进来，他见了姐姐，便问母亲在哪里。玉明向他努了努嘴，表示在房中的，一面向他招了招手，姐弟两人走到书房里。健生见姐姐还轻轻地掩上了门，开亮了电灯，这就向她低低地问道：

3

"姐姐，你有什么话对我说？母亲现在对我们的态度可曾缓和一点了吗？"

"当然没有这样快就会把她心中的怨恨消灭的，不过我们以后总不要再去冲撞她就是了。"

"那自然啰！我们本来和母亲没有什么恶感，只要石福华被我们赶走了，我们尽可以向母亲孝敬。姐姐，你说是不是？"

健生点了点头，好像特别兴奋的样子，笑嘻嘻地回答。玉明却微蹙了眉尖儿，好像尚有无限心事的样子，望了他一眼，认真地说道：

"弟弟，我以为你不要太乐观，因为石福华被赶，母亲也是极不愿意的，所以这情形恐怕将来尚有变化。假使此刻能够把家政权完全操纵在我和你的手中，那才可以高枕无忧。你听了我的话，不要以为我好像太不信任母亲。但你要明白母亲现在完全是用仇视的态度来对付我们，那么她说不定会把一切重要的物件又送给石福华，那时候我们倒反而弄得有口说不出了。所以我告诉你，这几天中，你不要糊里糊涂，对于家中的一切事物还要加倍注意才好哩！"

"姐姐考虑得很有道理，我们只要盯在母亲身旁，不准她一个人随随便便到外面去，那就不成什么问题了。"

"可是你这话未免说得太容易了，母亲不是三两岁的小孩子，她肯被我们监视吗？所以我觉得第一步计划，先要把阿根、杏春等仆人都买服了人心，使他们都可以附和我们来做一个手脚。第二步计划，是要把家政权请母亲交托出来，最好请她做一个现成人。那么石福华的手段再高明，恐怕也是不能奈何我们的了。弟弟，你以为我这些意思，都是值得研究的善后问题吗？"

玉明把一步一步的计划都向健生说了，表示她已经胸有成竹的意思。健生只有连连点头，却说不上心中有什么意见可以贡献。姐弟两人正在暗暗地商议，忽听门外有人笃笃敲了两声门。玉明问是谁，只听杏春在门外道：

"小姐，是我，少爷在里面吗？"

"杏春，你进来吧！有什么事情？"

"外面魏丽英小姐来找少爷。"

杏春随了玉明的一句话，便推门进来，见了健生，便低低地告诉。健生一听丽英到来，他哦了一声，早已连蹦带跳地走到厅上去了，这里玉明把杏春叫住了，她们在里面却说了许多的话。

健生到了厅上，只见丽英在团团地打着圈子，显然是十二分的无聊。这就急急地赶上两步，和她紧紧地握了一阵手，笑嘻嘻地说道：

"丽英，你怎么直到这时候才来啊？你还不知道吧！我们已经得到胜利了。你听了心中可欢喜吗？应该快向我道贺。"

"我早已知道了，因为我在家里先和父亲碰过了头，是父亲详详细细地对我说的。他说石福华这家伙真了不得，要不是我父亲也会说上几句话，倒实在有点难以应付呢！不过现在到底不费一兵一卒而获得全面的胜利，这当然可喜可贺。"

丽英见他这样高兴的神气，遂瞟了他一眼，笑盈盈地回答。她所以夸张石福华的厉害，那当然是更衬托她父亲的能干。健生似乎也懂得她的意思，遂竭力含了恭维的口吻，说道：

"可不是吗！但说起来到底是全亏了令尊大人的力量，把个狡猾得像一只狐狸的石福华居然赶出了我家的大门，这真不是一件轻而易举的事情。所以刚才我还和姐姐在说着我们应该谢谢老伯大人，而且更应该谢谢你。"

"我可不要你来感谢的。"

丽英笑了笑，逗给他一个娇媚不胜的白眼，这白眼和普通的大有不同，因为这里面并没有憎恨的成分，多半还包含了喜爱的成分，所以健生瞧在眼里，心中倒由不得荡漾了一下。丽英这时却想到了什么似的问道：

"健生，你母亲把石福华的东西可有整理好叫人送去了吗？"

"还没有哩！你问这个做什么？"

"是我父亲叫我向你随便问一声的，因为我父亲回家后想想，觉得这件事情没有经过法律去制裁他，恐怕石福华不肯甘心，而还要发生些什么事故出来，所以叫你们姐弟两人还应该随时小心一点才好。"

健生觉得丽英突然询问，显然是另有作用的，所以向她惊疑地反问。丽英笑了笑，遂把父亲的意思向他们转达。健生却毫不介意地说道：

"我想他已经离开了我们的屋子，而且至多在明天就要把他这些东西送还给他，那么从此可以说是脱离关系了，他要再来和我们闹，恐怕也是无从闹起的了。"

"瞧你这人多傻的，因为他已经离开了这间屋子，他一切都可以不用顾忌，这样在我的猜想，以为他更可以有恃无恐地闹起来了。"

丽英向他埋怨，她芳心里似乎有些怨恨健生一切太随便疏忽，好像在他心中并没有一点儿考虑。健生却认为这是女孩儿家一种固有的多心病，遂笑了一笑说道：

"难道他还会用什么法子来跟我们争夺家产吗？"

"你这人越说越傻了，他假使要明明白白地来跟你争夺家产，那么他今天也不肯就此匆匆地离开这间屋子了。就只怕他小人之见，偷偷地躲在冷角落里向你放暗箭，那岂不是讨厌？虽说这是一种多余的顾虑，但是在这一个黑暗的世界上，魑魅魍魉布满了四处，都是人面兽心，所以你是不得不防的。"

从这一点看起来，丽英虽然是个十七岁的小姑娘，她的肚子里倒也着实有些心计。和丽英相较，健生是及不到她一根汗毛。所以一时他倒又急了起来，搓了搓手，表示很忧愁的样子，说道：

"假使他果然有这一种险恶的存心，这这……可怎么办呢？"

"我瞧你这人也太有趣了，刚才是一点儿也不放在心上，但此刻倒又急得这个样子。我对你说，急的时候不必太急，疏忽的时候也没太疏忽，事到临头总有个解决的办法，那怕什么呢？"

健生听她又这样向自己安慰，一时也就放下心来。丽英见他这样没有主意，倒忍不住暗暗地好笑，认为将来自己要操纵健生一切也是很容易的事情。这时健生向丽英又说道：

"你为什么老是站着？请坐一会儿吧！我还有许多话要跟你说呢！"

"你的姐姐呢？其实我马上要走的。"

丽英口里虽然这么说，她的身子却退到沙发上坐下了。健生靠近她的身旁，低着头，笑道：

"姐姐在书房里，你这会儿急急的又要上哪里去游玩去？"

"人家功课还来不及做完，哪里有工夫去玩呢？"

"我想今天你是应该吃了晚饭走的。"

"还说不定。哎，健生，你妈现在的情形怎么样？我爸爸说石福华走的时候，她竟痛心得昏倒了。我想这……也许他们的情分太好一点了吧！"

丽英哎了一声，又问起何太太来。当她说到末了的时候，秋波斜乜了他一眼，嘭了嘭小嘴却忍不住嫣然地笑起来，在这笑的意思当中至少是包含了一点神秘的成分。这叫健生的脸儿羞惭地红起来，微微地叹了一口气，却并不作答。丽英生怕他心中不快乐，遂故意这么说道：

"其实我说这也怨不了你母亲，你们做儿女的似乎也太狠心一点了。"

"啊哈！你怎么也会有这一种论调？那倒叫我有些不大理解了。"

"为什么我不能这样说？你们把舅舅赶走，难道还能算是一件很应该的事情吗？"

丽英表面上虽然是一本正经地向他说，但她的嘴角旁已忍熬不住地几乎要露出一丝笑意来。健生有些着急，但也有些奇怪，怔怔地说道：

"丽英，昨天我告诉你这一个舅舅的来处，你难道还没有听明白吗？假使他真是我娘舅的话，我们也绝不会用这一种手段去对付他的。所以你今天再来埋怨我，那你也太不应该了。"

　　"我偏要这么说，你便把我怎么样？"

　　"哦，你说，你说。"

　　健生见丽英这种撒痴撒娇的样子，心里才明白她是故意和他捣乱着闹玩笑的，在爱人面前，这似乎是应该认错几分的。当然啰，假使她说太阳是出在西方的，我也应该附和说是对的，何况是这一点小事情呢！所以赔了笑脸，还向她一味地奉承。丽英这才把绷住了的粉脸展开了，她几乎哧哧地笑出声来，在笑过了一阵子之后，方才坐正了身子，把手掠了掠鬓边的云发，正经地说道：

　　"健生，笑话归笑话，正经归正经。昨天晚上，我们好好地分手时，谁知隔不了多少时候，你家阿根便急匆匆地到来。我接到你这一封求援信之后，真为你急得了不得，我怕你被他软禁在书房里，说不定会有加害你的举动，所以我曾经要求父亲设法先来把你救了。后来经父亲的解释之后，我才放下心来。起初我还不明白你姐姐怎么会动武去打石福华的头部，直到你姐姐被我爸爸保释回来，她把详详细细的经过都说给我们听了，我才明白石福华这个王八蛋简直是畜生，不但该打，而且可杀。打破一点头，流了几点血，算不得什么稀奇，就是把他脑袋割下来，也没有人会去可惜他呢！"

　　"对了，对了，你这些话才是公公正正毫无私见的，所以这种人若不趁早把他驱逐，恐怕我们的前途是非常的危险了。后来我姐姐不是和你睡在一张床上吗？"

　　健生说到末了一句，又转变了话锋，他的心里是另有一番作用的。丽英笑了一笑，瞟了他一眼，点头说道：

　　"是的，因为我们爱热闹，所以凑在一块儿好说话。"

　　"那么你们可曾谈起关于你我的问题呢？"

　　"没有谈起，我和你有什么问题好谈呢？"

丽英的粉脸像玫瑰花朵般娇艳起来，秋波逗给他一个娇嗔，摇了摇头，显然有羞涩的意思。健生似乎明白女孩儿家喜欢闹这惺惺作态，遂笑了一笑，也不作答。过了一会儿，健生忽然想着了什么似的大笑起来。丽英有些奇怪，抬头向他问道：

"你笑什么？难道你是痴了？"

"当然有一个缘故，石福华简直是在做梦，他要和我联络感情，所以要把他的女儿来给我做妻子，你想这不是滑天下之大稽吗？亏他想得出来！"

健生这才毫不考虑地说了出来。丽英在昨天和健生吃晚饭的时候，已经为了笑莺而和他吃过了一回醋，此刻被他又这么一提，她的心中立刻感到酸溜溜起来。于是撇了撇嘴，微微一笑说道：

"这不是一件很好的美事吗？他是你的舅父，又是你的岳父，亲上加亲，这门亲事，提了灯笼，怕也没处去找呢。真是恭喜你！恭喜你！大概我们可以吃喜酒了。"

"丽英，你这是什么话？不是使我心中太难堪了吗？你明明来挖苦我，这会子我可不答应你。"

"你不答应就算了，难道你忘记了曾经要我向你答应的那个时候吗？"

健生假生气，并不发生多大的效力。谁知丽英比他的脾气更大，猛可从沙发上跳起来，还哼哼地响了两声。这下健生低了头，只好连声地说不敢不敢。丽英见到他那小丑般的神情，倒又好笑起来。健生见她笑了，胆子便又大起来，遂笑嘻嘻地说道：

"照理你是不应该对我生气，而今像我已到了这个环境之下，你是应当特别感到欢喜才好。"

"我不懂你这话是什么意思，我为什么应当特别欢喜呢？"

丽英微蹙了眉尖儿，故作不了解的神气，瞅住了他怔怔地问。健生哈哈地大笑了一阵，握了她的手，很得意地说道：

"这还有什么不懂呢？我告诉你，第一，我在家里获得了自主之

9

权。第二，这个石笑莺跟了她父亲也一同被我们赶走了，那么在你至少是赶去了一个情敌……"

"什么情敌不情敌，这可是你自己说的，可见你对她至少也有一点爱的思想。"

"啊哈，丽英，你千万不要冤枉我，我假使有爱她的意思，那我一定不得好死。因为有她碍在我们中间，至少是眼睛里一粒沙泥，所以现在我把沙泥都擦去了，当然我们两个人的婚姻是可以很顺利地进行了。"

健生听她这样说，这就更加急了起来，连忙向她解释。丽英沉吟了一会儿，微微摇了一下头，说道：

"你以为我俩的婚姻不会有什么阻碍了，其实我说不然，因为赶走石福华的主动人虽然是你们，但代表人却是我的爸爸，那么你妈的心中当然会把我爸爸视作仇人一样地痛恨。你想，她怎么会要一个仇人的女儿做她的媳妇呢？"

"你这话虽然很有道理，不过现在是二十世纪了，婚姻在相当年龄是完全有自主权的。我要与你结婚，母亲当然不能坚决地表示反对，假使她真要从中作梗的话，我们可以到外面去组建小家庭的。"

丽英见他这种说话的表情，也可见他对爱的专一，于是默默地也不说什么话了。过了一会儿健生又向她低低地问道：

"为什么默不作声，你心中有些不高兴吗？"

"倒不是为了不高兴，因为我有一件心事在肚子里，却又不好意思说出口来。"

"不好意思？这是为什么？你在我面前不说，那么你还要在什么人面前才告诉出来？"健生见她欲语还止的表情，遂很怀疑地望了她的粉脸急急追问。丽英未说话之前，先浮现了一层桃花的色彩，然后低低地说道：

"前几天我和几个同学在一块儿游玩，大家说起个人的知己来，我当然宣布的就是你……"

"真的吗？我原来在你心目中已经刻画一个印子了。"

"为什么这么喜极欲狂的样子？不要打断我的话，我还有话要告诉你哩！"

"那么你快说，你快说。"

"她们问我是个怎么样的人，多少年纪了，叫什么名字。我把这些都告诉了她们，而且还把你一张小照给她们看，她们都很羡慕，说你生得很漂亮，我听了自然十分得意，索性很骄傲地说我和你快要订婚了。她们不相信，我说你立刻就要送我一枚很大的钻石戒指，而且我和她们还打过赌，所以……这……这……还不是一件很大的心事吗？"

健生这才完全明白了，虽然满心眼里充满了甜蜜，但是要我送她一枚金刚钻戒指，这倒是一件困难的事儿。并不是说自己不肯送给她，实在因为经济权还操纵在母亲的手里。不过在爱人面前，尤其是已经有了十分之十希望的爱人面前，他怎么可能给她失望？就是在自己的立场上也绝对不肯失面子，所以他不假思索地就回答道：

"你真也大惊小怪的，那也算不了是一件心事啊！你放心，过三天，我一定可以买给你，让你在同学们面前骄傲骄傲。"

"真的可以吗？"

丽英听他这样爽快地答应了，一颗芳心真有说不出来的喜悦，遂跳了跳脚，十二分高兴地问。健生把她手握了一阵，也微笑着说道：

"当然是真的，我怎么能够欺骗你？这不但叫你失面子，而且我也塌不了这个台啊！"

"好，凭你这一句话，我很相信你，那么我要走了，三天后再见。"

"为什么这样性急呢？我不是叫你吃了晚饭再走吗？"

健生见她回身要走，遂把她拉住了，低低地劝留。丽英摇摇头，说今天晚饭不能吃，你母亲见了我是不会表示好感的。健生听她这样说，倒也觉得不错，遂一路送她出来。在大门口的时候，丽英又向健生叮嘱道：

"健生，对于这一件事情，你可不要给我父亲知道，因为我父亲知道了，他是要责骂我的。所以我也不是真的要你送给我，只给我去向同学们装一装样子，让我赌赢了再还给你。"

"不，我说送给你，我怎会要你再还给我？"

"我还给你，你藏起来，等我们正式订婚的时候，你再正大光明地送过来，那不是很好吗？"

健生听她这样说，倒忍不住好笑起来，益发信任她是个天真无邪的女孩子，绝不是一般开"条斧"可比的，于是点点头答应了，说："这样也好，那么我送你一程吧！"丽英道：

"你看天色不早了，回头家里等着你吃晚饭，不要找不着人。"

"那不要紧，大不了我叫他们再烧来吃。"

丽英瞟了他一眼，有些不胜娇媚的样子，嫣然笑了。健生心里的甜蜜不住地荡漾，挽了丽英的手，便且谈且行地送了过去。

健生和丽英挽手同行的后影，瞧在匆匆坐车到何公馆来望玉明的祖同的眼里。他付了车资，对两人望了一眼，便叩门入内。到了大厅，齐巧玉明从里面走出来，遂含笑叫道：

"玉明表妹，你没有出去吗？"

"不，章先生，请你不要再叫我表妹，因为我和你从今天起，是没有一些亲戚关系了。"

玉明是个爽快的姑娘，她听祖同还这么称呼，遂直接回答道。祖同倒是吃了一惊，以为她和自己完全决绝了，这就急急地说道：

"这是为什么？难道我有什么地方得罪了你，所以你就和我绝交了吗？"

"并不是为了这些缘故，难道我们和石福华的事情你一些儿也不知道吗？"

"不知道，真的一些儿也不知道。"

祖同还是愕住了脸，至少他的心里还有一点慌张的成分。玉明笑了一笑，叫他坐下了，一面把今天经过的情形，都详详细细地告诉了他，然后又说道：

"现在你总可以完全地明白了，我和石福华的关系是一点儿也没有了，那么你本来是福华的嫡亲外甥，换句话说，你和福华是亲戚，和我们不是亲戚。当初纸窗还糊着，那么大家也不便戳穿，现在既然完全解决了，那么我们似乎也不应该再含混下去。章先生，你说对不对？"

玉明说到这里，还故意叫了一声章先生，转着乌圆的眸子得意地问。祖同哦了一声，点了点头，他似乎并没有什么连带关系的，还用祝贺的口吻，说道：

"想不到迅雷不及掩耳地竟解决得这样快，那么我现在就该叫一声何小姐了，不，其实以我们的交谊而说，算我虚长了你几年，就叫你一声名字，也不能算失礼吧！玉明，并不是我讨好你，我觉得今天能够这样痛痛快快地解决，这是你们的幸福，确实我应该向你们深深地道贺。你不要以为我是石福华的外甥，好像就是石福华身边的人，其实我对他的行动早就看不入眼，那并不是我放的马后炮，在过去我也时常对你这么说的。尤其在今天听了你的话之后，他竟要调戏到你的身上，预备'全家得'，这种禽兽都不如的行为，真可说是杀不可赦的！现在你居然能驱逐这一只豺狼，我真替你高兴极了。"

祖同也是很会说话的朋友，他竭力攻击石福华的罪恶，同时也反衬自己对玉明的忠心。玉明笑了一笑，不过她的脸上也有些玫瑰的色彩，这当然是因为祖同说的这一句"全家得"的话，但她还是镇静了态度，用毫不介意的神气，说道：

"石福华这种歪曲的阴谋到底敌不过正义的判决，所以他今日知趣而退还是他的聪明，假使和我们闹到法庭里去的话，恐怕他也是要败诉的吧！"

"这是当然的事情，就是他要和你正式地法律起诉，我至少也可以给你做一个铁一般的人证。"

玉明虽然并不知道他说的是否是真心话，但在今日已经解决问题之后而向她说这一句话，那至少是一种讨好。所以玉明对他也并无十分好感，淡淡地一笑，瞟了他一眼，包含了神秘的口吻，说道：

"假使我们真的和石福华打官司了，说不定你会到杭州游玩西湖去了。"

祖同明白她这种俏皮的话，是她表示并不信任他的意思。要想辩白，似乎也不大好说，因此低了头，倒是暗暗地纳闷了一会儿。玉明见他这种颓然的样子，倒不免有点懊悔不该这样去难堪他，遂搭讪着道：

"章先生，你此刻打哪儿来?"

"我在行里落了办公室，因为想着昨天晚上也许我有使你心中不快活的地方，所以特地来向你表示抱歉的。谁知我却料不到会得着这样一个好消息，所以我是非常代你高兴的。这和一个强盗奔进了家又被警察捕了去一样幸运，所以我觉得你们的前途是决不会像以前一样黑暗了。"

祖同听她又向自己来谈话，这给自己又是一个奉承的好机会，所以他抬起头来，笑嘻嘻地说。玉明这才展现了一丝笑容，点点头，说道：

"你这一个比方很对，他简直是和强盗一样可恶。不过从国际局势看起来，我国也许可以取得最后的胜利。那么石福华就可以比作日本人，我想总有这么一天，日本人会完全从我们的国土撤退，而处于战败国的地位。"

"你的比方似乎更有意思一点，我想在不久的将来，日本人也会像石福华一样狼狈而退的。"

祖同也忍不住笑起来。玉明似乎还有一层深切的思虑，她绷着脸，微微蹙了柳眉，却又轻轻地叹了一口气，说道：

"不过胜利的日子虽然不远，但是忧愁的日子也在眼前。"

"你这是什么话？我倒有点不明白你的意思，你说的是你的家，还是我们的国家？"

"我的家也是这样，我们的国家，恐怕也会有这一种情形。"

"你说的好像是另有作用，那我更加不明白了。"

"这有什么不明白的？石福华虽然被赶了，但我的母亲却对我们有仇视心理。所以我怕外头人赶跑了，自己人说不定会内乱起来。"

玉明见他真的并不了解自己的意思，遂向他老实地说了这一切。祖同点了点头，表示代为有些怨恨的样子，说道：

"我说你母亲似乎也太想不明白了，难道她不想想自己已经是四十多岁的年纪了吗？一个人老了终要自己亲生儿女来侍奉，怎么还能以仇视的态度来对待你？难道她百年之后，自己会爬到棺材里去不成？哦，玉明，我似乎说得太过分了，你可不要见怪。我想这也许是因为事情发生在新近的缘故，假使日子一久之后，她的神经自然也会恢复到正常来的。"

"但愿能够这样，那当然是最好的了。所怕的就是她一颗心未死，还要把家中的东西弄出去给石福华，这就叫我们彼此都很感到难堪了。"

祖同说到这里，立刻又把愤激的态度转变得缓和了一点，表示对玉明的长辈不应该这样放肆。但玉明却并没有注意到这些，点了点头，似乎她在忧愁另一个问题。祖同说道：

"我想这也许不会的吧！倒是你的弟弟，他有了魏律师做后盾，而且魏小姐又是他的爱人，你倒不能不防他们对你有所见外的行为。"

"章先生，我以为你不应该对我说这些话，因为我和弟弟完全是团结一致的，你虽然是一片好意，但在我听来，倒好像你是在离间我们姐弟的感情。"

祖同因为健生平日对自己毫无好感的原因，所以暗暗地怀恨在

15

心，他在有意无意之间，向玉明搬弄是非。玉明是个胸有成竹的姑娘，她当然有她的主见，所以立刻把脸一沉，表示很不高兴，向他直接责备了。祖同心中别别地一跳，红了脸，急急地说道：

"玉明，你千万不要误会我的意思，那叫我不是无颜再做人了吗？因为我在门口见你弟弟和魏小姐挽手同行，低低私语，怕他们对你有不利的行动，所以我是一片好意来提醒你。谁知你倒反而来说我离间你们姐弟的感情，那不是太冤枉我了吗？"

祖同明明在挑拨是非，他偏偏还要强辩，说是一片好意，从这点可知他居心险恶。玉明淡淡地一笑，逗了他一瞥轻视的目光，说道：

"真是多谢你了，还要你来提醒我。不过这也许是你神经过敏的缘故，因为他和丽英小姐的爱情是很公开的，我做姐姐的也极力希望他们成为一对。至于她的父亲魏律师，人家也是上海有地位的人，而且家里也不算穷，或许比我家更要好一点。所以人家也绝不会来谋夺我家细微的产业，这一点我以为你尽管不必为我们费心。"

"是，是，这是我太热心的缘故，所以反而蒙受了一种莫大的嫌疑，这当然是我自讨苦吃，不过也可说是一个教训。"

玉明的话相当厉害，叫任何人都有点吃不消。所以祖同的两颊像喝醉了酒一般绯红起来，他表示认错的意思，连说了两声是，显然也有点不乐意的神气。但玉明不是一个柔弱的女子，她也很气恼地站起身子，说道：

"对不起，你请坐一会儿，我还有一点事情，失陪了。"

"玉明！玉明！"

祖同这才急慌了，向她叫了两声，但玉明当作没有听见一般自管向大门外走了，这里祖同倒是呆呆愕住了一会儿，暗暗地懊悔起来。因为他们姐弟的感情在没有发生裂痕之前，当然是不会受外界的进谗而彼此顾忌的。唉，我何必这样性急呢？现在触犯了她，恐怕是很难有转圜的地步了吧！想了一会儿，也只好怏怏不乐地去了。

祖同走后不上三分钟，何太太从上房里走出来，见四下没有人，遂叫了两声杏春，杏春从厨下出来，问道：

"太太，你有什么吩咐吗？"

"少爷呢？"

"不知道。哦，刚才魏丽英小姐来找少爷，他们两人在大厅上说话，此刻也许是一同走出去了吧！"

杏春在说过了一声不知道之后，她又想到了似的，对何太太低低地说道。何太太平日对这位丽英小姐倒也很有一种好感，不过此刻听她一提起了丽英，心中立刻有一股子怒火冒到头顶上来。因为今天福华被儿女们赶走，家骅算是一个最有力量的帮凶。至于健生、玉明和家骅的认识，那当然还是因为丽英的关系，所以她想到这里，简直把丽英当作仇人一样地憎恨，怒气冲冲地骂道：

"这个小贱人简直是个白虎星，她还没有进门来，就把我这个家拆得四分五裂了，假使她真的和健生结了婚，还不得把我们娘儿俩活活克死吗？杏春！我对你说，以后如她来找小姐少爷的话，你给我把她骂出去，有什么事情，都说是太太的主意好了。"

"是是！我一定这样说。"

杏春口里虽然这样说，心中却在暗暗好笑。何太太在愤怒过了一会儿后，又向杏春问道：

"那么小姐又到哪里去了？"

"小姐刚才在书房里，而此刻却不知道。"

"你给我到书房里去瞧瞧。"

杏春答应了一声，遂匆匆地去了。何太太一个人在大厅上坐着，吸了一支烟卷儿，两眼呆呆地望着当中那副对联，显然有所沉思的样子。不到一会儿，杏春又匆匆地出来，摇摇头说道：

"小姐此刻没有在书房，我到她卧房里也去看过了，也不见她的人影，也许和少爷一同出去了。"

"哦，你去把阿根叫来。"

何太太应了一声，一面心中又想：难道这两个不孝子还有什么花样来捉弄我吗？想时，杏春已把阿根叫来，问太太什么事情。何太太说道：

"舅老爷早晨走的时候来不及拿许多东西，现在我把他的东西全都整理舒齐了，一共九件。你此刻趁空没有事情，就给我坐车去跑一趟，把这些东西都交给舅老爷点齐了。"

"不知叫我送到什么地方去？有路名吗？"

阿根低低地问。何太太把福华留给她的纸条交给他，阿根看了一遍，遂匆匆去叫了一辆老虎车，然后由杏春等帮忙把九件行李放到车上装好。何太太最后又摸出一个银行存折，很郑重地交给阿根，叮嘱道：

"这是一个中央储备银行存折，里面还有九十五万四千六百元现款，你要亲自交给舅老爷，而且你还要叫舅老爷给我一张回条。这些事情，你可千万别给小姐和少爷知道。"

"好的，好的，太太。那么你给我一点车钱吧？"

阿根听了，趁此向她要挟的样子。何太太遂给他车钱，并且再三叮嘱了一回。阿根连连答应，遂在后面押着老虎车向大门口走出去了。何太太站在大厅上，干完了这一件事情，好像全身感到无限轻松，脸上不自然地露出一丝笑容来。但当她回头见到旁边的杏春之后，立刻又一本正经地说道：

"杏春，你不许在少爷小姐面前搬弄是非，知道吗？否则，我可揭你的皮！"

"不会的，太太！"

杏春摇了摇头，很胆小地回答。何太太正欲回身到上房里去的时候，忽然又记起一件什么事情似的，对杏春急急地说道：

"杏春，你快赶上去给阿根说一声，叫他把东西拿出来的时候，有一只汉代的花瓶，当心一点，千万不要打碎，这是舅老爷最喜欢的一只古董。"

杏春说了一声晓得，便匆匆地追出大门来。谁知阿根押着的那辆老虎车却被少爷在人行道旁扣留了，好像正在向阿根详细盘问的样子。杏春知道出了乱子，遂躲在街树旁边，听他们说话。因了杏春这一偷听，又引出了下面许多曲折的故事来。

二 为私心手足起裂痕

健生送了丽英走后，一个人漫步踱回家来。这时暮色已笼罩了大地，太阳躲到西山脚下去了。迎着微微的夜风，想起了答应丽英的一枚钻戒，在三天之内叫我想什么办法去跟母亲要钱买这华贵的东西呢？一时由不得轻轻地叹了一口气。不料当健生走进自己家大门口的时候，忽然见阿根押着一辆老虎车，从公馆里走出来。见老虎车上装着许多衣箱、网篮、被包之类，暗想，难道是给什么人搬去了不成？于是走了上去，把他们拦住了，说道：

"阿根，你把这许多东西搬到什么地方去？"

"哦，少爷，这……这……是太太叫我送到舅老爷那边去的。"

阿根想不到一走出大门就会和少爷遇见了，好像少爷特地等候着的一样，所以心中别别地一跳，他说话的声音，不免带有些颤抖的成分。健生见他这样惊慌的神情，显然是因为心虚的缘故，这就觉得他的形迹可疑。遂冷笑了一声，故作恶狠狠的样子，说道：

"好，好。阿根，你的胆子可也不小，竟然和石福华串通一气，将我家东西都私自搬运出去吗？你难道不怕犯法吗？要知道现在是我的一切主权了，你……你难道忘记昨晚对我所说的话了吗？"

"少爷，你不要红口白舌地冤枉人，这根本是太太叫我送到舅老爷那里去的……"

"放你狗臭屁！你……还甘心叫他作舅老爷吗？"

健生不等他说下去，就向他啐了一口，怒气冲冲地骂起来。阿根急得涨红了脸，嗫嚅着说道：

"我说错了，我……说是送到石福华那里去的，这完全是太太的主意，和我是毫不相干的。少爷假使不相信的话，你可以和我一同到里面去问太太的。"

"哼，现在是我可以左右你一切的了，我问你，太太可有什么书信叫你带给石福华吗?"

健生当然知道这完全是母亲的主意，之所以这样咬阿根一口，也无非是想威吓威吓他的意思，好叫他以后不敢再编一句谎。果然阿根急得连忙把袋内的那张字条拿出来，但是因为慌忙的缘故，不知不觉地把那个银行存折也带了出来，不过他自己还不知道，十分坦白的样子，说道：

"太太没有什么书信交给我，你不相信，你可以拿去看的，这是石福华在什么地方的一个地址。"

"啊！这是个什么地方的银行存折? 你是从哪里来的?"

健生却早已一眼看见了，这就伸手把存折抢了过去，急急地追问。阿根这一急真是非同小可，顿时额头上的汗点也像蒸汽一般流了下来，口吃地说道：

"这……这……这……是我自己的，没有多少存款，你……快还给我吧。"

"少爷我可不是强盗，难道会抢了你的不成? 不管是谁的存折，给我看了就明白了。"

健生见他伸手要来夺回的神气，遂狠狠地把他的手打了回去，一面抽出存折，一面翻开来看。他也不用瞧存款的数目，一见是母亲的户名，他就立刻把阿根衣襟一把扭住了，瞪着眼睛说道：

"好，好，你……偷盗我家的财物吗? 这回我可以抓你到警察局里去了。"

"不，不，少爷，你快放手，我可以老老实实地告诉你。"

阿根被健生一把拉住了衣襟，知道事情已经弄僵了，于是只好向他诚实地说。健生听了，遂缓和了一点面色，问下去道：

"那么到底是怎样一回事？只要你告诉了我，一切就不与你相关了。"

"是太太叫我拿去给石福华的，因为太太事先关照我，叫我不许告诉小姐和少爷知道，所以我没有法想，只好向少爷说了一次谎，其实我根本没有一点儿好处的。"

"啊，想不到是这么一笔可观的数目。好，阿根，你去吧！"

健生在阿根告诉的时候，他向存折内一看存款的数目，就不由啊了一声叫起来。一面把存折在袋内一藏，一面向阿根挥了挥手，是叫他可以把老虎车押着走了的意思。阿根急得把健生衣袖拉住了，显出那副哭笑不得的样子，低低地说道：

"少爷，你要把这笔款子留下来，我并不反对。不过太太曾经对我说，有要石福华写一个回条，假使石福华在回条上并没有写着收到一个存折的话，那太太不是要误会我从中揩油了吗？因为这不是一个小数目，叫我吃这一笔赔账，那不是要我性命一样吗？"

"傻子，你不能胡乱造一张字条吗？好在母亲除了几个普通字认识，她就根本不会这样细心去研究这些的。怕什么？不过我也明白你的意思，等你送回来了，我……"

健生说到这里，在他耳朵旁又低低地说了一阵。阿根连说"那倒不在乎"，他脸上浮现了一丝笑容，这真是所谓钱能通神的一句话。阿根不再向少爷啰唆，就押了老虎车向前走了。健生眼望着阿根的身子在暮色之中消失了，不由深深地吐了一口气，暗暗地想道：这也许是老天爷帮我的忙吧！我正要预备一笔钱去买钻戒，谁知道就会撞破了这一个秘密。这本来是我父亲遗下来的钱，我就是这样拿了，也不会对不住什么人的。健生这样想着，便慢步走进大门去了。但是这一回情形，又被站在后面的杏春发觉了，因此下面的事情就闹得更大了。

阿根把老虎车押到刘太太的家里，原来福华给何太太的地址，也就是刘太太的家里。这时候石福华正在刘太太家中吃晚饭，因为刘太太的丈夫到苏州收账去了，所以福华带了女儿预备在她家中暂时耽搁几天，慢慢地再寻房子。他正和刘太太怒气冲冲地谈着这一件事情，忽见阿根带来许多东西，知道这是何太太给他整理来的，一时更起了一种悲凉之情，向阿根问了几句。阿根为了避免麻烦起见，就一百廿个说不知道，一面向他要一张回条，遂匆匆地走了。这里福华把所有东西都暂搁客堂上，想想何太太的好处，几乎欲流下泪来。但又怕刘太太在旁边见了取笑，所以只好竭力忍熬住了。这时候忽然见笑莺和祖同匆匆地走进来，福华奇怪地问道：

"咦，笑莺，你下午到什么地方去了？是不是在找祖同？"

"不是，我因为心中烦闷，所以去瞧一场电影，谁知散戏出来，却在马路上和表哥遇见在一块儿了。"

笑莺凭着她过去一贯的作风，依然很高兴的样子回答。祖同向福华叫了一声舅父，一面又向刘太太招呼。刘太太叫仆妇添杯筷，让两人坐下来一同吃饭。福华向祖同望了一眼，用了一种感伤的口吻，说道：

"祖同，对于这一件不幸事件的发生，笑莺大概告诉过你了吧？这次你舅父真是太受委屈了，我非报复一下不可，但不知道你有什么良计来贡献给我呢？"

"舅父，你不要难过，常言道，君子报仇十年不晚，那么我们总得慢慢看机会行事。随便什么事情，欲速则不达，那是有一定的道理的。"

祖同今天从何公馆里是受了玉明的气匆匆地出来，谁知道在马路上和这位热情的表妹又遇见了。笑莺是因为在健生那里得不到一点暖意的安慰，所以对祖同这位表哥更显得分外亲热。祖同虽然对笑莺并没十分好感，只不过因为在玉明那里受过了一点刺激，所以对于笑莺也自然而然地表示亲密起来了。这时祖同听福华对自己这样问，遂也向他低低地安慰。刘太太在旁边插嘴道：

"章少爷的话很不错，他们现在虽然占了上风，但明儿总也有个缺点的时候，只要一口气不断，难道会怕报不了仇恨吗?"

"是的，我想总有给我出一口气的日子。"

福华咬紧了牙齿，表现出一副痛恨的神气。刘太太在旁边劝他还是喝酒，说吃完了晚饭，打十二圈麻将，解个闷儿吧！于是大家也不说什么了。晚饭毕，刘太太给福华拉拢了一局麻将搭子。这里剩下了笑莺和祖同没有事情做，一时见时钟还只八点三刻，祖同趁着酒兴，遂约笑莺到外面跳舞去。笑莺本来是个爱动不喜静的姑娘，一听他这样说，那真是求之不得的，当下向福华说了一声，便和祖同匆匆地走出去了。

这里是一个青年男女沉醉迷恋的场所，爵士音乐的声音奏得那么的疯狂，脂粉的香味是那么浓郁，霓虹灯的光芒照映得那么优美和神秘。一切一切的景物，都足以令人心醉神眩。祖同和笑莺坐在舞厅的一角，他们在家里已经喝过了一点酒，此刻还是握了啤酒杯凑在嘴边一口一口地喝。啤酒在欧美人士是夏季当作茶喝的，不过在不会喝酒的人喝来，至少也有一点醉的功效。所以笑莺的两颊是比玫瑰花更要显得娇艳一点。她的秋波，水汪汪地饱含了无限的春情。她依偎在祖同的怀里，简直全身都软化了似的。祖同被她这样挑逗，心里一阵奇痒，全身每个细胞都感觉紧张起来。他几乎有些不能自持起来，伸手在她的肋间抚摸，虽然不敢公然大胆地去捏她这紫葡萄般的一粒，但旁边具有沙利文面包模型似的东西，至少是给他揩去了一点油。笑莺似乎有点觉察到他的顽皮，这就嗯了一声，逗给他一个白眼，说道：

"表哥，看你平日倒是怪一本正经的，可是今天你却对我不老实起来了。"

"谁叫你全身都靠在我的怀里？我是扶你起来的意思啊。"

祖同一面笑嘻嘻地说，一面还索性把两手去环抱她的腰肢。笑莺笑得哧哧地发出声音来，其实这些都是轻佻的表示，所以一个男子会对她失去尊重的观念。祖同笑道：

“表妹，我觉得你今天夜里比平日更加美丽了。”

“哼！谁要你拍什么马屁！我早已知道你是爱上了玉明这个不要脸的贱女子。”

笑莺知道他这些话多少带有些灌迷汤的成分，所以啐了他一口，恨恨地回答。祖同却把她的纤手抚摸了一会儿，还是贼秃兮兮的样子，笑道：

“玉明这种女子哪里有资格配我去爱上她！你不用吃这一罐子干醋的。不是我当面恭维你，你看她哪一样及得上你？说年龄吧，你比她年轻；说容貌吧，你比她漂亮；说性情吧，你比她温柔得多。她这种冷冰冰的面孔，纵然是长得天仙化人般的美丽，也会叫人感到讨厌极了。所以我说你才是一个十全十美的好姑娘，不知谁有这样好福气才能娶你去做妻子呢？”

“好了，够了，够了，我听得几乎有些头痛了，可是你还没有把最要紧的一点说出来，是我没有像她那么有钞票。”

笑莺把过去所受的委屈，在今夜全都发泄出来。因为这一句话是说在祖同的心眼里，所以他也只有傻笑。笑莺又白了他一眼，哼了一声，噘着小嘴儿，说道：

“我可没有挖苦你吧？你自己想想你的居心就明白了。”

“你这样冤枉了我，还说没有挖苦我，你这人也未免把我的人格看得太轻了。老实说，玉明也无非有这几张钞票，这算得了什么稀奇，明天和平之神一降临了大地，还不是和锡箔灰一样不值钱了吗？况且有钱人家的姑娘，最难侍候，我看了最不入眼，好像是欠了她多，还了她少的样子，一不高兴，那张嘴就噘得高高的，我真恨不得拿一个猪头在她嘴上挂起来呢！”

笑莺听他这样恨恨地说，便笑出声音来了。过了一会儿，忽然又想到了什么似的，点了点头，说道：

“哦，我明白了，凭你这两句话，就可以知道你在她身上受了气，所以死了这条心，来向我拍马屁了，对不对？你凭良心说一句，这回我可再不会冤枉你了。"

"你完全是一种多心，我对玉明根本没有什么好感。现在别的话也不用多说了，假使你对我有讨厌的表示，我可以马上就走。"

祖同一面说，一面站起身子来，大有生气的表示。笑莺急忙伸手把他拉住了，但既然拉住了后，却又放了下来，也鼓着腮，恨恨地说道：

"好吧，你走就走，反正我早就明白你没有爱上我的意思。"

"表妹，你……你说这些话，那你完全没有良心，我爱你真是比爱我的生命还要多，假使你不相信我的话，我可以脱了衣服，给你听听我的心脏，它就会告诉你，我是爱你到怎一分样儿的程度了。"

祖同在她拉住自己的时候，却是显出一定非走不可的样子。但是笑莺不拉住他了，他却又坐了下来，靠近了她的身子，贼秃兮兮地向她亲热地道。笑莺用秋波白了他一眼，冷笑道：

"你这话简直是骗骗三岁小孩子的，心脏怎么能够听得出来？我可不是医科大学毕业的。除非挖出来给我看看，那么我方才可以相信呢！"

笑莺说到末了的时候，却又忍不住抿嘴笑了。祖同把她手握得紧紧的，把他的嘴凑到她的耳边，低低地说道：

"你要看我的心，我完全可以答应你。不过我的心是在胸部里面，所以第一非把衣服脱下不可。但在大庭广众之下，当然不可以的。所以我的意思，要和你找一个很清静的场所，然后把我的衣服全都脱光，你可以拿一柄小刀来挖我的心看了。"

祖同这些话说得非常神秘，笑莺是个聪敏的姑娘，她当然很明白个中的意思。所以她粉脸益发红晕起来，同时她那颗芳心的跳跃，几乎比平常增快了三分之二的速度。虽然并没有表示许可的意思，但她也没有十分显出恼怒的样子，祖同从这一点猜想，知道她至少也有一点动了春意的表示。遂偎了上去，低低地又说道：

"表妹，你怎么啦？一声也不响，你到底答应不答应呢？"

"你难道真的要给我看一看心吗？可是你回头被我挖出来痛死了，你不要后悔。"

"有什么后悔？牡丹花下死，做鬼亦风流。"

笑莺故意装作开玩笑的样子对他说，表示她还并不懂得男女间的事。祖同知道今夜是笃定可以成功的了，所以他得意忘形地念着这些近乎淫秽的句子。笑莺狠狠地打了他一下，却忍不住哧哧地笑了起来。

一个少女的失身，一半固然是受了外界的引诱，但大半还是自己因轻佻而造成的。这些话当然除了用金钱用势力的强迫外，因为这又是另一种问题。比方说本书的笑莺，她假使有一点姑娘的自尊的话，那么祖同就绝对不敢向她有这种大胆的表示。就因为她本身像野玫瑰似的放出那股子轻狂的香味，所以引逗得那些狂蜂浪蝶，包围在她的四周不肯放松了。

笑莺在第二天早晨方才匆匆地回家。这早在石福华意料之中，所以他并不声张，悄悄地叫她走到楼上，把房门关了，和颜悦色地问道：

"笑莺，你对我老实说，昨天晚上你和祖同宿在什么地方？"

笑莺经福华一问，反而忍不住呜咽起来。福华知道女儿心中的意思，是怕自己有责打她的举动，遂又低低地说道：

"好好的为什么哭起来？我做爸爸的也没有骂过你啊。你不要害怕，你只要老老实实告诉我，我绝不会责打你的。"

福华这些话听到笑莺的耳里，虽然是并不哭泣了，但她拭着眼泪，还是默默地不说一句话。福华觉得要一个女孩儿家亲自告诉这种羞涩的事，确实有点难以启齿，遂又问道：

"是不是和祖同在旅馆里住了一夜？"

笑莺点了点头之后，掩着脸，倒在沙发上，忍不住又呜咽起来。福华既然证实之后，便打了一个电话到祖同行里，叫他马上来一次。祖同在接到这个电话之后，心中当然是非常害怕，真觉得来又不好，不来又不好。但是舅父是个阴险的人，我若避而不见，恐怕更要被记恨。丑媳妇总要见公婆，还是爽爽快快地去一次再作道理，只要向他苦苦哀求，他自然也会饶恕我的。祖同想定主意，遂匆匆坐车赶到刘家。福华叫女儿不许再哭，到亭子间去休息一会儿。这里房中只剩祖同一个人，福华遂向他说道：

"祖同，你平日的行为倒也很正当，为什么昨天夜里就会起野心了？难道你不知破坏小姑娘的身体，是要犯法的吗？"

"这是因为'三代不出舅家门'的缘故，所以我这行动至少是舅父有点遗传给我的。"

祖同回答得倒也相当幽默，让石福华的脸也微微红晕起来。这就向他瞪了一眼，喝声"放屁"，怒责道：

"你做的好事，还要胡说八道，我若不看在我已死妹妹的分上，我怎么肯饶了你？现在我问你一句话，你是不是把她玩过算了？还是真心预备娶她？"

"那不用问了，我当然真心预备娶她做妻子。只要舅父不讨厌有我这样一个女婿，我总也欢迎有你这么一个岳父。"

"好，凭你这两句话，你就给我写一张笔据。"

福华点了点头，走到桌旁，把预先备好的纸笔砚墨拿出来，拍了拍椅子，向祖同望了一眼说。祖同听舅父这样说，由不得呆呆地愕住了一会儿。暗自想道，他这算什么意思呢？于是忍不住开口问道：

"舅父，你叫我写一张笔据，是不是凭了这张笔据可以和我打官司呢？还是有什么另外的作用？"

"都不是，是怕你会再娶别人做妻子的意思。"

"这个你请放心，我绝不会再有这种恶劣的行为。"

"可是我信不过你，你只管写一张，反正只要你有真心的爱，那是没有什么大不了问题的。"

福华见他还不肯写，遂拉了他身子，叫他在桌子旁坐下，还代他把一支笔拿起，塞到他的手里去。在这情形之下，祖同是逃不过了，因此握了笔杆儿，抬头望了福华一眼，说道：

"舅父，那么怎样写法呢?"

"你听我念出来，你便写下去。"

"好吧! 那么你就念吧!"

"章祖同与表妹石笑莺的身体已发生关系，以后承认表妹便是章祖同未婚妻，愿结永久伴侣，绝不另娶别女，倘有负心遗弃，法律可以判我罪名。特此为凭，此纸交予舅父石福华收执。这样写就行了，下面写年月日并你的签字盖章。"

福华一面念完了，一面又对他低低地关照。祖同没有办法，只好照样写了，福华遂把它藏起来，表示十分满意。祖同问道：

"舅父，那么还有什么别的手续吗?"

"手续是没有了，不过我还有一个条件。"

"什么条件? 舅父!"

"你要做我的帮手，去向何家报这一次受亏的大仇。"

"那无所谓条件两个字，我是你的女婿，当然是应该帮岳父的忙。"

祖同起初还吃了一惊，只等福华把这条件说了出来，便很放心地笑嘻嘻回答。但他接着又问道：

"舅父，你预备向他们怎样报复呢?"

"我的意思，还要借助你的力量，从这一路里进攻，可以使他们内乱。"

福华附在他耳朵旁又低低地说了一阵，表示自己的计划会发生很大的功效。但祖同连连摇了摇头，说道：

"没有用，没有用，玉明这姑娘很有主见，她不会上这些圈套，因为我已经碰过她的钉子了。"

"这是因为时机没有成熟的缘故，我们只要静静地等待，一待有隙可乘，不怕她不上我们的圈套。祖同，我允许你去和玉明发生关系，不过你可不能被她迷得糊里糊涂，知道吗?"

福华还是用一种自信的神气，对祖同这样叮嘱。祖同听了，忍不住暗暗好笑，觉得舅父至少有些神经质，不过口里他却回答道:

"我怕绝没有这样容易吧！所以这些非分的妄想，我倒也不放在心上。"

"可是你只要听从我的话，我慢慢地自会领你走上这一条路。"

祖同因为岳父叫他去和玉明发生关系，心想只要他肯做我的后盾，我自然是乐而接受的，所以也点头答应了。不过心中认为这一个愿望，恐怕绝不会成为事实，因为他们姐弟是团结得很一致的。但世界上事情变化起来当然也很快，大家只要有一点猜疑和顾忌，或是为了私心的利益，或是为了权力的冲突，非常和睦的感情也会慢慢地发生裂痕。这不单是一个家庭如此，就是一个国家，又何尝不是这样呢?

杏春在大门口发现了少爷和阿根这个秘密之后，她也不再来向阿根关照花瓶的事，回身匆匆走进大厅，向何太太只说对阿根关照过了，何太太于是也放心地自管到上房里去。接着健生也回到家中，他到自己房中去暗暗盘算买钻戒的事情，待杏春把晚饭开出，玉明在外面买了一点白鸡、酱鸭、烧肉、鱼松之类，并买了一瓶葡萄酒，说她从来不喝酒，今天是驱逐敌人，收复国土主权的第一夜，所以应该庆祝一下。健生因为买钻戒的问题已经解决了，所以他也非常高兴，说这是应该庆贺的事儿，遂在玻璃杯中满满地倒上了三杯。何太太虽然有些难过，但事情已经到了这个地步，将来年纪老了，终要靠儿女的侍奉。所以颤巍巍地举起了杯子，向两人逗了一瞥可怜的目光，说道:

"现在你们的舅舅是被赶走了，总算是你们得了上风，不过我希望你们姐弟两人从今以后更要和和睦睦才好，否则我做娘的实在太灰心了。"

"那是当然的。母亲，在互相争论的时候，我们做小辈的难免有

30

不孝的地方，不过现在我们自然会孝敬母亲，所以过去的一切事情，还请母亲原谅我们吧！"

"姐姐的话很有道理。母亲，你可不要难过了。"

健生听玉明这样说，遂附和着安慰。一面还夹了一块鸡肉给何太太，表示赔罪的样子。何太太轻轻地叹了一口气，她似乎欲流下泪来的神气，低低地说道：

"这也许不全都是你们的错，我做娘的至少也有一点儿偏见。不过你们也要知道为娘的一番苦心，所以你们也不能全怪我做娘的不是。"

凭她这两句话，就可以知道她心中至少也有点忏悔的意思。玉明和健生相互望了一眼，遂用了柔和的口吻，说了许多好听的话，去安慰何太太这一颗已经破碎了的心。这一餐饭，在三个人心中显然有了不同滋味。何太太吃不了半碗饭，就自管回到房中去了。这时阿根却匆匆地回来了，玉明问道：

"你到什么地方去了？"

"我是太太叫我送一车东西给舅……哦哦，给石福华的。"

"一车东西？弟弟，你可曾看见是些什么东西？"

玉明听了，不免急了起来，遂回头望了健生一眼，局促地问。健生喝了一口酒，他镇静着态度，说道：

"大概都是石福华父女两人平日睡的被褥和穿的衣服等东西，因为母亲在旁边，所以我也不好意思过分严紧地查看。"

健生其实可以不必说这些谎，还是回答我送丽英还没有回来的好。不过因为他曾经扣留了这一个银行存折，所以他神经方面有些感到惊慌。玉明点了点头，向阿根逗了一个含有埋怨成分的白眼，说道：

"阿根，我关照你，下次太太若再有什么东西要你送到石福华那里去，你可都要拿到我的面前来检查过，可以拿去的给你拿去，不可以的我都要留下来。你若有欺骗我的话，我可饶不了你的。"

"是，小姐！我以后一定都来给你检查过。"

阿根低了头，连说是是，便悄悄地退下去了。他偷偷地在书房里改造了一张字条，然后拿到何太太的房里，何太太看了一遍，心里还十分安慰，又谢了他五千元钱，给他买香烟吸。阿根连声道谢，方才退出房来。

第二天健生在银行里取了款子，先到珠宝店里去买了一只挺大的钻戒，花费约八十五万元钱。那只钻戒有一克拉五十分大，所以光芒四射，耀人眼目。健生十分得意，暗想，丽英见了这只钻戒，一定是很欢喜的了。本来想此刻拿到她的家里去，但怕她的父亲知道了，因为丽英曾经关照过，叫我不要给她父亲知道。那么我还是明天到她学校里去找她，也许还可以让她的同学们更加羡慕呢！想定主意，遂匆匆地回来。先到自己卧房里，坐在案桌旁来做学校里应做的功课。不料正在静悄悄的时候，忽见阿根轻轻地推门进来，向健生含笑叫了一声少爷，说道：

"你回来了吗?"

"嗯。你有什么事吗?"

健生真是健忘，他把昨天向阿根附耳说的话竟忘记了。所以回头向他望了一眼，一本正经地问。阿根暗想，少爷倒会假痴假呆地装腔，这就抓抓头皮，笑嘻嘻地支吾了一会儿，说道：

"我……我想跟少爷商量一件事情。"

"吞吞吐吐做什么? 你要商量什么? 你说好了。"

"因为，因为我家里母亲生了病，所以缺少一点医药费，请少爷帮帮我的忙好不好?"

阿根胡乱地回答了这几句话，其实他还是为了顾全健生的面子，无非叫他自己想明白过来的意思。谁知健生真也不识相，却瞪了他一眼，说道：

"我没有钱，你问太太去借吧！"

"啊，少爷，你为什么这样不漂亮? 难道你忘记了昨天的事情了吗？也好，你叫我问太太去借，我就去把这事告诉太太，看你还能把这个存折拿得到手，哼，哼！"

阿根一面气呼呼地说，一面便回身要走的样子。健生这才想着了，立刻把阿根身子拉住了，忍不住笑起来说道：

"我这人真糊涂，把这件事情竟忘记了。阿根，你不要生气，有话好好说，你老早提醒了我这一回事，我还会来拒绝你吗？"

"少爷，你自己糊涂，还用来埋怨我。我不肯和你直接说，根本还是为了顾全少爷的面子啊！"

阿根听他这样说，心里暗暗骂了一声，但表面上却展现了一丝笑容来回答。健生拉开抽屉，在那只皮火了内取出两叠钞票，交到阿根面前，说道：

"这里四万元钱，你拿去用吧！"

"四万元？少爷，这未免太少一点了吧！"

阿根把钞票放到桌子上，就是不肯接受的意思。他此刻索性用了做交易那副姿态，和健生论斤估两起来了。健生想不到他还不满足这些酬劳，遂也有些生气，说道：

"那么照你的意思，你预备拿多少钱才心里满足呢？"

"少爷，你也是外面跑的人，无论什么生意，二成佣钱，那是最普通的了。以九十五万数目计算，那么你也该给我十九万元钱才对呀！"

阿根竟然一本正经地和他谈起生意经来了。健生听了，又好气又好笑，忍不住向他骂了一声"放屁之至"，接着说道：

"阿根，你要想明白一点儿，这不是你在做捐客赚佣钱，什么二成三成，你真是太昏头了。老实告诉你，就是太太知道了这一回事，我也不怕什么。你该知道我是何家的大少爷，爸爸遗下来的钱，做儿子的不用难道给谁来用吗？不过我也是个爽快的人，多一事不如省一事，所以再加你二万元钱，你现在总可以满足了。"

"少爷，你的话虽然不错，但是你也得想想，假使这九十五万元

33

钱，我把它送到石福华的手里，试问你是否还能有一个钱到手吗？所以你这样一万二万地加给我，我是绝不答应的，你想，一成佣钱，也得九万五千元钱呢！"

阿根一面以利害向他解释，一面还是用了一种谈生意经的姿态，向他要挟。健生暗想，这恶奴倒也刁得厉害，但自己满腔的怒火却是发不出来，哼了一声，说道：

"也好，我就给你一成佣钱，你看怎么样？"

"我说一成不过是一个比方，起码一成半，否则，我似乎太吃亏了。"

健生愤怒地表示，阿根却假装并不理会的样子，他还是自说自话。健生气极了，骂了一声猪猡，恨恨地道：

"你吃亏？你吃亏在什么地方？他妈的！你这狗奴才！真不是人养的了。"

健生本来是个暴躁的性子，所以骂到这里的时候，他什么也不管了，就伸过手去，向他脸上啪的一记，打了一个耳光。阿根挨了打，捧了面孔，连叫"你打你打，我一文钱也不要了，我和你到大小姐面前去评道理"。健生听他一吵闹，把一股子怒火硬压了下去，强装着笑脸说道：

"阿根，阿根，你不要大声吵啊！我……实在没有办法，因为我身边已拿不出一成半的钱了啊！"

"什么？你这许多钞票都到哪里去了？"

阿根听少爷对自己完全有了哀求的口吻，这就停止了吵闹，因为少爷这话叫自己有些不能相信，所以向他惊奇地追问。健生把一枚钻戒并发票取出来，给他看着，说道：

"你看，你看，我已买了这个东西了，发票上不是写着八十五万吗？"

"少爷，你买了这个东西做什么用呢？"

"唉，你懂个什么？各人自有各人的用处。阿根，我看你还是拿九万五千元钱去吧！否则，你再逼我也是没有用的了。"

健生一面说，一面取出九万五千元钱来，放在桌子上，表示拿不拿随便他的意思。阿根觉得逼不出什么来了，遂呆住了一会儿，说道：

"那么就凑成十万元吧！"

"好，好，你这奴才真是煤球的良心，一定要照我的沙蟹吗？拿去，拿去。"

健生恨恨的神情，又拿五千元钱凑了上去。阿根这才把十万元钱藏到袋内去，笑嘻嘻地望了他一眼，说道：

"还多着四千六百元零头呢！哪里我曾经照你的沙蟹？"

"他妈的！你就像是个会计师，把我这笔账算得那么清楚。去吧！去吧！把我的脑子也弄得痛起来了。"

健生倒又好笑起来，一面向他连连地挥手。阿根这才向健生弯弯腰肢，含笑说声谢谢，便悄悄地退了出去。这似乎在阿根心中是做梦也想不到的事情，他走不了两步，忽然背后有人把他拉住了。阿根回头去看，原来是杏春，便笑嘻嘻道：

"杏春，你拉我做什么？是不是春天的季节，你也和猫儿一样叫起春来了？假使果真熬不住的话，我倒很有胃口，你不要黑起了面孔，阿根虽然穷，但是买点胭脂花粉送送你的力量，到底还有着呢！"

"不错，我知道你是发了财，今天别的话少说，请你分五万元钱来用用。要不然，哼哼！"

阿根本来还是一面孔贼忒兮兮的样子，及至听到杏春这两句话，这才吃惊地把笑容全都收住了，故作不明白地咦了一声，反问道：

"杏春，你勿要寻啥开心，这是什么意思呢？"

"什么意思？你何必假痴假呆装什么死腔？告诉你，你和少爷在房中这一幕戏，我在门外全都听见了。世界上没有这么容易的事情，你也得漂亮一点，拿半数来给我。否则，我告诉了大小姐，只怕你这十万元钱都拿不牢，而且还要请你滚蛋！"

杏春倒也是个老口，她说的话使阿根竟没有强辩的余地。一时暗想：这真所谓强盗碰着了劫贼，好厉害的婊子，真叫我有火发不出来。遂只好笑了一笑，说道：

"既然你也听到了，那么我就给你两万用用。你要二一添作五，这是不能够的。小小年纪，勿要把铜钱看得太重，将来你有什么事情落在我的手中，大家都可以包涵一点儿。"

"谁没有看见过这两万元钱？至少的限度四六拆账。"

杏春学着阿根刚才对付少爷的态度，此刻她同样来对付阿根。阿根听了，真有点哭笑不得，笑骂道：

"你这小妮子！我和你拆什么账？"

"那么你在少爷面前怎么说二成的佣钱？"

杏春把阿根问得无话可答，一时倒也奈何她不得，向她恨恨地呆住了一会儿。杏春见他不作声，便匆匆地回身走了。阿根急得拉住了她问道：

"杏春，你预备到什么地方去？"

"管我到什么地方去！要你拉住我做什么？"

"喂，喂，你不要生气，那么三七拆账好不好？"

"不行，不行，四六拆账最少限度。三五七五都不答应你。"

"好，好，那么我就答应你。"

"钱拿来。"

杏春倒干脆，把手向他摊了过来。阿根很肉痛的神气，但又没有办法，只好把钞票分了四叠交到她手里。杏春很快地在袋内一藏，便匆匆地奔去了。阿根骂了一声小婊子，忍不住微微地叹了一口气。

一个命穷的人，有了钞票之后，她也会心神不定的。晚上，杏春趁小姐不在房中，她想起这四叠钞票，不知会不会少了几张，假使数目缺少的话，那我还可以向阿根补足了。所以她在袋内摸出来，放在膝踝上点数钞票。正在这时候，忽然一阵步履声响，猜想是小

36

姐走进房中来了。她慌忙把钞票在怀内一塞，果然玉明已步入房内，对她说道：

"给我弄杯开水来，我要吞阿司匹林，不知怎么我竟有些头痛。"

"是，小姐！"

杏春小心地回答，当她站起身子来的时候，万不料那钞票竟掉落到地上来了。原来她性急慌忙的缘故，所以把钞票并没有纳入袋内。此刻身子一站起，自然那钞票就漏下来了。玉明是个感觉灵敏的姑娘，所以她斜眼瞟过去，早已发觉地上散开了许多钞票。这就走上去，伸手把杏春拉过来，先把她啪地打了一记耳光，然后恶狠狠地说道：

"你把钞票拾起来再说。"

"小姐！这……这……是我妈今天早晨来过了，给我剪旗袍穿的钱。"

"哼，还敢花言巧语来欺骗我吗？真是该死的奴婢，不给你一点颜色看你怎知道小姐的厉害。"

杏春倒也很刁恶，竟想得出这几句话来巧辩。但玉明怎么会相信她？所以又是啪的一声，打了她一个兜嘴巴，然后取了一根鸡毛扫帚，在茶几上先狠狠地一掼，说道：

"杏春，你要不要性命？偷主人的钱，送到局子里去可要犯死罪的。你到底偷了几次？共偷了多少？你快些说出来，或许我可以饶恕你年纪小，否则，你……休想活命。"

"啊，小姐！你不要打，我不是偷来的，你……不要打我，我……我可以老实地告诉你，这是阿根分给我的。"

玉明一面威胁她，一面把鸡毛扫帚举得高高的，好像真的要把她痛打的样子。杏春这才急得躲缩了身子，一面拭揩眼泪，一面低低地向她说了原委。玉明听了她的话，暗想，这件案子又慢慢地扩充起范围来了。遂把鸡毛扫帚丢过一旁，反而和颜悦色，向她低低地说道：

"怎么阿根会分钱给你？你对我详细地说出来，我绝不会怪到你的身上。"

杏春听她肯不怪到自己的身上，于是便把自己在少爷房门口听到的话一五一十地向玉明说了。并且又把昨天晚上少爷扣下一个银行存折的话，也说了一个仔细。但把她自己向阿根要挟分钱的话却瞒住了不说。玉明听到这个话，暗暗点头，把这四万元钱仍旧给杏春拿下。杏春如何还敢拿，当然推却不要，玉明却说道：

"你只管拿好了，这算是小姐我给你的。不过你以后要把少爷的行动随时来报告我，我说不定还会常常给你钱用，知道了没有？"

玉明对付杏春这是一种手段，可以使杏春心里感激自己，那么以后当然更会忠心于自己了。杏春是个年轻的小姑娘，她知道什么呢？见小姐这样宽宏大量，所以感激得了不得，从此便死心塌地地忠心服侍小姐了。杏春于是道了谢，退出房外去。

这时玉明坐在沙发上呆呆地想了一会儿心事，觉得此刻得到这个消息，那是一件万分不幸并心痛的事。母亲的不肯合作，心儿向外还情有可原，但弟弟这样有了私心，那真是一件不应该的事情。现在丽英还没有娶进门，他就要买这样名贵的东西去送她。虽然我还是一种猜测，但弟弟买了这只钻戒，除了送给她之外，还有什么第二个人呢？那么她若进了门之后，我还有立足的地位吗？一时又想到祖同的话，自己还和他翻脸，恨他搬弄是非，原来他说的倒也是有根据的了。唉！当初我心中只道要内乱的是母亲，到现在我却要防弟弟不可了。看他憨头憨脑的样子，倒也想不着他还有这一副手段来对付我。玉明越想越气愤，越想越伤心，女子心眼终是狭窄的，她忍不住暗暗地流了一会儿眼泪。就在这个时候，健生走进房来，他似乎因为没有事情来和姐姐闲谈的意思。玉明很快地收束了眼泪，脸上还是显出毫不介意的神气，微笑道：

"弟弟，你没有找丽英去吗？"

"没有什么事情，找她做什么？"

健生似乎觉得姐姐的话好像有什么作用似的，遂在沙发上坐下了，也故作毫不虚心的神气，低低地回答。玉明微微一笑，但立刻又沉吟了一会儿，蹙了两条弯弯的眉毛，表示有点忧愁的样子，说道：

"弟弟，你不知道吗？石福华怕仍旧会回到我们这里来的。"

"你这是打哪里来的消息？我想不会的吧！昨夜不是把他们父女两人的衣服等用品都已送了过去吗？"

健生心中倒是一惊，但他立刻又定下心来，摇了摇头，表示这也许是姐姐过分考虑的缘故。玉明雪白的牙齿微咬了她殷红的嘴唇皮子，凝眸向健生望了一眼，说道：

"这也很难说，因为母亲对他一颗心不死，而且还在暗中接济他。"

"真有这一件事情吗？"

玉明这两句话听到健生的耳朵里，他的心中跳跃的速度不免增快起来，表示并没有一点知道的神气，低低地问。但他这种态度看在玉明的眼里，当然是分外生气，遂说道：

"你不知道吗？"

"我一点不知道。"

"你不知道也就算了。"

"那么，你是不是知道了有什么事实的证明？"

健生听姐姐这些话至少包含了一点俏皮的成分，所以他心中感到极度不安，遂又低低地追问。但玉明偏偏是个阴刁的姑娘，她也不肯直接戳穿了他，遂摇头说道：

"我哪里有什么事实的证明？其实我只不过是一种猜测而已。"

"那么假使真有一种事情发生，我们又将怎么抵制呢？"

玉明觉得弟弟突然不老实起来，而且进步得相当快，一时倒暗暗地奇怪。遂也索性计上心来，向他贡献意见，说道：

"办法当然是有一个的，不过母亲的心中不知道肯不肯。"

"你倒说出来给我听听。"

"那只有从母亲手里把家政权移交到我们手里来，这样才可以杜绝了这种弊病。"

"唉，你这办法是很好，就是怕母亲不答应。"

健生唉了一声，表示很赞成的样子。但是他蹙了眉头，也有点忧愁的神气。玉明想了一会儿，才低低地说道：

"我也许有法子可以叫母亲把家政权交出来，不过你还在求学时代，所以眼前最好由我来管理一切，你不得过问。"

"我想最好是共同管理，因为你一个人或许有想不到的地方，我也可以在一旁协助你。否则，倒好像你有独裁的心理了。"

健生似乎察觉姐姐的语气不对，显然防着后步地回答。玉明笑了一笑，斜乜了他一眼，说道：

"弟弟，你这话就没有意思，我怎么会有独裁的心理呢？因为我怕什么人会舞弊营私，所以我觉得以后财政应该有个明白的统计。"

"姐姐，你这话奇怪，谁敢舞弊营私呢？"

玉明这话是当面骂人，这当然叫健生热辣辣地两颊发起臊来。遂竭力绷住了脸，向她很不快乐地问。玉明为了避免手足直接发生冲突起见，所以她不愿明显拆穿他，遂淡淡地笑道：

"比方母亲暗地去津贴石福华，这还不是舞弊营私吗？"

"姐姐，那么我假使有什么用途，你是否肯给我自由花费呢？"

"只要是正当的用途，当然可以自由花费。假使是无谓的浪费，恐怕母亲也要不允许的。"

"这个是理所当然，但是你假使有什么用途的话，似乎在事前也应该向我征求同意，否则我好像太吃亏了。"

"也好，但是我也不会像人家那样都有一种私心，所以这个你是不必操心的。"

玉明见弟弟并不肯放松一点地向自己争取权利，一时十分恼怒，遂也向他一再地讽刺。健生一颗心是跳跃得很剧烈，因为他已明白姐姐是知道了自己这一件秘密的事，为了避免将来姐姐有什么私心起见，他又叮咛一句，说道：

"同时在每逢月底的时候，姐姐还应该把账务结算一次。假使我认为有不清楚的地方，可以随时指摘出来查问，你不能怪我是过分的举动。"

"只要我做人坦白无愧，那又怕什么？到月底结账的时候，你尽管查问。"

"好，那么你去跟妈说吧！我就给你来把我家政。"

健身答应了一个好字，这种语气，显然心中大有不快乐的表示。但玉明也不再说什么，她点了点头，认为他是许可的意思。姐弟两人在经过这一次谈话之后，各人的心里无形之中起了一条裂痕。

三　歇恶奴玉明行权

　　这是兆丰公园里的一个角落里，那边有一个池塘，水面上浮了绿油油的荷叶，还有两只雪白的狗在池水里钻进钻出地戏水。临池有垂柳数株，柳丝向下倒垂，有几条长长的已经拖在水面上，因了微风的吹动，把那池水激起一圈一圈的波纹。靠池塘旁有长椅一把，这时椅上坐了两个年轻的男女，旁边还放了几本厚厚的精装书籍，一望而知是两个学校里的学生，大概放学后，约在这里促膝谈心。那个姑娘不时把手伸上来凑到眼前去，好像是在看她无名指上戴着的这一枚挺有光耀的钻戒。她玫瑰花朵般的脸上，掀起了娇艳引人的酒窝儿，显然有一分得意，一会儿，她又把秋波水盈盈地向他逗了一瞥媚意的俏眼，低低地说道：

　　“健生，我真感谢你，你果然言而有信地给我办到了这一件名贵的东西。而最使我高兴的，就是今天在这许多同学面前，你亲自送来这一枚钻戒，使我多么有面子，使我多么骄傲。健生，你想我不是太快乐了吗？”

　　“丽英，你现在可以相信我是爱你到这怎样的程度了吧？所以你以后不要再冤枉我去爱上了别人，免得引起彼此的误会，因为误会是破坏双方爱情的仇敌。误会越深，往往会闹出什么悲惨的结局，所以我是绝对不愿意让误会再捉弄我们的，你说是不是呢？”

　　这一对情侣就是何健生和魏丽英。健生拿了钻戒亲自送到她的学校里，然后两人到公园里来喁喁情话，这种甜蜜的情景，真可说是只羡鸳鸯不羡仙了。当时健生握了她的手，向她十二分挚诚地回答，表示他对丽英确实有一份真爱的意思。丽英含笑点点头，脉脉含情地向健生望了一会儿，忽然把那枚钻戒又脱了下来，交还给健生。这举动使健生倒不免呆住了，很惊讶地望着她粉脸，问道：

"丽英，你这是什么意思呢？难道我有什么得罪你的地方不成？干吗又要脱下来还给我？"

"你不要误会我的意思，我在当初不是就跟你说过吗？我并不是真的要你送这些宝贵的饰物，况且我爸爸知道了，他老人家也要骂我女孩儿家没有自尊，为什么无缘无故地去讨人家的东西？所以我原说只要在同学面前给我装一装样子，就可以还给你。假使你真有爱我的意思，那么就不妨将来在我们订婚的时候，作为交换饰物的信物，所以现在请你拿回去藏着吧！"

丽英摇了摇头，絮絮地向他说出所以交还的一番大道理来。健生这就感到她的天真可爱，遂把戒指仍旧给她套上了，笑道：

"我已经送给了你，总没有再拿回来的理由。丽英，你且先戴了再说，就算给你父亲看见了，就说是我们谢你父亲给我们出力把石福华赶出来了的一点小意思，那不就完了吗？"

"假使这样说，那事情就更糟了。你不知道我父亲的脾气，他要么不给人家帮忙，假使答应给人家帮了忙，他也是绝对不要酬劳的。至于外界去请教他，因为他本身原是个律师，所以这又是另外一个问题。"

"那么这样吧！戴不戴是你的事情，假使你一定要我拿回去的话，倒好像是你向我拒绝爱的表示了。"

"哎呀！被你这么一说，那倒叫我有些为难起来了。"

"有什么为难的？只要你给我戴着，或者把它藏起来倒也可以，那我心里就很高兴了。"

健生望着她的粉脸认真地说，丽英觉得他很诚恳，所以也不便再推却了。两人慢慢地谈着学校里的事情，从学校里又谈到家庭里的问题。丽英又悄悄地问道：

"自从石福华走后，你妈这两天态度怎么样了？"

"我妈定心了许多，那天晚上曾经有点忏悔她自己不应该的样子，所以我妈好像已经有点明白过来了。丽英，你不知道吧？现在我家的一切主权是都在姐姐的手中了。"

健生回答到这里，他又想着了似的，低低地对她道。丽英哦了一声，好像很高兴的神气，转了乌圆的眸珠，笑盈盈地说道：

"真的吗？那倒是一件好事情，因为你们再也不必忧愁你母亲会把什么东西私通给石福华了，对不对？但是我很奇怪，你母亲怎么会肯答应放弃她的主权呢？"

"这一点我就佩服姐姐的手腕，她好像有一种灵活的技巧，可以使母亲对她有一种信任，所以母亲是无条件地答应了她。"

"对于这一件事我还只是此刻知道，那倒是一件好消息，我应该向你表示道喜。"

"唉，你还向我道喜，我正在感到将来的忧愁呢！"

丽英这种欢喜的表情，反而使健生蹙了眉尖儿，深深地叹了一口气，望了她一眼，大有无限怨恨的意思。丽英这就感到了惊讶，呆住了一会儿，轻轻地问道：

"我不懂你这话是什么意思，你为什么要感到将来的忧愁呢？"

"你哪里知道！我看姐姐将来会有野心的企图。"

"我想这也许是你神经过敏的缘故。那么我问你，这次你姐姐管理家政是否征求过你的同意？"

"这个她和我商量过。"

"那么你是否答应她？"

"我因为自己还在求学时代，对于家政问题自然无暇顾及，所以我是曾经答应她的。"

"既然你答应了她，那你应该相信你的姐姐，为什么偏要有这一个忧愁？难道你们心中也各有私心吗？"

健生被丽英这两句话问得默默无语了，他心中暗想：你哪里知道，就是为了你要我买这只钻戒私扣的这一笔款子而引起了彼此的裂痕。不过心中虽然这么想，但口里却是说不出来。丽英见他不回答，益发引起了疑窦，遂又向他问下去道：

"为什么不说话？难道你和姐姐真的吵闹过了吗？"

"吵闹是没有吵闹过，但是在我的感觉上，好像姐姐的态度有一点自私，所以我心里很不高兴。"

"那又是你的多心病，为什么抓不住事实老是喜欢闹这种无谓的空想？刚才你不是说误会这两个字最容易发生爱情的破裂吗？其实手足之情和恋爱之情也是一样的，所以你也千万不要发生误会。健生！我是你的好朋友，不，说得亲密点，我是你的爱人，但我要为你的前途作打算，我不希望你对亲姐姐有这一种过虑的多疑。因为你这一个家庭，现在就好比是一个国家，这一个国家被外族人已经欺侮了许多年，好容易费了九牛二虎之力把这个外族人赶跑了，那么你们国内人是更应该团结一致，来努力建设过去的破坏和腐败，创造一点新的事业，才能达到这种复兴的希望。现在胜利还没有多少日子，你们心中就各存私见，分党分派，简直是要闹内乱。这给石福华知道了，固然是要给他笑痛了肚皮，就是你们的良心恐怕也要对不住你们何家的祖先了吧？我的脾气就是这个样子，喜欢说的话就再也藏不住地说出来。因为我若不向你劝告的话，那在我好像对你是不忠，所以你不要以为我是晓晓多舌，假使有什么言语得罪你的地方，也得请你原谅我才好。"

健生想不到丽英会说出这一大篇的话来，因为她没有代我生气而再给我火上添点油，反而向我一味地劝告和压制。从这点看，觉得丽英确实是一个好姑娘。所以心中十分感动，握了她的手，低低地说道：

"丽英，你的思想真不平凡，你的头脑也太清楚了，所以你这一片金玉良言，我是绝对地接受。"

"你既然能够听从我的话而想明白过来，那我的心中很欢喜。健生，时候不早了，我们该回去了吧！"

丽英笑盈盈地回答，这时天空已浮现了几片灰褐色的浮云，显然天已入暮。夜风吹在身上，多少还有点儿寒意，所以她催促健生回去。健生点头说好，两人遂拿了书本站起身子，沿着池塘的旁边找寻归路，不料这时迎面走来一个西服少年，他先含笑招呼道：

"健生弟，健生弟，你们在这里散步吗？"

"哦，我道是谁？原来是章先生！"

健生定睛向他一望，原来是祖同。因为平日对他并无好感，所以向他叫了一声章先生。祖同因为心中另有打算，所以对健生特别奉承，含笑又说道：

"健生弟，这位是……"

"哦，是我的朋友魏小姐。丽英，他……他……他……也算我的朋友章先生。"

"哦！哦！莫非就是魏律师的令爱吗？久仰久仰！健生弟，我们一同去吃一杯咖啡好吗？"

"谢谢你的盛情，我们还有别的事，再见了。"

健生毫不客气地向他拒绝了，和他一点头，就挟了丽英的手臂匆匆地走了。丽英望了他一眼，忍不住微微一笑，说道：

"这位姓章的是什么人？你干吗见了他这样冷淡的样子？"

"这个小子吗？是石福华的外甥，从前他也混到我家里来走亲戚，现在石福华去他妈的，谁还认识他是什么狗东西？"

"你既然对他这样恶感，我就告诉了你，这个人脑后有反骨，恐怕会出尔反尔，和他交朋友倒要小心一点。"

"想不到魏大律师的千金小姐还是一个星相家，真是失敬得很，那么你看我这个人是好是坏？"

"你这个人像《三国志》里的张飞，不过有时候也学着了诸葛亮那种刁钻古怪的脾气，所以也不大好弄。只有在我刘备面前才肯鞠躬尽瘁，死而后已，那么忠心。"

丽英斜乜了他一个媚眼，在说完了这两句话的时候，倒忍不住又捂着嘴儿哧哧地笑起来了。健生把她手儿握过来，轻轻地打了一下手背，一时也忍俊不禁起来。

祖同望着两人远去的影子，心中忍不住暗暗发恨，觉得健生这小子真有些可恶，总有一日被我找到一个机会，给他一点辣手看看。一面想，一面向公园门外走。这时苍茫暮色，游人大半都倦而知还。在公园大门口，祖同忽然见有一个女子在讨三轮车，看她的后影，好像是玉明，这就奔了上去仔细一瞧，想不到果然是玉明。这就含笑叫道：

"玉明！玉明！你讨三轮车回家吗？"

"啊！我道是谁，原来是章先生，你也在公园游玩吗？还有什么朋友在一处吗？"

"没有，只有一个人。"

"那么我们一同坐吧！"

玉明回头见了祖同，她微微一笑，在问明了他只有一个人之后，遂又低低说，同时她已跳上三轮车坐下了。祖同对于玉明今天用这一种态度招呼自己，这真是做梦也想不到的事情。因为预料是要给他碰钉子的，但是偏偏出乎意料，你想，他是多么受宠若惊，立刻点头说好，便也跟着跳上坐下了，三轮车于是向前慢慢地驶行了。两人经过一会儿沉默之后，祖同先含笑搭讪道：

"我刚才在公园里遇见你的弟弟。"

"一个人还是和朋友在一块儿？"

"还有一个就是魏小姐。"

"嗯！"

玉明这么应了一声，她又沉静下来。祖同还以为她是讨厌自己又再多说闲话，所以吓得不敢开口，倒是玉明又向他低低问道：

"听他们在说些什么话没有？"

一个聪明人在他本身遭到了事情的时候，往往也会愚笨起来的。

玉明因为和弟弟在感情上已经发生了裂痕，同时又因为他有了舞弊的举动，所以对他便开始有一种怀疑，而且更有一种欲防备他对自己会有不利的行动，因此她不由自主地会向祖同问出这一句话。其实仔细地想来，这一种探问真是多余的事，就是他们有一种言论姐姐的话，也绝不会让第三人来听见的。祖同是个很有心思的人，他觉得玉明这句话问得显然有些作用，莫非他们姐弟两人已经有过一层摩擦吗？这就故作沉吟了一会儿，微笑道：

"我见他们切切叱叱地谈得很有劲的样子，等我去和他们招呼了，他们就不再说话了，我想他们当然是在谈爱情，对不对？"

"也许不是谈爱情，因为他们的爱情已经成熟了，根本不必再谈，在他们只等待婚礼举行就是了。"

祖同怕玉明再疑心自己有搬弄是非的嫌疑，所以他在后面又故意这么补充了一句话。但玉明听了，这回却摇了摇头，两眼望着前面平坦的柏油马路，似乎有种含蓄地回答。祖同听她这样说，倒不禁稀奇起来，遂低低问道：

"他们不是谈爱情，难道还要谈别的什么秘密吗？"

"也许是的，因为弟弟近来对我好像生疏了许多。"

玉明因为在势孤力单的情形之下，她把祖同竟认作了知己，所以情不自禁地向他低低吐露了这两句话。祖同在得知了他们姐弟不和睦的消息后，心里一时不免欢喜起来，因为这是一个绝好的机会，遂用了俏皮的口吻，说道：

"这是所谓'当局者迷，旁观者清'的一句话，其实我是早已代你看得很清楚了。可是为了这一件事，我已经被你看轻了人格，所以我有许多话要说，但是却又不敢说出来。因为在不明了的人猜想，总以为我是存心不良，来从中离间你们手足之情。其实这是天晓得的事，你们姐弟发生了意见，于我有什么好处呢？但是我也无非为了一番热心，所以对你同情，恐怕你一个弱女子受了他们的欺侮，所以叫你不得不防的意思。我倒不怪你弟弟对你有什么野心企

48

图，因为他是一个涉世未深的男孩子，就是恨魏律师在做健生的鬼。你想做律师的人还有什么好东西吗？单看石福华这样厉害的人，尚且被他几句话而轻易地赶跑，何况是你一个女子呢？但你当初太不明白，还要把我讨厌得像一枚眼中钉，所以我这一次冤枉也是无处可以告诉呢。"

祖同这一番话真是说得十分婉转，玉明听了，是一句一句深入心眼儿上去。她很懊悔自己的糊涂，不该将祖同的好意认作恶意，所以秋波脉脉地逗了他一瞥抱歉的目光，然后温柔地说道：

"不过你的冤枉，到底给我也有明白的一天。过去都是我误会了你，所以我很对不起你，但是我现在究竟对你有着十分的感激。"

"感激两字也谈不到，只要你明白我没有什么恶意，我已经是够欢喜了。"

玉明这些话听到祖同的耳里，他是欢喜得了不得，遂故意装作在玉明面前就是受委屈也甘心的表示，很温情地回答。无论什么事情，大都是心理作用的缘故，玉明此刻眼中看，觉得祖同确实是有作为令人可爱的青年，说也奇怪，她此刻自然而然地也对他表示出一种好感来，遂抿嘴笑道：

"本来我是预备回家去的，现在我请你百乐门跳舞好不好？那么你心中所受的委屈，也可以消失了。"

"那是再好没有，真的，舞厅我也好久不玩了。"

祖同想不到今天有这样的收获，这真是意想不到的惊喜，遂乐得嘴笑不拢来地回答。玉明遂叫车夫停在百乐门舞厅门口，祖同抢着付了车资，两人匆匆进内。这时茶舞上市，里面灯红酒绿十分热闹。两人拣了座桌坐下，泡了茶，祖同先向玉明求舞，玉明慨然允许，两人携手遂到舞池里去。

无论哪一个男子都有一种蜡烛脾气，换句话说，喜新厌旧，这是每一个人的通病。越是追求不到的女子，越是要追求她，好像和她握一握手，浑身的肉也会长胖一点的样子。其实一追求到了手，倒又感觉不到什么可贵了。像祖同对玉明是垂涎已久，时献殷勤，而并无效果。今天和玉明跳舞，实在还是破题儿第一遭。同样是跳舞，在他心中就好像有了分别，觉得和笑莺跳舞并没有什么兴趣，今天和玉明跳舞，就好像得到什么金质奖章一样光荣了。

"我的舞跳得不大好，你不要笑我。"

"玉明，你这是什么话？我在平日也不常跳舞的，因为年轻人经常跳舞，到底是不大好的。"

两人舞罢归座，玉明秋波斜乜了他一眼，含笑谦虚地说。祖同却显出一本正经的样子，表示他的私生活并不荒唐的意思。玉明噘了噘嘴，并不回答。这情形显然是不相信的样子，祖同很急地说道：

"你以为我说谎吗？其实我完全没有骗你。"

"说谎也好，不说谎也好，那和我有什么相干呢？不过这种场所，到底是销金窟，逢场作戏，偶尔为之，那也没有关系，若一入了迷，那当然对于青年的前途很危险了。"

玉明说到后面，对他不免又有点劝告的意思。祖同点了点头，却连说这是金玉良言，我应该听从。玉明逗给他一个妩媚的娇嗔，一时也忍不住抿嘴微微地笑了。两人谈了一会儿，慢慢地又谈到家庭问题上去。祖同探问她的口气说道：

"玉明，假使健生听了魏律师的怂恿，对你有什么不利的举动，那么你可有什么准备来应付他吗？"

"你不知道吧！好在家政权已经在我的手中了，所以弟弟一时大概也不敢有什么反对我的行动。"

"真的吗？那我倒要向你恭喜了，不过我要关照你，一个当家人是更会受人家的顾忌的，所以你一切都还是放宽一点，不至于和什么人结怨，你说我这个意思对不对？"

祖同还是表示十二分好意地向她劝告，玉明含笑点点头，两人又在舞池里跳了几次。祖同要请玉明外面吃晚饭，玉明不肯，说往后日子很长，改天再说。祖同没有办法，也只好和她在舞厅门口各自坐车回家。

玉明一路坐在车中，想着祖同所说的话，觉得句句都是关怀自己，这样热心的好人，我当初却对他这样冷淡，想想实在不应该。一会儿又想弟弟这两天天天和丽英在一处，恐怕是设计对我有什么陷害吧！越想越疑，因此她和健生的感情更有一层裂痕了。

其实玉明疑心健生的背后是有魏家父女在做军师，这真是天晓得的冤枉。丽英刚才对健生还一味地劝解，她是不希望健生姐弟发生什么误会。这和祖同口是心非的存心，完全不同。只可惜玉明为了一点私心，而终于上了祖同的圈套了。

玉明回到家里，知道弟弟还没有回家，母亲一个人已经吃过了晚饭。何太太见了玉明，便问她在什么地方，可曾吃了饭。玉明谎说在同学家里吃了饭，一面又假意问道：

"母亲，健生回来了没有？"

"还没有呢！我见健生这孩子，近来好像很忙，不知他在外面到底和什么人在交际呢？"

何太太微蹙了眉毛，表示有点忧愁的意思。玉明雪白的牙齿微咬了一会儿嘴唇，沉吟了一会儿，说道：

"弟弟近来真的太荒唐了一点，所以等他回来我们也要劝告劝告他才好哩！"

"可不是！现在外面人心又坏，一不小心就容易上人家的当。玉明，他这两天问你拿零用钱没有？"

何太太因为自己不当家了，所以不大注意这些事，因此这时向玉明低低地探问。玉明眸珠一转，不觉计上心来，遂说道：

"这两天他并没有问我拿钱用，但是他却好像很宽舒的样子，大概在什么地方弄来一笔钱了。"

"你这话奇怪了，他又不做生意，到什么地方去赚钱来用呢？"

玉明这些话使何太太心中感到惊奇，她用了猜疑的目光，望着女儿的面庞，奇怪地问。玉明微微一笑，很俏皮地说道：

"这笔款子，也许和母亲有些连带关系。"

"我不懂这话是什么意思。"

"母亲，你不是有一个银行存折叫阿根送给石福华吗？"

"啊！这是什么人告诉你的？"

何太太被女儿问得两颊有点发红，显然她那颗心是跳跃得剧烈。玉明冷笑了一声，说道：

"若要人不知，除非己莫为，这是算不了什么稀奇的。但是母亲你还不知道，我比你晓得多一点，你这一个存折，石福华没有拿到，恐怕是被健生从中扣留去了。"

"真的吗？玉明！你怎么知道的？可是阿根有你舅舅的回条带转来，你看，你看，这不是吗？"

何太太这时已顾不得一切了，她把抽屉内的福华的那张字条交给玉明看。玉明拿来一看笔迹，摇了摇头，笑道：

"母亲，你上他当了，这根本不是石福华的笔迹。"

"哦！原来他还有这种手段来欺骗我，杏春，杏春！"

何太太气得有点发抖，走到房门口，向外叫了两声杏春。杏春匆匆进来，问有什么事情吩咐。何太太说快去把阿根叫进来。杏春答应出外。何太太叹了一口气，恨恨地说道：

"你舅舅在我家费了这许多年的心血，就是我送给他这一个存折，那也算不了是犯法的事情。谁知道你们还是不肯罢休地瞒着我把它留下来，这不是和你舅舅作对，完全是和我做娘的作对啊！阿根这个奴才更不是东西！他吃了我的饭，拿了我的工钱，谁知他竟这样大胆来欺骗主人，这……这还成什么体统呢？"

"母亲，你也不必生气，这种欺骗主人的奴才，我家是用不到他的，所以照我的意思是把他除歇了，以后比较安静一点。"

玉明在母亲自说自话的时候，她心中早有了一层计划。因为阿根能够听从健生的命令，这显然是健生的帮手，那么我若不把他斩除，当然对我是有害无益的。所以她对何太太这样的怂恿，也无非是借刀杀人的意思。何太太在气头上，当然也赞成这个意思的。这时候杏春已把阿根叫进来，问有什么吩咐，何太太绷住了面孔，哼了一声，冷笑道：

"阿根，你做的好事！"

"太太，我没有做什么不好的事啊！"

"还说没有做不好的事，我问你，你把我这个存折到底交给舅老爷了没有？"

"咦！这是前几天的事，太太为什么在今天又问起来了？难道你不见到舅老爷有一张回条带给你吗？"

阿根听太太这样问，心中倒是别别地一跳。但他还是镇静了脸色，向她一本正经地狡辩。玉明这就在旁边插嘴冷笑道：

"你这种手段，只能瞒过我母亲的眼睛，可是，哼，你不能瞒过我的眼睛啊！阿根，我老实对你说，石福华并没有死，只要你不服帖的话，马上可以叫石福华来对质，那时候只怕你的罪名就大了。"

玉明说话是多么的厉害，可以说是针针见血，因此把阿根说得再没有强辩的余地了，呆呆地出了一会子神，然后又说道：

"不过你要怪我吞没了这个存折，那是实在冤枉的事情。"

"我也知道那个存折并没有落在你的手中，可是，你不把这件事情老实告诉我，你总是逃不了一种欺骗的罪名。"

何太太气得呆呆地变成了旁听的地位，还是由玉明一步一步地向他逼问。阿根两颊有点发烧，因为他自己也向少爷要挟过佣钱，所以支支吾吾地过了一会儿，方才低低地说道：

"不过，不过，我并不是自己愿意这样地向你欺骗……"

"哼，难道还有什么人指使不成？"

"当然，当然是少爷把这笔钱扣留下来了，他叫我不许作声。"

"他叫你去死，你也听从他去死吗？"

何太太这才气得手脚冰凉地向他问出这一句话来，阿根低头没有说什么，显然他是承认完全理屈了。玉明遂又继续问下去道：

"那么少爷把这笔钱留下来做什么花费？你可知道吗？"

"我知道的，他去买一只钻戒。"

玉明其实完全都已明白，因为杏春已经详详细细地告诉了她，但是她故意还这么问，当然也是她为人刁恶的地方。何太太听阿根说是买钻戒的，这就急急地问道：

"买钻戒的？他买了是送给什么人的？"

"这个……他没有告诉我，我也不知道他是送给谁的。"

"母亲，我也许猜到一点，他是送给丽英的。"

"好，好，原来是送给这个小妮子的，她叫她的父亲来拆散我的家庭，又叫他女儿来霸占我的家产，健生这畜生简直是有点神经错乱了。"

何太太听女儿这么说，她是气得顿了顿脚，忍不住大嚷起来。阿根想不到这事情会被小姐发觉了，难道太太把那张收条给小姐看了吗？仔细想来，这也是绝不会有的事情，因为太太送款子给石福华也是极心虚的事，她怎么会把收条公然给小姐看呢？那么除非是杏春向小姐报告的。其实杏春拿了我四万元钱，她也不肯这么傻的。所以阿根着实有些儿稀奇，为了推卸自己责任起见，他在旁边又低低地说道：

"太太，这是少爷的不好，和我原不相干，那么我没有事了。"

"那么你快把少爷去找回来，我有话问他。"

"是，太太！"

阿根这才松了一口气，回转身子预备要出外的时候，却被玉明喝了回来。原来玉明见母亲这样没有决断力，不会爽爽快快地做事，所以她是非拿出手段来不可了。一面尖厉地说道：

"母亲！找弟弟说话，那是另一个问题。现在我们先把一个仆人欺骗主人的案子来一个了结。你现在不管家政，所以不必再多费心思，一切的事都由我来。阿根，你在我家也做了许多日子，我现在发觉你是一个不大诚实的人，我平生最恨的就是说谎，所以我的家里是不愿有这种人存在的，还是请你另谋高就吧！"

"小姐！你……你……这……这……"

"不必多说，你自己做的事，你自己应该负点责任。这一个存折倒还是一件小事，就算你没有得到什么好处，但你总是帮助少爷做了犯罪的事，将来我们就很难信赖你！我情愿多送你半年的工钱，请你走吧！"

玉明做事能干，她一面说，一面在皮包内取出钞票来，放在桌上，是叫阿根马上走的意思。阿根通红了两颊，急得有点口吃了，说道：

"小姐，这你也未免太辣手了，就说我做错了一件事，但到底也是你父亲手下用下来的人，你就看在老爷的情分上，饶我这一遭吧！"

"算了吧！我爸爸死了，没有什么情分可说了。况且你们帮佣的人，只要有气力，什么地方都可以赚饭吃，何必一定要靠在我的家里？"

阿根听小姐说出了这两句话，知道她没有什么慈悲心可言的，看来没有挽回的余地。这就暗暗地怀恨在心，拿了桌子上的钞票，匆匆地去整理他的衣包了。玉明等阿根走后，遂向何太太说道：

"母亲，弟弟回来，你得好好教训他一番，免得他以后再有什么大胆的事情做出来。"

玉明一面说，一面站起身子，自顾匆匆地回房去了。玉明到了房中，又向杏春关照，叫她当心阿根的行动，不许他带走家里别的东西。这里何太太一个人在房中暗自想了一会儿，觉得眼前自己做人也没有多少滋味。女儿虽然能干，但她到底也有了独裁的态度。健生纵然不好，他到底是我亲生的儿子，是何家传宗接代的人，那么我也不能过分听从女儿的话，竭力用一种仇视手段去对付儿子。我还是做一个现成人，从今天起，就开始吃素念佛，以度我的残生。至于我和石福华过去的事，也只好算为健生爷在当初把我强占时的报应，说来说去，总是我太苦命的缘故，那么我还是修修来世的好。何太太想到这里，只觉万念俱灰，无事不空，一时悲从中来，可怜她忍不住暗暗地哭泣了一夜。

四　争产业黄金作祟

"啊！少爷，少爷，事情不好了，现在你把我害得饭碗也打破了。"

"阿根，你这是什么话？到底是怎样一回事？你快点儿告诉我吧！"

阿根匆匆地从上房里奔出来，在大厅上却和健生遇见了。因此他涨红了两颊，向健生气急败坏地诉说。健生刚回家，就听到这个消息，他似乎感到莫名其妙，也向阿根很急促地问。阿根遂把扣下这个存折的事已被她们发觉的话告诉了一遍，一面又愁苦着面庞，说道：

"现在小姐把我生意歇了，那不是你害我的吗？"

"可是她们又怎么会知道这一件事呢？"

"我也不懂啊！也许是太太把这张收条藏得不留心，被小姐发觉了。小姐那双眼睛多么厉害，她还看不出是谁的笔迹吗？"

"但你为什么要承认？你不是可以极力否认吗？"

"我当时哪里肯承认！因为小姐要叫石福华来对证，那叫我不是要急起来了吗？"阿根听少爷还向自己埋怨，这就更加地发急，表示被她逼得没有办法才只好说出来的意思。健生点了点头，蹙了眉毛儿，冷笑道：

"我知道她的意思，她所以赶你走，完全是在对付我。"

"那么少爷你也得给我想个法子，给我代为去恳个情，这个年头，你又叫我到什么地方去好呢？"

阿根见少爷说完这两句话，低了头，在大厅上踱起步子来。这就兜着他的脸儿，向他哭里带笑地央求。健生停了步子，回头对他望了一眼，表示很为难的样子，叹了一口气，说道：

"我看你还是暂时离开一下吧！我慢慢地准定给你想法子。"

"少爷，你这话可不行啊！我这完全是为了你，要不然，事情何至于闹成这个样子？你要不替我说一句话，谁给我去向她求情呢？"

"阿根，你为什么这样不明白？这件事和我太有关系了，我怎么还能以第三者的立场去跟她们说话呢？并非是我不肯代你讨情，实在是叫我感到有点儿为难。"

健生搓了搓手，蹙了眉头，表示也有苦衷的意思。阿根听少爷也这般胆小，遂故作不平的神气，向他刺激道：

"你这话虽然不错，但是你到底也是这屋子里的主人，况且你是一个男子，她是女人家，怕她不出嫁了，就好强管这一辈子家政不成？并不是我说这些话，实在我代你少爷太不平了。她有主意可以除歇我，难道少爷就不能有主意再来留住我吗？"

"你不知道，我扣留了这个存折，又去买了钻戒送人，因为事先并没有跟她商量过，所以我也承认是错的，为了这一点，我不得不向她暂时退让一步。"

"少爷，那么你难道就把我这样牺牲了？"

"唉！这也叫我没有办法，我想你可以到太太面前去求恳一下。"

"少爷，你为什么糊涂得这个样子？小姐还不是放着太太面前把我除歇的吗？太太在旁边瞧了就一句话也没有，你想，小姐她真的比舅老爷在的时候还要手段辣呢！我想，我想，你可以把家政权请她交出来，免得将来连少爷也被她赶出了这个屋子，这倒是一件笑话哩！"

阿根是只管用言语去刺激他，预备他愤怒起来可以和小姐吵闹。但健生是敢怒不敢争，他还是踌躇不决的样子，说道：

"这个你不必为我着急，世界上绝没有这样事情。假使她真的一

58

直这样辣手下去，那么总有一天，我和她会闹成势不两立的地步。不过在眼前，我觉得还是忍耐一点的好。阿根！我看你还是暂时走一走，回头我再想法子弄点钱来给你去做开销，总算你是为了我的事而牺牲的。"

"谢谢少爷，那么我去整理东西了。"

"我想你明天走吧！小姐要是来催你走，你说少爷留我明天走的，我想这一点点主，我大概是可以做的吧！"

健生忽然又对他这样说，显然是顾虑他的意思。阿根点头答应，遂匆匆到了自己卧房，把衣包整理舒齐。就在这时，杏春悄悄地走进来，问道：

"阿根，你还没有走吗？"

"少爷关照过，叫我睡一夜明天再走。杏春，你自己心里明白，光棍做事不累旁人，你虽然和我四六拆账，可是我没有把你咬出来。"

阿根望着她低低地说，当然他是有了讨好的口吻。杏春向他点点头，向他逗了一瞥感谢的目光，说道：

"你这一份好意，我心里也很明白，所以刚才我曾经考虑了一会儿，这四万元钱，我不该拿，因为你挡了这个祸水，那么我也不忍心分你的钱，请你拿了过以后的日子吧！希望你早点有了东家，但是我倒要劝你，你往后别干这些犯法的事了。"

杏春这举动倒出乎阿根意料，忍不住向她呆呆地望了一会儿。因为她在袋内已把四叠钞票送了过来，因此倒也不好意思立刻去接受，笑道：

"杏春，你这小姑娘终算很漂亮，不过你我都是帮东家的仆婢，说来也都是穷人。穷人和穷人倒有一点同情心的，所以我也不辜负你的好心，我就收你这两万元钱。"

"不，我不情愿看人家受过，而自己坐享其成地拿这些钱，假使我拿了这钱，我良心会感到极度不安。阿根，你还是拿了去吧！"

杏春很难过的样子，她把钞票全数在桌子上一放，回身预备向外走的样子。阿根于是也不再勉强她，但追到门口，向她说道：

"杏春，你给我向小姐去说一声，我过了这一夜明天一早就走。"

"我知道……"

杏春有些颤声地回答，她身子已向里面奔远了。阿根不知为什么缘故心中有阵子感动，他情不自禁地微微叹了一口气。

第二天早晨，健生拿了一叠钞票来给阿根，并且又向他安慰了几句。阿根掮了衣包，遂匆匆地走了，临走，又向健生说道：

"少爷，我希望你增加一点勇气来，不要给小姐一个外头人来征服你才好！因为你到底是何家的子孙，她是什么东西？也无非是一个外姓人罢了。"

阿根这几句话给予健生的刺激很深，因此望了远去的阿根的后影，他开始决心预备和姐姐来一个势不两立的争斗。这时忽然见祖同匆匆地走来，他含笑向健生招呼了一声。健生免不得问道：

"这样早你怎么会来的？有什么贵干吗？"

"咦，你不知道今天是星期日吗？好久不来望你们了，所以来望望姨妈。"

"是的，今天是星期日，我竟糊涂了。哦，你这一个姨妈的称呼可不实用了，以后请你还是别这么叫吧！"

健生为了姐姐专权把阿根辞歇的事有点气糊涂了，此刻听了祖同的话才想起。但他忽然对祖同又说了这两句话，因为昨天在公园里他还没有向祖同宣布过这一回事。其实建生不明白祖同是早就晓得了，就是他今天到来，也是和石福华商量好了来的，显然祖同是负了一种使命。不过他在健生的面前还假痴假呆地装作不详细地向他奇怪地问道：

"健生弟，你这是什么话？我可不明白你的意思了。"

"我没有告诉你，这也难怪你不明白的。因为石福华已经被我们赶走了，他根本不是我们的娘舅，那么很对不起，你和我们的亲戚关系，在这里也可以告一段落。"

"哦，原来你们家庭已经有了这一个变化，我确实还不知道。那我倒要向你道喜了，因为石福华的行为确实太不好了。虽然他是我的舅父，不过我这人的脾气就喜欢讲一句公平话，他姓石，你姓何，就是真的是你舅舅，照理也不应强占你家的家政权，所以在平日我也很代为抱不平。想不到今天居然把他赶跑了，这真不是一件容易的事情，痛快，痛快！"

健生做梦也想不到祖同会说出这一番话来。心中不由暗想，这小子倒也转变得快的。遂笑了一笑，说道：

"其实都是石福华自己太不会做人了，假使他肯对我们马虎一点，也许我们会看在母亲的面上马马虎虎地叫他一声舅舅，但是他偏偏要不识相，这也是逼着我们走这一条路的。"

"这也不然，他固然不会做人，还是你们为着要争取自由，总不能一辈子屈服在他的势力下。所以你们今日之间，可说是箭在弦上，不得不发。"

祖同这几句话听到健生的耳里，似乎还觉得有点意思。遂点了点头，不过为了和姐姐发生的裂痕，因此他倒又发起牢骚来了，说道：

"但事实上，在这一件事情结束之后，我所争取的自由仍旧是有限度的，其中最占便宜的，却是我姐姐，连我的妈都还及不来她的乐意。"

"我不懂这是什么意思，我想你们姐弟是应该一致的了。"

"我不说其中的底细，你当然不知道。现在一切家政权都归她做主，她高兴怎样就怎样，别人要做什么事，她就可以用种种不合理的理由来限制他。好像赶走石福华，倒完全是为了她。"

"那么你母亲难道就任她独裁吗？"

"现在连母亲都要怕她三分，这……这……还有什么可说的？"

健生听了阿根告诉的话，就可知道母亲的主意还是没她大，所以恨恨地说。祖同暗想，原来他们内部也已经分裂成这样了，于是又问道：

"不过，我有点奇怪，石福华被赶之后，家政权应该由你母亲掌握才对，为什么会落到你姐姐的手里去呢？"

"唉，这事情说起来，当然也是我自己的不好。"

"你为什么不好？你能不能讲给我听听？"

健生微微地叹了口气，正想说什么的时候，忽听玉明的声音从里面叫着杏春出来，说道：

"杏春，杏春，阿根走了没有？哦，章先生什么时候来的？你们在谈些什么？"

"连我们说话她都要来过问，你听听，她的权力简直要超过上海市的市长了。哼！这还不是笑话？"

健生此刻见了玉明，不知怎么的就感到一点讨厌，冷笑了一声，把身子向那边花架子旁走过去。玉明向健生瞅了一眼，似乎要发作什么话来，但祖同却迎上去，先含笑叫道：

"玉明，你早，我们并没有说什么，因为今天是星期日，所以我特地来看望你的。"

"万万不敢当，这几天你行里忙不忙？"

玉明对祖同因为有了一种好感，所以遂和他低低地搭讪，不料正在这个时候，忽然见门房里管门老头子赵大急匆匆地奔进来，面色慌张地报告道：

"少爷，小姐，不……不……不好了，外面有许多人，说是石福华家里派来搬东西的，他们一定要进来，来势汹汹，我若不是把铁门关得快，真有些阻挡不住他们。"

"啊！石福华的东西不是都送去了吗？还要来搬什么东西呢？"

玉明吃了一惊回答，健生这才从花架子那边走拢来，向赵大急急问道：

"赵大，你见他们来了多少人？"

"一共有十来个，都是穿短衣服，手臂上还刺了花，看起来不怀什么好意，大概是存心来找是非的。"

"那么叫阿根赶快从后门出去报告警察局好了，难道这般人是不怕王法的吗？"

健生明知道阿根已经走了，但他还故意这么说，表示姐姐把阿根辞歇，并没有来征求过自己的同意，所以他只装不知道的神气。玉明听了，遂板了面孔，正色地告诉他道：

"你还提阿根这个奴才，已被我辞歇了。"

"为什么？你事先竟没有向我来说一声。"

"既然你当初赞成我来当家，我就是一家之主，歇一个奴才还得开圆桌会议，那我觉得就太麻烦了。况且阿根做了不法之事，他欺骗了主子，实在可杀之至！"

"哼，阿根纵然有什么不好的地方，但到底是父亲手里的老管家，你给他老实不客气地辞歇了，那你也未免操持过切了。"

"什么过切不过切，像阿根这种奴才，成事不足，败事有余，要他做什么？"

"可是，你不能太专制，这一个家，到底不是你一个人的！阿根或许对你有不是的地方，但我却绝对需要有他这一个人。"

"哼，这就对了，无非要他帮着你再来吞没几个银行的存折是不是？"

"姐姐，你说的什么话？"

健生被玉明一语道破了秘密，他急了，向前赶上一步，眼睛里几乎要冒出火星来的样子。赵大立刻站在中间把健生拦开了，发急道：

"少爷，小姐，大门外的事情不解决，你们自己在里面还要闹着内乱，这还成什么话？难道让他们这些流氓闯进来搬完了东西，你们再想办法吗？"

"赵大这话倒很有道理，现在好比是到了外侮日亟的时候，你们姐弟心中纵然有什么冲突的地方，也应该团结起来一致对外才好啊。"

祖同在旁边也插嘴回答，表示很热心的样子。玉明和健生这才心中感到有点惭愧，大家都不作声了，因此室中的空气自然是静寂了许多。这里空气一静，就可以听到外面的吵声很响亮，好像还在大声地叫骂道：

"里面死完了人不成？他妈的！姓何的小子出来说话啊！"

"他妈的！不出来，没有种！把他们的大门拆了。"

"我们打进去！我们打进去！"

外面这些嘈杂叫骂声，听到玉明健生的耳里，倒不免暗暗地吃了一惊。赵大在旁边又连连追问怎么办。玉明是个女孩子，当然更害怕一点，遂向健生望了一眼，说道：

"健生，你快出去向他们问一问，他们要来搬什么东西？这样子还了得，青天白日之下，难道预备来抢劫我们了？哼，这还成什么世界？这还成什么世界？"

"真是笑话，为难的事，你叫我挡头阵，好处都让你去得。世界上没有这样容易的事情，对不起！这个我可不去，因为这根本是你的事。"

"啊，健生！你到底有心肝没有？怎么说出这些话来？这是家里大家的事，你竟推到我一个人身上来，你们男子汉不出去说话，难道倒叫我一个女子去对付那些流氓吗？"

玉明听他这样说，粉脸气得红红的，愤愤地说出了这两句话。健生却冷笑了一声，用了俏皮的口吻，说道：

"你是一家之主啊，怎么倒要我去对付呢？难道你只会坐享其成吗？哼！真是太岂有此理了。"

"好！好！健生，你也真太不像话了。妈！妈！我倒把妈妈请出来评一个道理，事情已到了这样地步，你还要斤斤计较这些问题，我问你是不是何家的子孙？"

玉明一面说，一面向里面高叫了两声妈，她简直气得有些发抖的样子。祖同觉得在这局势之下，对自己是一个绝好的机会，遂自告奋勇地向玉明说道：

"玉明，你不要害怕，健生不肯去，还是我去向他们应付一下，青天白日之下，料想他们也不敢有什么越轨的行动。"

"章先生，你可千万要小心一点才好。"

"没有关系，我就不信他们竟一点儿道理都不讲的。"

祖同点了点头，就很快地向外面奔了。玉明恐怕祖同有什么三长两短，遂叫赵大快点跟随出去，假使有什么不利的消息，快点进来报告。赵大答应，遂也匆匆地追出。这里玉明恨恨地瞅了健生一眼，冷笑道：

"健生，你也不知道着了什么人的魔，居然袖手旁观，像和你一点关系都没有的样子。哼！你……也不知道是不是何家的后代呢？"

"我会不是吗？除非你……"

健生说到这里，忽听外面叫骂之声又响了起来，好像还在打架的样子。就在这个时候，杏春扶了何太太出来，她吓得神色有点灰白的模样，急急地说道：

"什么事？什么事？到底为了什么？外面竟有人来寻是非，难道不能到警察局里去报告吗？"

"妈，你想这是不是太奇怪了？石福华差许多流氓来，要搬我家的东西，我家还有什么东西是他应该搬走的呢？"

"这个……我想你舅父不会这样没有道理吧！"

何太太听了女儿这样说，她倒是呆了一呆，微微地红上了一阵子面孔，方才用了庇护他的口吻，低低地回答。健生这时又向母亲冷笑道：

"事实已经放在眼前了，母亲倒还要给他辩护，这也未免太多此一举了。石福华果真不预备夺我们家产的话，今天就绝不会有这个事件发生了。"

"那么……这……可怎么办呢？你们尽管躲在屋子里面也不是道理，总要有个人出去和他们谈判谈判才好啊！"

"就是为了这个事儿，我就和弟弟吵闹，家里发生了不幸的事情，他怎样也不管，却叫祖同一个外头人去应付他们，这不是一件笑话吗？"

玉明趁此在母亲面前向健生攻击。何太太听了，向健生面部呆望。健生懂得母亲的意思，这一阵子呆望就是代表了"为什么"三个字，于是冷笑着道：

"母亲，你不知道，姐姐只晓得管那些有益于自己的事，假使没有好处的事，她就只管叫别人去干。我想这是太便宜了她，她是当了家啊！什么事情都是她的权大，现在发生了不幸，也该叫她亲自去挡一阵才是，难道倒又是我的事情吗？"

"但你自己也得想想你自己做的事情，你心中也觉得应该吗？假使你不把这一个存折扣留下来，我想石福华也绝不会差人到这里来寻是非的了。"

何太太听见健生这样说，反而调转了话头埋怨到他的身上去。健生到此似乎有点语塞了，这就低了头，默不作答。就在这时，忽听外面大喊一阵子"打打！打死他！打死他！"这一来把大家都吃了一惊，玉明连忙叫何太太躲到里面去，健生倒也有趣，竟要跟了他母亲一同入内。玉明冷笑道：

"健生，你也太没有勇气了，难道你也预备躲起来吗？"

"你有勇气，那么你为何不出去交涉交涉啊！"

"应该归我做的事，我绝不逃避，你要明白你是一个男子汉大丈夫，难道不怕难为情吗？"

"我不去就不去，你便把我怎么样？"

健生一面说，一面竟自顾回到书房里去了。玉明气得铁青了面孔，咬了牙齿，却忍不住叹了一口气。就在这时，赵大匆匆地奔入。玉明急问怎么了，赵大说道：

66

"章少爷和这般流氓打起来，幸亏警察瞧见了，把他们一同押到局子里去了。"

"那么章少爷呢？"

"也一同去了，他临走的时候，向我关照，叫我对小姐说，不要着急，没有什么大不了的。"

"唉，想不到健生还不及一个祖同，可怜祖同也不知被他们打伤了哪里没有。否则，我心中真是太对不起人家了。"

"打是打得很厉害，章少爷西服都被扯破了，头发也抓乱了。"

"那……可怎么好呢？我也赶到局子里去看看他。"

"小姐，章少爷关照过，等会儿他会打电话来的，所以小姐此刻还是不用去了。"

赵大见小姐急得十分厉害，遂向她低低地道。玉明觉得此刻自己就是赶去了，也没有什么用处，遂只得等祖同打电话来了再做道理。一面叫赵大快去看守大门，不要给第二批流氓来再发生什么意外。赵大答应，遂匆匆出外去了。正在这时，健生从里面走出来，好像预备到外面去的样子。玉明遂把他叫住了，说道：

"弟弟，你到什么地方去？"

"你管我到什么地方去，难道这些又是你应该来管束我的吗？"

"并不是我来管束你，我劝你不要再引些闲神野鬼来和我作对，要知道外面人一个都没有好的。"

"可是家里人也未见得个个都是好的，我觉得有些人实在太不知好歹，这好像是香火赶出和尚，那还成什么体统？"

健生的话显然有讽刺的意思，像针似的向她心中刺去。玉明脸一红，逗给他一个娇嗔，冷笑道：

"我真不知到底是谁不知好歹，在吞没银行里的存折？"

"是我拿了，你便怎么样？"

健生再也忍熬不住了，冷笑一声，他眼睛睁得圆圆的，完全是一副吵架的神气。玉明微微一笑，故意俏皮地道：

"我想你大概不至于拿这一笔不应该拿的钱，因为你是一个知书识字的青年，你不会做这种不知廉耻的事吧！"

"哼，什么不知廉耻？你不用当面来骂我。老实对你说，这笔款子真的是我把它扣留下来的，我以为我应当有这个权利，别人没有资格来干涉我这一件事。"

玉明这些指桑骂槐的话，健生哪有不明白的道理？索性承认下来，很理直气壮的样子。玉明淡淡一笑，说道：

"健生，你要是这样说，我认为更不对了。你既然是拿了这一笔钱，却一声不响，这已经是存心欺人，现在你还要说是你应该享受的权利，别人不能加以干涉，这简直是放屁之至！我倒要问你，你所根据的是哪一种理由？"

"我当然有我的理由。"

"我想你这理由一定是想入非非的，你倒不妨说给我听听。"

"那是很简单的，我觉得我们不应该再把何姓的钱去送给石福华，所以我就把这钱收回来。因为有事情需要用钱，我就把这钱用了，那是很平常的一件事，为什么你要大惊小怪呢！"

健生一面说，一面坐到椅子上去，好像静待姐姐的意见，彼此可以有一个胜负的辩驳。玉明也在他对面坐下来，摇了摇头，说道：

"我以为这根本不是什么理由，无非是你犯的一种事实上的错误。"

"根本一点儿也不错误，你要明了我两人的身份的区别。你虽然眼前在管理何姓的家产，但我是这项家产唯一的继承人，我为什么不能用这笔款子？你又凭什么资格来干涉我？"

健生说到这里，在袋内摸出一支烟来，取了打火机，燃着了香烟。玉明气得鼓着脸腮子，哦了一声，说道：

"原来你这样想，那你完全忘记了现在是什么时代的世界？况且……况且……母亲还未到百年之后，这家产还轮不到你来支配，就算你能够继承，但也不过是继承人之一，绝不能抓到一笔钱之后，就随心所欲地去花费，所以你的思想，完全是错尽错绝的。"

"啊！现在什么世界？难道真的造反了？什么我是继承人之一，我倒要请教你，除了我之外，还有谁有继承的资格？"

健生急得跳起来，表示十分不服，而又十分愤怒的样子。玉明却若无其事地微笑着说道：

"那还用说吗？除了你，除了母亲之外，当然是我。"

"哈哈，你也算是继承人吗？你不要再梦想了。"

"什么梦想？健生！我告诉你，现在是二十世纪的新时代，男女一律平等，为什么我不能算继承人呢？你倒去打听打听，做女儿的是不也有分产业的权利，尤其是一个没有嫁人的女儿。"

玉明这才圆睁着杏眼，也表示无限恼怒的意思。健生这才把盛怒稍减了一点，但口里还表示不以为然地说道：

"这可是笑话，一个女子生成是要嫁人的，她怎么能够接受祖上遗下来的财产呢？你这话是骗骗三岁小孩子的，我可不相信。"

"哼哼！亏你还算是一个高中的学生，连这一点知识都没有，我劝你还是不必再去读什么书了。你不信我的话，你尽管去请教那些法律专家，我的话到底有没有几分根据？"

"你不必把自己的身份抬得太高，老实说，照你这样子管理家政，已经够使人不服，我想请你下台，免得将来缠不清。"

健生在言语上似乎不是玉明的对手，他觉得还是把最后的目的爽爽快快地向她说出来好。玉明也猛可站起身子，问道：

"我在当家，哪一处有舞弊？你只管说出来，我没有什么错处，我绝不甘心贸然地就丢脸下台。"

"你的舞弊，还有谁能知道？因为你太独裁了，你并不来征求我的意见，你就把阿根辞歇，实在你比舞弊还要可恶。照这样下去，你说不定就和石福华一样预备把全部家产都要归到你的名下去，那我倒好像是个外头人了。所以我觉得你非下台不可，否则，我连立足之地都没有了。"

"假使我不下台，你预备怎样呢？难道要打官司吗？"

"你若真的不下台，那当然有这一种事情会发生的。"

"可是你仔细想一想，不要被外面人知道了笑话。"

"但我觉得假使果然发生了打官司的不幸，这也是你做了其中罪魁。至少是为了你太独裁的导火线，况且这是我的权利，在所必争，除非你把家政权好好地交出来，否则，就是被外人笑话，我也管不得许多的了。"

健生表示那一种决心的样子回答，而归罪还在玉明的身上。玉明呆呆地沉思了一会儿，方才说道：

"我倒并不想替自己找麻烦，所以一定要硬硬地把持家政，因为我怕一到了你的手里，你更会荒唐地瞎花费起来。不但我这一份没有了着落，就是母亲的养老金，恐怕也会失掉保障了。"

"母亲的养老金，我当然可以把它拨出一部分来，至于你的，我以为除了出嫁时一笔嫁妆费之外，根本没有你的份儿。"

"胡说，照你的意思，你就把我赶出去了吗？"

"倒并不是这个意思，我说你早晚总要嫁人的，嫁了人，你丈夫有他的继承权，你的一份根本不是在娘家的。"

玉明气得有些发抖，觉得弟弟倒并不是一个十分粗憨的人，显然他今日对付我的态度完全是有背景的，所以愤愤地回答。但健生却微微一笑，他还是说得那么俏皮。玉明冷笑道：

"我嫁人不嫁人，这是另外一件事。至于现在，我还是何姓家族的一员，既然你的权利，在所必争，那么我的权利，岂肯就这样地轻易放弃了？所以你放明白一点，我在没有走出何家大门之前，你休想独吞这一份家产。"

"但你总有一天会嫁人的，'嫁出门的女泼出门的水'，难道你连这句俗语都不知道？再要跟我来争家产，可莫怪我做兄弟的无情。"

玉明听他简直像给自己下最后的警告的模样，这就觉得姐弟之

70

感情已经破裂到不可收拾的地步，她气急了，恨恨地说道：

"你有情怎么办？无情怎么办？我倒要见识见识你对付我到底有怎样一种手段了？"

"当然，我有我的办法，除了对付石福华一样的手段来对付你，那么我们还是来打一场官司比较痛快。"

"哦，你倒又想请魏家骅律师来把我赶出去吗？这你可弄错了，恐怕没有对付石福华时那么容易吧？"

"你且不要管他，我们再见吧！"

健生好像胸有成竹的样子，说了一声再见，便匆匆地向外奔了。玉明觉得这一场官司又到了不可避免的地步，一时轻轻地叹了一口气，颓丧地倒向椅子上去了。就在这时，何太太很不放心地走出来，问事情到底闹得怎样了。玉明告诉她祖同和流氓们已一同到警察局去了，而且他身上都已受了伤，这次真是多亏了他。何太太叹息道：

"那么祖同这孩子不知道要紧不要紧呢？唉，都是你们这班畜生不好，把舅父赶走了，现在就闹出这种事情来。健生呢？他又到哪里去了？"

"母亲，你不要提起弟弟这个人了，他简直胡闹极了。"

"啊！为什么？难道他又闹些什么新鲜花样来了吗？"

"哼，他要和我打官司！"

何太太一听，不由急了起来，本来坐在沙发上，此刻又站起身子，问道：

"他……他和你打什么官司？一份好好的家庭，被你们这样闹下去，终要死一个人才会太平哩！"

"健生怪我不该辞歇阿根，说是下了他的面子。母亲，你想，阿根这奴才，欺骗了主人，你说一句话，该辞歇他吗？"

玉明向母亲告诉这件事情闹翻的因果，何太太听了，觉得这件事和自己也有一点儿连带关系，所以心中也很怨恨健生，生气地说道：

"这逆子真是变死了，那么他现在到哪去了？预备怎么样和你打官司呢？"

"他要请律师和我打官司，而且还要把我像石福华一样驱逐出去！"

玉明似乎感到很受一点委屈似的，在母亲面前，她已忍熬不住把眼眶子里的眼泪流了下来。何太太气呼呼地说道：

"他去请谁？他又是请这个老甲鱼去吗？你不要害怕，有我做娘的在世上，谁敢为了家产打官司？他有本领，把我做娘的人一同赶出去！"

"当然，还不是那个魏家骅吗？母亲！我觉得弟弟年轻无知，完全是他们父女俩在做军师，所以弟弟又会请他来和我作对，所以这次母亲非拿定主意了不可。"

玉明恐怕自己一个人难以对付家骅，所以对母亲低低地怂恿，她要借重母亲的力量，来吃瘪弟弟这次的打官司。何太太听了，在想到了石福华之后，她又唠唠叨叨地骂起来，说道：

"你现在可知道了吧？人心是多么势利，谁肯真心地来帮助人家呢？为来为去还不是为了自己想从中得利吗？你们把舅父硬生生地赶了出去，我以为你们总可以过太太平平欢欢喜喜的日子了，谁知道还是免不了吵啊闹啊打官司啊！这叫作引鬼上门。并不是我骂你，你这姑娘根本也不是好东西！当初请魏家骅到家里来，不也是你自己吗？现在事情闹到自己的身上来，那还不能说是眼前报吗？"

何太太这一番话把玉明骂得哑口无语，低了头，却默不作声。就在这时候杏春匆匆出来，说道：

"小姐，章少爷有电话来了。"

"哦，我马上去接听。"

玉明这才借此急急走到电话间，握起听筒，低低问道：

"你是祖同兄吗？嗯，我是玉明。"

"哦，玉明！我告诉你，警察局把这些流氓都已扣押起来。"

"那么你在什么地方呢?"

"我此刻在人和医院里,因为我身上已经受了一点微伤。"

"哎呀!不知要紧不要紧?那可怎么办呢?"

"玉明,你不要急啊!是一点儿极轻微的伤势,没有关系,明天就可以出院的。"

"那么你在几号病房?我马上来看望你。"

"是特等病房三号,也好,我恭候你吧!"

玉明连说了两声好的、好的,便放下听筒,急匆匆地出来,一面吩咐杏春到房中去拿皮包。这里玉明到了人厅,何太太询问她祖同怎么说的,玉明遂告诉了她一遍,何太太很感激地代为他念了一声佛,但愿老天爷保佑,不要让他有什么危险才好。这时杏春把皮包拿上,玉明向何太太作别,便坐车到人和医院去了。

五　奋勇仗义护助原来一片假

　　祖同在未打电话给玉明之前，先摇一个电话给石福华，所以石福华和笑莺便匆匆地坐车先来探望祖同。笑莺见了祖同睡在病床上，头上包扎了纱布，心中多少有些感觉肉疼，遂坐到病榻旁边，抚摸他的手儿，柔和地向他低低地问道：

　　"表哥，你真的受了重伤没有？这班都是死人，难道把你就这样假戏真做起来了吗？"

　　"没有，没有，我是一些皮外伤。你不知道，因为赵大站在旁边，假使不装得认真一点儿，这当然会给人起疑心的。"

　　祖同连忙向她解释，脸上还浮现了一丝有趣的微笑。石福华站在旁边，那两只阴险的眼睛定住了，似乎在想什么心事的样子，此刻才对祖同悄声说道：

　　"你觉得这个计划是否有成功的希望？"

　　"舅父，不但有成功的希望，而且有实现把握。我觉得玉明对我完全已经有了感情，而且我见他们姐弟的摩擦，也已经到了一触即发的地步。所以我若再用一点功夫下去，保险他们立刻有开火的可能。"

　　祖同连忙悄悄地报告，表示十分有把握的模样。石福华点了点头，他心中当然十分欢喜。但笑莺却有些怨恨，因为父亲怂恿祖同去追求玉明，万一玉明和祖同发生了关系，那么我不是要失败了吗？因为男子总是喜新厌旧的多，有了玉明这个比我更美丽的姑娘，他还会把我放在心上吗？所以越想越不对，遂忍熬不住开口说道：

"爸爸，你们的计划是成功了，但叫我以后怎么办呢？"

"笑莺，你是不是怕祖同有了玉明，就把你忘记了？你放心，这是绝不会的，况且……况且……祖同还有凭据在我的手中呢！"

福华明白女儿的意思，微微地笑了笑，他在祖同的面前，就老实不客气地说出了这几句话，暗中也无非表示警告祖同的意思。祖同却用了诚恳的态度，把笑莺的手握了一握，低低地说道：

"表妹，你不要忧愁，我和你已经成为一体了，换句话说，我们已经成为一对夫妻了。至于我对玉明以后的举动，都是一片假情假意，原是叫他们姐弟两人自相争夺，闹成了内乱，那么让舅父心中也好出了一口怨气。所以你千万要想明白，知道吗？"

"嗳！祖同这些话对极了。笑莺，你为了你爸爸心中出一口怨气，当然只好受一点委屈了。"

福华对于祖同这几句安慰女儿的话，心里表示非常有道理，所以连连点头，也对笑莺轻轻地说。笑莺望着祖同，却不再说什么话，但那种意态显然有无限情意的样子。福华也许知道女儿的意思，他便悄悄地退到病房外面去了。祖同这才放大了胆量，把她的粉脸捧过来，对准她的小嘴吻了一下，笑道：

"好表妹，不，我心爱的妻子！你难道还不相信我吗？"

"并不是信任不过你，因为一个人到底不是木头，也不是铁石，当然是一种有灵魂有情感的动物，你此刻虽然是存心预备给我爸爸报仇的意思，但到了明天，你们真的发生了爱情，却把我抛在脑后了，那不是叫我难以再做人了吗？我说爸爸这人也太喜欢陷害人了，一个人终要正大光明，靠这种手段去捉弄人，那么将来也是没有什么好结局的吧！"

"我说这是你过分的考虑，玉明这姑娘平日眼睛生在额头上，我也十分气她，所以今日有这一种好机会，我当然也需要向她报复一下。"

"可是你要晓得蹂躏人家姑娘，那是伤阴骘的事情。比方说你把她身子糟蹋了，你又去抛弃她，万一她和你打起官司来，法律是否能够饶过你呢？我想这是值得考虑的一个问题吧！"

笑莺为了祖同的前途，为了自己的幸福，她不希望祖同和玉明发生密切的关系，所以她还是向祖同有劝阻的意思。祖同沉吟了一会儿，低低地说道：

"不过这是你爸爸的意思，他要叫我这样做，那叫我有什么反抗的办法呢？你也知道你爸爸是只凶狠的狼，是只狡猾的狐狸，我若违背了他的命令，恐怕他对我就有不利的行动了。"

"你这话也不尽然，做不做是你的自由，难道他真能强迫你吗？"

"表妹，你不知道，他的用心是很有计算的，你不见他要我写一张凭据在他手中吗？假使我有什么不称了他的心，说不定他会告我强奸了他的女儿。"

"那倒不怕的，反正在法庭上我可以承认是我心甘情愿的，难道法官还能定你的罪名吗？"

"这也难说，总而言之，我绝不会忘记你，就是我忘了你，恐怕你爸爸也不会饶过我的。"

祖同握了她的手，轻轻地抚摸着，用温和的语气，向她低低地安慰。就在这个时候，石福华含笑走了进来，说我们可以回去了。笑莺见了父亲，她心中自然而然地也会有一种害怕的感觉，因此在依依不舍的情形下，也只好快快不乐地回去了。祖同等福华父女走后，遂打了一个电话给玉明，不到半小时，玉明就亭亭玉立地站在病房中了。祖同一见玉明，很兴奋的样子，猛可从床上坐了起来，叫道：

"玉明，你来了吗？"

"章先生，不知你受了怎样的伤？快不要坐起来，你还是静静地躺下来休养吧！"

玉明见他为了她家的事情，而受伤睡在医院里，心中不免有些感动，这就急急地挨近了床边，情不自禁地去扶祖同的身子。祖同趁此把她的手紧紧地握住了，脸上含了一丝欣慰的微笑，低低地道：

"玉明，在电话里我不是已经告诉过你吗？我是一点极轻微的伤势，大概明天就可以出院的。至于流氓的事情，他们不肯咬出是石福华指使的，所以都扣押在局子里，大概要定他们敲诈的罪名。"

"章先生，我觉得这件事情累你受了伤，这真使我太对不住你了。"

"玉明，你何必要说这些话呢！因为健生推不管账，我知道你的脾气偏是十分好胜，所以我怕你挺身自己出外去交涉，万一你被他们打伤了，这不是更糟了吗？为了这样，我才奋不顾身地代你出去交涉，只要你能平安无事，我为你受一点儿微伤，这又算得了什么一回事情呢？"

祖同听她含了歉意的目光，向自己低低地说。觉得这是给自己一个讨好的机会，遂用了温和的口吻，微笑着回答。玉明情不自禁地在他床沿边坐了下来，微微地叹了一口气，说道：

"我真想不到我亲爱的弟弟还及不到你，章先生！我觉得你对我太好了，真不知叫我怎么感激你才好。"

"玉明，我从来没有想到你会对我说这几句话，所以我的心中已经是够欢喜了。你也不用来感激我，只要你以后不要再叫我章先生，我就是为你死了，也心甘情愿了。"

"不叫你章先生，那么该叫你什么呢？我总不能再向你称呼表哥吧？"

玉明一颗芳心在无限感动之余，她也慢慢地动起情来，粉颊上盖了一层桃花的色彩，秋波斜乜了他一眼，却娇媚地笑了。祖同心中不住地荡漾，轻柔地说道：

"我倒不希望你叫我表哥，只希望你能叫我一声名字，说不定我的伤势就完全好了。"

"叫你一声祖同，这也算不得一回稀奇的事啊！那么我就叫你祖同吧！"

"哦，玉明！我真是欢喜极了。"

"祖同，你痴了！你难道忘记自己是个受伤的人吗?"

玉明见他乐得跳起来的神气，遂把纤手按住了他，也忍不住微笑着问他。祖同扬着眉毛，望着玉明笑嘻嘻地说道：

"不，我哪里受过伤? 我的伤都被你医好了。真的，我一点儿也不觉得痛苦了。"

"祖同，我劝你不要太兴奋了，还是安静点儿养息伤势要紧。唉!"

玉明向他低低地说完了这两句话，不知为什么缘故，蹙了眉尖，却又轻轻地叹了一口气。祖同似乎有些奇怪的样子，由不得低声问道：

"玉明，你好好的为什么叹气啊? 有什么为难的事，你只管对我说，假使我有能力可以代你去出力的话，就算是赴汤蹈火，我终归是不推辞的。"

"你不知道，弟弟竟胡闹到这个地步，他刚才和我吵了一番，却匆匆地向外跑了，听他说还要和我打官司呢!"

玉明在势孤力单的情形之下，她当然很需要有个助手来商讨事情，虽然在她自己心中也早有了一个打算，不过单独行事，无论在哪一处都很感觉到吃亏。现在既然有了祖同肯替自己死命效劳，那么在她心中自然而然地把他当作心腹看待，于是把健生和自己决裂的情形向他约略告诉了一遍。祖同因为已经知道他们姐弟决裂了，所以他当然不必再有什么进谗的言语，反而显出大方的态度，说道：

"我想健生虽然很粗暴，但总还不至于和自己嫡亲姐姐到打官司的地步。所以我的意思，也许这是你神经过敏的缘故。"

"你还这么说，是他亲口对我说的话，难道我还冤枉他不成?"

"不过，你也不必忧愁，就是健生要和你打官司，也没有这么简单的事。"

玉明沉吟了一会儿，似乎有一种猜测的表情，低低地说道：

"他此去也不会去找第二个人，当然还是这个魏家骅。家骅因为健生是他未来的女婿，那么他们一定会用计策来伤害我，所以我觉得很痛心。想不到自己的亲同胞，反而还要请外人来帮忙，闹着内战，给第三者得利。所以我觉得中国人永远像散沙一样，再也不会有强盛的一天。"

　　祖同听玉明说到后面，大有痛心疾首无限感慨的样子，这就代为抱着不平的样子，恨恨地说道：

　　"我也想不到健生竟这样可恶，石福华才被赶出了大门，照道理你们姐弟应该同心同意来创造家庭的基础，恢复你们的祖业才好。谁知道反而自相残杀起来，那的确叫人可恨。我想健生会请魏家骅来和你打官司，那么你难道就不能请别人来和他对抗吗？"

　　祖同后面这两句话，已经有了挑拨是非的作用，好在这意思并不十分露骨，所以玉明还只以为祖同完全是为了自己着想才这么说的。虽然自己也未始不预备这么痛痛快快地干一下，但仔细想来，到底不能太鲁莽，所以摇摇头说道：

　　"你这话虽然不错，但是我总不能和弟弟一般见识去这样子做，因为我觉得事情在没有完全决裂之前，我是不能忘记同胞手足的情分的，而且被外界知道了来笑我们为了金钱而没有姐弟之天性，这我所以还觉得有考虑的必要。"

　　"这也不然，他既然不仁，你就可以不义，因为他愤愤地已向外人去求帮助，来欺侮自己的姐姐，那么他若真的在法院里起诉的话，我以为在他已经是没有姐弟的情分可说的了。"

　　祖同继续向她刺激，他偷偷地望了玉明一眼，是窥测她的态度，到底有没有愤怒的意思。玉明也望了祖同一眼，似乎有些不了解的样子，微微一笑，低声问道：

　　"怎么？你倒愿意我们真的去打官司吗？"

　　"并不是我幸灾乐祸地喜欢你们打官司，因为我觉察健生的野心已到不可抑制的地步，事实会使你没有办法去避免这场官司的，那么我觉得你应该有所准备才好。"

祖同一本正经地回答，表示完全为了玉明终身幸福着想。玉明点了点头，却又微蹙了眉尖儿，沉吟了一会儿，低低地说道：

"就是弟弟有这一个举动，我也犯不着和他打官司，所以这件事还得由我母亲去做主吧！"

"你倒说得好干净的，只怕事实上你就脱不了关系。"

"为什么？难道他一定要寻着我不可吗？"

"当然了！他若在法院里起诉，你就是一个被告，到那时候，我问你理他还是不理？"

"嗯！照你这么一说，我似乎也应该请一个律师和他来干一下子，是不是？"

玉明被他说得心里动了一下，她红了脸，向他低低地问。祖同见她显然也有这个意思，遂计上心来，拍了一下胸部，说道：

"事情当然是这样，不过，你怕麻烦的话，倒可以不用出面，一切我给你包办也不要紧。"

"这恐怕有点不大妥当，我的事情，为什么要你出面呢？"

祖同这后面一句话，倒又引起了玉明的怀疑来了，遂凝眸含颦地瞅住了他，低低地说。祖同却依然显出毫不介意的表情，表示愤恨的样子，说道：

"其实这也没有什么关系，我不过替你抱不平，因为你是一个女子，论理我也应该有帮助你的义务。"

"可是我总觉得自己亲手足要闹起这个官司来，我真觉得有些对不住何家的祖先。"

玉明说到这里，只觉得有股子悲酸，几乎盈盈泪下的神气。祖同为了体贴她的芳心起见，遂又缓和了语气，低低地说道：

"玉明，你不要难过啊！好在这决裂的主动者不是你，假使事情有了和解的希望，我们当然绝不使这事情扩大到打官司的地步。所以我说这导火线根本还是在健生的手里。"

"这自然啰！你想，我们同心协力地把石福华驱逐了，现在又为了争夺自己个人的权利，而引起了诉讼，这不要被社会上的人笑骂死吗？"

玉明这几句话完全是为了顾全彼此面子关系，但祖同却不以为然，哼了一声，低低地说道：

"我说事情万一真的爆发了，外界一定也看得很清楚的，这究竟是谁的过错？换句话说，就是骂起来，也得骂健生，绝不会骂到你的头上来。"

"俗语说得好，一只碗不会响，两只碗叮当响，虽然我有充足的理由，外界也绝不会纯粹说我是不错的吧？"

"你何必这样过分忧虑呢？至少，我章祖同是绝不会说你错的一个人。我几个朋友都是创办小报的，就是大报的记者我也很认识，我可以请他们发表几篇稿子，关于这一次诉讼的内幕，完全是健生的蛮不讲理，同时还可以攻击魏家父女为了自私的利益，而离间人家的手足之情。我想这么一来，社会上人士，还会给你表示十分的同情，而群起鸣不平呢！"

"这倒也是一个办法，所以事情在真的弄僵之后，请你给我效力，我一定会重重地谢你。"

玉明这个姑娘不但精明能干，而且她太会打算了。她脸上完全是套上了一个假面具。之所以她不肯和健生诉讼，完全为了自己名誉的关系，恐怕被社会上人士所指摘。现在一听祖同可以在报上庇护她，那么她自然十分欢喜。遂用了温和的态度，向他低低地说。祖同显出那份忠心耿耿的样子，点头说道：

"玉明，你放心，我不是早已跟你说过了吗？只要你有用得到我的地方，纵然是刀斧架头，出生入死，我也万死不辞。"

"祖同！不，你为什么要说得那样认真呢？"

玉明一颗芳心也自然而然地生起爱意来了，把纤手在他嘴上一按，秋波脉脉逗了他一瞥媚意的目光，似乎爱惜他不该说这些死活的话。祖同觉得自己的口才到了成功的阶段，他心里有点喜悦，情不自禁地把她手握了过来，含笑说道：

"玉明，在三年前，不，还是在五年前，我就对你有着一份真心，只可惜你当初并没有真的认识我。"

"我希望你说的这些话，不单是一种表面文章。"

"玉明，你假使信不过我，我可以起一个誓来证明，我愿意把我的生命全部都交托给你！玉明，你现在可相信了吗?"

祖同说得那么恳切，他把玉明的手握得紧紧的，表示死心塌地愿意做玉明的奴仆。玉明的脸，像玫瑰花朵般娇艳起来。她微微地点了一下头，却嫣然地笑了。这一笑是分外妩媚，祖同像吃了一块糖般甜蜜，接下去又柔和地说道：

"玉明，你应该知道，我对你的怀念，已经是像大旱之望云霓了。"

"是的，我也许曾经理会到这些。"

"可是，在这悠久的时日内，我像在黑暗的地狱中摸不着一盏明灯般痛苦。现在，我方看见了生命之火，在眼前展现了。"

"也许那时候我还没有认清人生的目标，我现在方知道一个人是少不了一个知音来给自己任一个参谋。"

"那么从此以后，我就是你的参谋长了。"

祖同兴奋地回答，他忍不住笑了。玉明秋波斜乜了他一眼，垂了粉脸儿，也微微地笑起来。过了一会儿，玉明又抬头说道：

"祖同，既然你身子有了伤，我以为你不必急急地就在明天出医院，还是多休养几天要紧。对于一切医药费用，我当然可以给你负责付清的。"

"可是我原没有什么重伤，花费你无谓的金钱，我心中也会同自己一样肉痛，所以我决定明天就出院。"

"金钱是小事，身体是大事，你不要肉痛金钱而不顾身体，这叫我不是对你有了一种抱歉?"

祖同对于玉明这种柔情蜜意的话，几年来可说从来也没有听见过，此刻听到耳里，心中真乐得不知所云，遂扬眉笑道：

"其实我是怕一个人睡在医院里太冷清的缘故，你又不能天天来陪着我谈天……"

"假使你需要我，那么……我可以抽一点工夫来和你谈谈。"

"真的吗？玉明！我为什么不需要？我实在太需要了，并不是我有点发了狂，我若一见到你的脸，我觉得一切的烦恼全都消失了。玉明，我希望海可枯石可烂，而我们的心，应该是永远不分离吧！"

祖同猛可坐起身子来，他握紧了玉明的手，虽然他口里在否认他有点疯狂，然而事实上他的确有些疯狂起来了。玉明想不到他真有这样的痴心，遂忙扶着他躺下来，笑道：

"别这样子吧！只要你有这一份真心，那么我们以后说不定有永远在一起的日子。"

"为什么要说说不定？我就希望一定一定。"

玉明把手指在脸上划了一下，逗给他一个妖媚的白眼，她便含笑走到窗口去了。祖同知道她是害羞的意思，因为这是想不到的一种快速的进展，他自然是分外得意。望着玉明那曲线优美的身段，他嘴角旁的笑容，就没有平复过。

"祖同，我该回家了，你就好好在这里休养吧！我此刻还得给你到账房间去付一点医药费呢。"

"不用了，我自己已付过了一点，预算明天出院，大概短少不了什么的。"

"那么我明天和你总算吧！"

"哎！这一点儿小数目，你还说这些话，那不是太见外了吗？"

"不，那可不是这样说的，因为你已为我受了伤，假使再叫你破费医药的费用，那我的心中会感到更加不安的。祖同，好，那么我明天来陪你出院吧！"

"谢谢你，那叫我心中真太感激你了。"

祖同十二分至诚地回答，他眼见玉明在门外消失了，方才又在床上躺了下来。他暗暗地细想，大概这次的计划是可以成功了。

　　玉明回到了家里，正是吃中饭的时候。何太太好像很心焦的神气，向玉明急促地问道：

　　"祖同伤得到底怎么样了？为什么你去了这许多时候才回来呢？倒把我等得急都急死了。"

　　"伤得很轻微，大概没有什么生命的危险。母亲，健生回来过没有？"

　　母女两人都坐到桌旁的时候，玉明后面又向她问出了这一句话。杏春把饭盛上来，何太太接过饭碗，摇了摇头，说道：

　　"还没有回来呢！这孩子真是着了魏家父女的魔了，想不到他竟会变得这样快，叫我这做娘的太痛心了。"

　　"我想健生是素来很听从我的话的，今日突然会变了，这当然是魏家父女从中搬弄是非所致，还未结婚，尚且这样，假使进了何家的门，恐怕我和母亲两人就会没有立足之地了。"

　　一个自己搬弄是非的人，往往喜欢说别人家搬弄是非，这当然是一种手段。何太太听了，自然十分生气，冷笑道：

　　"她要到我家来搬弄是非，那可没有这样容易吧！况且婚姻问题，现在虽然是自由恋爱，但到底也要征求父母的同意。"

　　"妈，健生假使真的和我打起官司来，那么这件事情到底预备怎样办呢？"

　　玉明听母亲的口吻，对健生大有不满的样子，这就悄悄地又向她这么地问，试探母亲究竟有什么表示。何太太怒气冲冲地说道：

　　"在我还没有断了这口气之前，就绝不让你们来胡闹地打官司的。"

　　"那么健生假使在法院里告了我呢？"

　　"告你？这个……我想他还没有这般大的胆量吧！"

　　何太太有点支支吾吾地回答不出来，最后她才猜测健生不会有

这一个举动。玉明摇了摇头,沉吟地说道:

"我说他真会这样做,你不知道他刚才出门时的那种态度,我就猜到他决心和我有打官司的意思。"

"假使果然有这样的事实发生,我非把健生大骂一顿不可。"

"不过……我的意思是这样,假使他请了魏律师来和我打官司,我们绝不能不有所防备,所以也得请个律师来给我们做保障不可。"

"这个……我以为大可不必,因为手足争产,请了许多帮手,结果,好处反被外头人得了去,所以这绝对不是一个聪明人的办法。"

何太太摇了摇头,表示并不赞成的意思。玉明因为胸有成竹,于是也不再说什么了。母女两人就默默地吃完了这一餐饭,因为各人心中都是心事重重,所以大有食而不知其味的感慨了。

杏春拧上手巾,何太太擦过了脸,回上房去抽烟。玉明在房中躺了一会儿,在她是想睡一个中觉。但不知为什么,今天再也合不上眼皮去。一会儿想东一会儿想西,可想的事情确实太多了。于是她不想再睡,匆匆披上一件夹大衣,便坐车到舞厅消忧愁去了。

玉明一个人坐在舞厅里,眼瞧着人家在爵士音乐中一对对地欢舞,而自己却孤零零地呆坐着,似乎更增加内心一份忧愁。正在烦闷的时候,忽然有一对青年男女笑盈盈走上来,还低低地叫了一声玉姊。玉明定睛一看,不是别人,却是石福华的女儿笑莺,旁边那个西服少年却并不认识。因为自己把石福华父女俩赶出大门,照理说起来,彼此是仇敌一样,谁知笑莺还亲亲热热地走上来招呼,一时忍不住倒有点不好意思起来了,只好站起身子说道:

"巧得很!你也在这里游玩吗?"

"玉姊,我给你介绍,这是我的同学李星南先生,这位是我亲戚何玉明小姐。"

"何小姐!"

"李先生!"

玉明因为人家很恭而敬之地在招呼自己,因此也只好向他含笑叫了一声。秋波斜乜到星南的面庞上，芳心中这就有个感觉，倒是个挺俊美的人儿。笑莺在他们招呼过了之后，她说声请坐吧！却代替玉明做主人般老实不客气地先坐下来了。

　　笑莺这个姑娘本来是浪漫成性，而且是一个不知无所谓的女孩子，她不管自己的身子已经被祖同占过了，在外面还是依然公开地交男朋友。不过在她的心中，倒未始不是没有一个考虑。因为父亲为了他自己报复起见，利用祖同去破坏玉明的贞操。当初的动机，祖同也许是存了恶意。但玉明比自己漂亮，而且比自己有钱，一个男子在人财两得之下，只怕一番恶意便早已变成一番真正的爱意了。假使真的成功了这样的局面，那么我的失败是无疑的。虽然父亲会代我向他打官司，不过彼此免不得已经有了一条裂痕。经过她这一番考虑，当然她还是找寻另外的出路，所以又结交了一个同学介绍的朋友李星南。星南比笑莺大一年，家里很有钱，十足是个纨绔的典型，所以他们每日时间大半是消磨在灯红酒绿的舞厅里了。今日在舞厅里，无意之中和玉明遇见了，这当然是件巧事。笑莺要探听探听玉明对祖同到底有没有爱的意思，所以她笑吟吟假意装作若无其事的样子，和玉明招呼。玉明不是一个十三点脾气的姑娘，她比笑莺真要厉害到了万倍以上，所以笑莺要在玉明面前来探听，这真像关老爷面前舞大刀，所以探听的结果，当然是一无效果。而且反而给玉明知道了今天早晨的事情，确实是石福华来捣的鬼了。笑莺在玉明身上没有什么线索可探，也只好和星南自管去了。这里玉明因为坐着反而烦恼，所以便付了茶资，也匆匆走出了舞厅大门，回家去了。一宵无话。到了第二天早晨，玉明起身，洗漱完毕，向杏春低低问道：

　　"昨天晚上，少爷什么时候回家来的?"

　　"少爷昨夜没有回家，不知他在什么地方睡了。"

　　这倒是出乎意料，她心中不禁别别地一跳，蹙了眉尖，微咬了嘴唇，沉吟了一会儿，说道：

"那么太太知道了没有？"

"太太也知道了，她心里很着急，怕少爷在外面不知会不会闯出什么乱子来。"

杏春低低地说，玉明冷笑了一声，恨恨地说道：

"要如他肯在外面闯祸，事情倒太平了。"

"小姐，你吃早点吧！"

杏春觉得小姐虽然只说两句话，但从这两句话中就可以显得小姐心肠的狠，一时倒愕住了。望了她一会儿后，方才向玉明叫了一声吃早点，她便悄悄地退到房外去了。这里玉明胡乱地吃了一点，就怱怱坐车到医院里去探望祖同。祖同在那边已经准备好出院了，一见玉明到来，十分欢喜，连说我已好了。玉明因为正需要和他商量一切事情，所以也不叫他再在医院里多休养。两人坐了汽车，便开回何公馆去。在汽车里，祖同向玉明望了一眼，低低地笑道：

"玉明，你真的没有失信，我心里真觉得感激。"

玉明听他的语气，是充满了那得意的样子。而体会他的神情，似乎还有点谈情说爱的意思，这就一本正经地说道：

"祖同，我心里正感到焦急，因为昨天晚上弟弟并没有回家。照你猜测起来，不知他在外面会有什么举动？"

"哦！健生居然昨夜没有回家吗？那么这当然是更显著的情形了，我想你应当切实有个准备不可。"

"但是，你不知道……母亲并不希望我们手足各走极端，所以在已经把石福华赶走之后，我实在不忍再去伤了她老人家的心了。"

玉明表示还有一点孝心的意思，很忧虑地回答。祖同笑了一笑，很俏皮的样子，低低地说道：

"玉明，你虽然很孝顺你的母亲，但是你弟弟不肯孝顺，那也是枉然的事。况且……况且……你要为你母亲这一笔养老金和你个人一部分财产着想，我觉得你是再不能延迟了。"

"是的，我不能闭了眼睛，给弟弟来拿刀杀了我。因为弟弟已经

87

是不仁，我何必还在留情?"

玉明被他刺激得一颗芳心再也按捺不住了，她涨红了两颊，表示愤恨的样子回答。祖同暗暗欢喜，遂索性又怂恿她说道：

"那么我们汽车就直接开到王柏春大律师事务所去吧！先可以向他讨教讨教，因为王律师是我的朋友，在公费方面至少可以便宜得多。"

"不，我还没有完全明白健生是否有和我打官司的意思之前，我绝不愿先来做这次开火的罪魁。还是先到了家里，再作道理。"

玉明到底是个胸有成竹的姑娘，她虽然请了祖同来做自己的参谋，但她自己的心中主见还是十分坚定。祖同这就不敢再有所劝她，静静地坐着，眼看汽车开进了何公馆的大门。杏春和何太太都在大厅里等候，一见祖同，何太太不免又向他问了伤势可好了，并说了一些感谢的话。最后玉明又问健生可曾回来过，何太太说还没有回家，这孩子真是变了，她轻轻地叹了一口气，因为烟瘾上来，她便和杏春走回上房里去了。祖同见玉明蹙了眉尖，似乎在沉思的意态，所以故意微笑道：

"玉明，你瞧着吧，说不定下午就有法院里传票来了哩！"

"这个……"

玉明猛可听了这话，因为她是一个女孩子，所以心头倒又跳跃起来，说了"这个"两字，以下的话就再也说不上来。正在这时，忽听呜呜一声汽车喇叭响，甬道上又驶进一辆自备汽车来。玉明、祖同见车内跳下两个男子，一个是弟弟健生，一个就是魏家骅。玉明全身一阵热燥，只觉得每个细胞都开始紧张起来了。

六 出口莲花好心反被恶意猜

"健生，你怎么急匆匆地这样早回来呀？咦，我看你一面孔愤怒的样了，难道是和你姐姐又发生什么口角了吗？"

魏丽英坐在会客室内的那张沙发上，晒着暖和和的太阳，正在翻看一本时事画报。忽听一阵急促的步履之声，抬头向外一望，只见健生怒气冲冲地奔进来。这就把画报放过一旁，站起身子向他低低地问。健生竭力镇压他心头的愤怒，还平静了脸色，不过他总掩不住他急促的口吻，说道：

"丽英，你父亲在家里没有？我……我……有件事情和他商量。"

"你为什么急促到这个样子？快坐下来，有话好好说吧！我父亲一早就被朋友约着出去了，你有什么事情要商量，和我说也是一样的。"

丽英把他身子拉了在长沙发上一同坐下来，向他低低地细问。健生听她父亲出去了，便叹了一口气，还是急急地问道：

"那么你父亲什么时候可以回来呢？这件事情我实在再也忍耐不下去了，我非和她闹一个决裂不可。"

"健生，看你这人还是改不了这个性急的脾气，到底为了什么？你不是也该给我说一个仔细吗？"

健生见她薄怒娇嗔地逗给自己一个白眼，显然有点生气的样子，遂愤愤地骂了一声真岂有此理，方才详细地告诉道：

"丽英，一个好人是做不得的，我姐姐得寸进尺，简直像希特勒一般独裁起来。当初我们共同把石福华驱逐出外，这完全是靠你爸爸的力量，你爸爸是因我而认识的，那么换句话说，也是靠我的力量。就是她能够平平安安从警察局里走出来，也还不是靠我的面子来恳求你父亲吗？因为我还在学校内求学，对于家务当然无暇顾及，所以就由姐姐来代我管理，谁知她竟独断专行地把一切事情都自己做主，竟至不和我有一点儿商量的地步，这……她不是把我当作死了一样吗？比方说，阿根是多年的家仆，虽然偶有错处，那么教训一顿也就罢了。谁知她不来征求我的同意，就把阿根辞歇了。我觉得她类如此种的行为，完全有独吞家产的意思，所以我要她立刻交出家政权来，不料她却置之不理，那么她的野心更其明显。所以我和你父亲来商量，一定要和姐姐来打一场官司不可了。"

丽英听健生无限愤激地说出了这一大篇话来，不过单凭他这几句话当然也不能做片面的判断，这就凝眸含颦地沉思了一会儿，望了健生一眼，低低地说道：

"照我对玉明平日的行为观察，觉得她不会无理到这一个地步，所以你应该老实告诉我，在你当然至少也有三分的错处，你自己想一想，我这话可是不是？"

"这倒难说，即使有，也是一点点极细微的错处，那么她也无权来过问我呀！"

健生被她倒是问住了，呆了一会儿，方才理直气壮地说。丽英听了，倒忍不住抿嘴嫣然地笑了，瞅了他一眼，笑道：

"可不是被我一猜便猜到了？所以世界上的人，都只会看别人家的错，而不知道自己的错，就是旁人提醒了，在他自己也只承认是一点点的错，那么我倒要试问你，你这一点错，究竟是错在什么地方？"

"这个……"

"不用支吾，我想你只要有理由，当然可以爽爽快快地告诉出来。"

丽英仿佛是法官一般地向他追问下去，健生这就感到太为难了，一时红了两颊，忍不住又愕住了一会儿。但经不住丽英再三追问，他只好老实地把自己扣留银行存折的话向她说了，并且又说道：

"我以为我是何家的子孙，就是扣留了这一个存折也不算什么错吧!"

"那么你把这个存折的款子做什么用呢？假使你能和玉明公开的话，我想她就不会对你有仇视的心理了。"

"丽英，我不瞒你说，这笔款子是……给你买这枚钻戒了。"

"啊！你这话可是真的?"

丽英听了他这　一句话，猛可从沙发上跳起来。她涨红了娇靥，额角上几乎冒出黄豆股大的汗点来。健生也跟着站起身了，两眼望着她，点了点头。丽英忽然捧了自己的脸，又倒下沙发去，羞惭地说道：

"我错了，我错了，想不到你们姐弟在感情上发生裂痕，都是我的罪魁。"

"丽英，你不要这样说，那怎么能够怪到你的身上？我是何家的继承人，我难道连送一枚钻戒给你的自由都没有？那么我还做什么人呢?"

健生见丽英默默地流泪了，于是俯下身子去向她低低地安慰。丽英坐正了身子，摇了摇头，说道：

"这倒并不是这么说的，因为这确实是我的过错，所以我此刻心中很感到不安。我想把这一枚钻戒交还给你，你拿去给你姐姐，那么你们中间的裂痕自然慢慢地会消失了。"

"不，丽英！你不要发傻了，假使你要还给我，我也不会交给玉明去，我情愿抛到黄浦江里去。"

"这我可不管你怎么做，我还给了你，这是卸了我的责任，至少我的心中可以安定许多。"

"丽英，你不是说这枚钻戒我们将来作为订婚时的饰物吗？假使你一定要还给我的话，那就表示你外面另有心爱的人了。"

健生本来是拉住了她，不让她到房中去拿的意思。因为丽英执意不肯，一定要交还给他，健生这就急了，索性放了她的手，背过身子去，表示生气的样子。这一来倒把让丽英不敢去拿了，反而挨近身子过来，怨恨地说道：

"健生，你不要红口白舌地冤枉人吧！"

"可是，你为什么一定要去拿来还给我？"

"你不想想，为了我，害你们姐弟发生了裂痕，而且还要闹着打官司，这叫我心中不难受吗？"

"这不关你的事，因为我们其中摩擦的事何止一件？她……的行为，只有自己，没有人家，所以我早就看不入眼了。"

"不过……你要和姐姐打官司，我父亲当然也要向你问其中原因的。假使让父亲知道是为了这一枚钻戒的起因，那我真要给父亲骂死了。所以我为了你们的幸福，为了我个人的幸福，我觉得还是把这枚钻戒交还给你的好。"

"你放心，你父亲就是问我什么原因，我也绝不会把这一点告诉他的。我总不能为了自己，而累你挨骂，对不？"

健生听她这样说，便拍了拍她的肩胛，含笑低低地安慰。丽英把手背在脸上擦了一下，秋波瞟了他一眼，说道：

"那么我希望你们不要闹着打官司，能不能双方和解呢？"

"只要姐姐把家政权交出来，我们当然可以不打官司。丽英，你真不知道，我扣留了一个存折，这本来是明的。她当了家，谁知道她吞没了多少家产？又没有什么人去调查她？所以她还来妒忌我这一个存折，她真是想不明白。况且这一个存折，我还是从石福华手里扣留的，比如说，给石福华拿到了手，姐姐难道还想去从石福华那里讨回来不成？"

"一家事，一家人知，我也管不得你们这许多，你等我父亲回来，自己和他去说吧！"

丽英最后说了这么两句话，她忍不住深深地叹了一口气。健生

92

不再说这些家事了，他和丽英坐到那架钢琴面前去，两个人一弹一唱起来。时间是一刻不停地飞去，不知不觉早到午饭时分，但家骅还没有回来，那么健生当然是在魏家吃饭了。

午后健生又等到两点钟敲过，家骅仍旧不见回家。健生说坐在家里太苦闷，还是去看一场电影，说不定你父亲就回来了。丽英点头说好，于是两人便挽手去看电影了。从电影院里出来，丽英说有些肚子饿，所以又到咖啡馆里去吃了些点心。回到家里，快近六时。不料家骅还没有回来，健生这才开始有些焦急，说明天再来看望他，此刻要回家去了。丽英说道：

"已经等了一整天，那么索性等他回来了。况且此刻快到吃晚饭的时候，你难道还有什么朋友约会不成？假使真有约会，我也不伤你这个阴骘，请你只管自便吧！"

"哪里有什么约会？你倒还有这种心思来挖苦我，这真叫我有点啼笑皆非了。"

"那么谁叫你说此刻要回家去了？你既然和家里吵闹了出来，就是此刻回去，也不会有什么好看嘴脸待你吧！"

"因为我在你家已吃了中饭，若再吃晚饭，被你家下人们见了也很不好意思。"

"有什么不好意思的？除非你怕我家太穷了，没有好的菜来孝敬你是不是？所以你不肯再吃这一餐晚饭了。"

"丽英，你这样冤枉我，可真是太罪过了。"

"有什么罪过？总不见得响了雷声来打死我。"

丽英逗给他一个妩媚的娇嗔，却忍不住微微地笑起来。健生不敢再说走的话，当然这一餐晚饭又在魏家吃的了。晚上九点光景的时候，家骅方才坐了自备汽车回来，可是他却吃醉了酒。车夫鲁丁扶着他走进来，说老爷在小花园吃花酒，因为多喝了几杯，便醉倒了。

丽英在服侍父亲躺到床上之后，她心中有点悲哀的感觉，因为母亲已经死了好多年，父亲却并没有想续弦，他还是一个五十不到的男子，当然在他的生活上也是够苦闷的了。健生在旁边见他醉得人事不省，那么今天夜里要和他说话的机会当然是很少的了。遂望了丽英一眼，低低地说道：

"伯父既然醉得这样厉害，那么还是让他静静地休养一下吧！"

"我父亲时常贪杯，因此常常酒醉回来，这样当然是很容易伤身子的。健生，我想你在这里宿一夜也不要紧，明天一早，你就可以跟我爸爸说。因为爸爸这人是说不定的，你明天若迟来一步，也许他倒又有什么事情出去了，所以你还是宿一宵去比较有把握。"

两人走到房门外了，丽英又调转话锋向健生低低地说。健生觉得她这话倒也有理，遂点头说好。这天晚上，健生就睡在魏家的书房里。

次日健生起来，丫头阿芬端洗面水进房，给他漱洗，一面对他低低地说道：

"老爷已经起来了，何少爷洗好脸，到上房用点心去吧！"

健生答应，遂匆匆到了家骅房中。只见他们父女俩坐在桌旁吃牛奶吐司，旁边还留了一客。健生先叫了一声老伯，家骅点点头，笑道：

"昨晚我醉得真厉害，你在我身旁，我却一点儿也不知道，还是丽英早晨告诉了我才晓得的，你瞧我这人糊涂不糊涂？"

健生听家骅这么一说，一时倒叫自己反而说不上什么话来了。丽英见他呆住了憨笑，便叫他坐下吃点心了。这时家骅又向健生低低地说道：

"对于你的事情，丽英在早晨已经跟我说过一遍了。我觉得你要跟姐姐去打官司，这真是大错特错的一件事。"

"老伯的话不错。"

健生虽然认为家骅的话有点不入耳，但不知为什么见了家骅这一副铁板的面孔，他不由自主地会感到一点畏惧，说了一句很勉强的不错。家骅把两指在人中那丛短须上摸了一摸，接下去说道：

"虽然我阻止你打官司的举动，不过我也不能叫你太受委屈。所以我的意思，还是给你们作调解，这是一个最妥善的办法。"

"老伯这一句话是合理的，因为姐姐的政策太厉害了，起初我只当她是好人，所以就把家政权让给了她。谁知她一旦大权在手，却把我视作无人，我觉得这样下去，我恐怕要没有了立足之地。所以我来恳求老伯，也绝不是要把姐姐完全地驱逐，至少让她不能够来侵害我的权利。"

家骅点了点头，取了一支雪茄，健生很灵敏地在桌子上拿过火柴，划了一根给他燃火，家骅继续说下去道：

"照理，你们姐弟是不应该再争权夺利的。因为你们要想想从前在石福华手中过着水深火热的生活，在今日已经获得自由解放，达到了最后的胜利，这的确是件不容易的事。所以你们再要自相残杀，恐怕要被社会上一般人士大大地看不起。不但没有民族观念，而且没有家庭合作的思想，那么人家不是要骂你们连四维都忘记了吗？所以我很为你们痛惜！我很为你们痛惜！"

健生全身一阵热燥，他两颊涨得血一般通红起来，在无限羞愧之余更觉万分惶恐，他在眼角旁几乎已涌上了一颗被良心谴责的眼泪来了。家骅见他垂了头，似乎无颜见人的样子，遂吸了一口烟卷，低低地又说下去道：

"不过事情当然不能怪到你一个人的身上，也许的确是你姐姐太过分了一点，所以我就不妨代你去走一趟，至于你姐姐肯不肯接受我的忠告，这当然是另外的一个问题了。"

"承蒙老伯这样热心仗义，小侄自然是感恩不尽的。"

健生这才抬起头来，偷偷地望了他一眼，低声回答。丽英也怀了鬼胎，恐怕这次谈判要牵连到钻戒上面去，所以她先站起身子，说到学校读书去了。这里家骅穿上衣服，也和健生坐了汽车到何公馆来了。健生领了家骅，当时在大厅上和玉明见面的时候，他们姐弟两人的脸便都不期然地红晕起来。家骅很谦和地先向玉明笑了一笑，点头叫道：

"玉明小姐，你早！"

"嗯，魏大律师，你也早！"

玉明绷住了粉脸，显然表示有点憎恨的样子，冷冷地回答。家骅虽然感到有些不自在，但是他还显出极其自然的态度，仍旧含了微微的笑意，说道：

"玉明小姐，你大概没有想到我此刻会来吧？"

"这是你大律师太小觑人家了，可是你不知道早已在我意料之中。你是不是受了健生的委托，和我来先礼后兵？其实，这也用不到大律师亲自光临，只要法院里来了一张传票，那我们少不得终要见面的吧！"

健生对于姐姐这种傲慢无礼的态度，显得十分愤怒，他想要插嘴上去吵闹，但被家骅阻挡了。家骅向玉明点头笑道：

"玉明小姐，你不要弄错，我是预备给你们姐弟两人来和解的，绝不希望你们闹到法庭上去的地步。虽然我们做律师的原是给人家保打官司，但我也得细察这一件案子的焦点，因为法律是人民的保障，我不希望健生有无礼的举动使你这做姐姐太受委屈，同时我也不希望你做姐姐给弟弟委屈，所以我以为有和解的办法，能够两得其平的话，当然我是更希望大事化小事，小事能够化无事。"

"你这话也许有几分可信，因为当初我们和石福华交涉的时候，你也用这种态度去对付他的。不过，这回的情形，恐怕要不同一点，假使你仍旧要照老方法来处理，只怕你是没有胜利的希望了。"

玉明听他说得这样公平交易的模样，也明知他是一种做律师的开场白，心想假使我要相信他的话，那当然是中了他的圈套。所以故作俏皮的口吻，显然这几句是给予家骅一个当头打击。家骅觉得玉明的厉害，倒果然名不虚传，遂又微微地笑道：

"玉明小姐，你不要苦苦地拿一种恶意来猜测我，我现在要把我心中的意思告诉你一下。健生到底是个年轻人，做事常常只知道给自己打算，这不能不说是他的一个弱点。你做姐姐的年纪虽然比弟弟也大不了许多，不过比健生似乎总要认识得多一点。我刚才对健生也苦口婆心地劝告了一阵，不，承蒙他看得起我，我确实还把他教训了一顿，和他详细地解释这次把石福华赶走并不是一件容易的事，你们姐弟真所谓同舟共济，应当同甘共苦，来撑持这一个家庭，绝不能同室操戈，弄成了'鹬蚌相争，渔翁得利'的局面。玉明小姐，你以为我这一番话到底是好意还是恶意呢？"

"嗯！不错，你这一点意思当然很有道理。"

"但是我的话虽然对，令弟却也有一番受委屈的表示，他说你把持了家政，仿佛希特勒独裁一样，只知道自己，而没有别人，那么可知你们姐弟是犯了同一的毛病。因为他在行动上或享受了都要受到你的限制和束缚，所以他不能不向你提出一种争夺的诉讼。但到底是怎么样的一个情形，我固然是不知道。假使他说的是事实，那么，玉明小姐，在这里我觉得你对于这一件事所负的责任，就好像要比他大一点了。"

玉明听他后面这一番话，显然他是站在另一条阵线上去了，心中暗想，果然不出我所料，这就冷笑了一声，以讥讽的口吻说道：

"我知道你一定要这样说，这当然是因为你拿了健生的公费，所以不得不向我来一下子进攻。但是，有一件事，我要请你特别注意！就是我并非石福华，我是何玉明。你要把我当作石福华那样凭你巧舌如簧地说得人家理屈词穷只好一走了之，只怕在我的身上就没有这么容易了。"

"不，不，玉明小姐！你不要误会我，纵然健生有这个意思，但我绝没有这样糊涂。你要说我拿了健生的公费，一面孔来做代理人向你争夺家产的话，那当然是你一种神经过敏而引起怀疑的缘故。比方说一句笑话，你关在警察局里的时候，我深更半夜来保释你出局，我是否向你拿过一个子儿的酬谢费？所以我劝你要把仇视的心理打消，那么我们今天谈的和解问题自然可以慢慢地接近起来了。"

玉明对于当初被他从警察局里保释出来的事情，心中倒不禁为之怦然一动。暗想。的确，家骅也是有恩于我的一个长者，我倒不能太强硬了吧！家骅从她态度上看来，似乎她已经软化了许多，这就接下去又说道：

"所以我说你们是同胞手足，在双方面都应该向后退让一步。只要你对家政并不把持，对健生的自由并不限制，关于健生的一部分，你能不再有霸占的意思，那么这一个家庭，还有什么官司好打呢？"

"大律师，我觉得你的话真是越说越不对了，你口里说和解，但事实上你明明把我当作一个被告看。什么叫把持家政？什么叫限制自由？甚至说出'霸占'的名词来，你难道把这些罪名都套到我的身上来？对不起！你的手段也未免太厉害了。照这样严重的情形看起来，还不如干脆打一场官司来得痛快。"

家骅觉得玉明好像有点意气用事的样子，连忙又解释道：

"玉明小姐，你这种想法也未免太奇特了，难道你把我一片好意的劝解又当作恶意猜了吗？那你简直把糖果在当作毒药看待了。"

"哼！谢谢你，你这种糖果确实太甜了，不过我却有点吞不下。老实说，你要谈法律条文，我当然比不得你记得了这许多，如果只就眼前事实而论，你就再雄辩点、再诡诈点，恐怕也不能达到你所预期的那种效果。"

家骅想不到玉明会有这种强硬的态度，这就觉得玉明是因为太聪明的缘故，因此反而被聪明误了，由不得叹了一口气，说道：

"你既然一点儿也不肯放松，我看这件事多半是要闹成僵局的了。"

"闹成僵局也算不得什么稀奇，反正你的来意，本来就预备和我打一场官司。"

"不，绝对不，我是和解来的，只要你肯退步一点。"

"这无非是一种借口，我以为这些都是你们做律师的技巧。"

健生在旁边再也听不下去了，他满面怒容地睁大了眼睛，向家骅说道：

"魏老伯，这种没有礼貌的女子，你和她多费什么口舌！我很对不起你，为了我倒累你碰了一鼻子的灰。我原说这事情和她说不通的，可是你偏说要来一次，总希望有和解的可能。现在你总可以明白了，她是一个多么自私的姑娘！"

"哼！你若不自私的话，也不会请了外头人和姐姐来作对了。"

"我……若不和你来评一个道理，只怕这个家就没有我的份儿了。"

"不必多说，你反正有了代理人了，你就和我打官司吧！"

家骅听玉明口口声声地要打官司，忍不住沉吟了一会儿，遂又望了玉明一眼，低低地说道：

"玉明小姐，我倒要请教你，你现在坚持着要打官司，但假使打起官司来的话，你是否也认为有一点把握呢？"

"这个你倒不必为我担忧，我以为上海的律师总不是你一个人吧？"

"你难道不怕败诉吗？"

家骅听玉明一再地讥讽自己，好在自己的面皮不会再有起红晕的时候，这就装出毫不介意的样子，又向她再三地问，这问至少还表示一点好心关怀她的意思。玉明被他这样一问，倒是愕住了。暗想，的确，这倒是一个问题。因为自己坚持着要打官司，完全是受了祖同的怂恿，至于是否有十分的把握，这倒很难说的。所以她不免向祖同望了一眼。祖同明白玉明至少还有点胆寒的意思，这就代替她很安详地说道：

"我看那倒并不一定会输的吧！"

"哦，这位先生贵姓？"

"鄙姓章，草字祖同，和玉明健生都有些亲戚关系。"

祖同见家骅的视线转到自己身上来了，这就弯了弯腰肢，很客气地回答。健生觉得祖同第一句说的话，分明是站在姐姐一条阵线上的，一时便大为愤怒起来，哼了一声，说道：

"谁和你是什么亲戚？你不过是石福华的亲戚罢了。祖同，我警告你，你不许站在这里破坏我们姐弟的感情。否则，对不起，难免要叫我下逐客令了。"

"健生，你这是什么话？不管他是不是亲戚，但祖同是我母亲从小在一起的人，你若下逐客令，难道我就不能向这位毫不相识的大律师下逐客令吗？"

玉明显然有些庇护的意思，健生听了，却哈哈地大笑了一阵，说道：

"毫不相识？哈哈，你难道记不得关在警察局里被他保释出来的时候了吗？你难道忘记在他家中住过一宵的吗？哼，这才可说是个忘恩负义的贱东西！"

"健生！你敢侮辱我？"

玉明两颊由红变白，由白变青，她几乎气得全身发抖，要冲上去的样子。健生哪里肯示弱，遂也向前冲上一步，几乎要动武的神气。家骅连忙把他拦阻了，这边祖同也把玉明拉过一旁。家骅微微地笑道：

"你们姐弟两人的火气似乎太大了一点，其实我和章先生都是站在第三者立场的人，当然谁都希望你们不要把事情闹大了。假使幸灾乐祸地叫你们手足打官司，这人除非是畜生养出来的。章先生，你在旁边听了很久了，我倒很是失敬了。"

"哪里哪里，因为你说得很有劲儿，所以我不便从中打扰你。"

"章先生对于他们的事，我想一定比我更熟悉的，所以对于这件事，你一定另有一番见解，如果不嫌我言辞冒渎的话，可不可以请你发表一下高论？"

家骅也知道玉明是中了他的圈套，当然这小子现在变成玉明的灵魂了。只要把祖同难倒了，当然不会发生打官司的情形了。于是家骅温和地请教，看他说出些什么话来。祖同点了点头，脸上现出狡猾的微笑，说道：

"魏大律师真也太客气了，我们站在第三者的立场上说，当然是不希望他们对簿公庭，面临法网的。可是，现在双方都是走上极端，而且健生方面已经委了魏律师出来和姐姐法律解决。虽然贵律师很好，不愿他们涉及诉讼，要给他们试行和解。然而我听了多时，事实上不但是她所感到，就是我也感觉到贵律师的手段，这不是一种和解，而是一种恐吓和威胁。假使这种事临到我的头上，那我只有严密地准备，准备着应付一种更大困难的发生。"

"哈哈！承教承教！我以为章先生的一篇宏论，已不是站在第三者的地位了，至少你是这场官司中的一个火药线。我以为这场官司最好是不必打，打起来总有一方面要吃亏，如果彼此能够悬崖勒马，那岂不是天下太平了吗？我想两位当事人也不是社会上的一种愚笨者的典型，最后还希望你们有个深切的考虑才好。"

家骅已经明白玉明是完全有了背景，他想要提醒她而已，所以两眼望着玉明，后面这些话是叫她有一种省悟。但玉明完全已着了祖同的魔，同时她认为家骅的计划绝没有益处于自己的，所以冷笑着道：

"大律师，你会说话所以有理，但我不是三岁小孩子，恐怕不会上你的当。你若真有和解的意思，你为什么尽管数派我的罪状，所以我认为你是这一场官司中的帮凶。"

"这个……我似乎虽有百口，也难以辩白的了。不过我的来意，完全秉和解之旨，现在和解不成，也只好随便你们自己去做主吧！"

家骅表示无能为力，预备不再管这些闲账的意思。玉明知道他后面这句话就代表只好打官司了的意思，所以又冷笑了一声，说道：

"魏大律师，请你不必来恐吓我，我想这场官司就是打起来，你们也未必能操必胜之权。"

"虽然我不敢断然地说，不过，如果健生这些要求合理的话，这结果倒也不难想象……"

祖同听家骅很安闲地说，显然表示十分有把握的样子。一时觉得他到底是个做律师的，我倒不妨轻松一步，看他说出些什么要求来，遂说道：

"请问贵律师，健生到底有什么要求？看我们能不能在未起诉之前，再尽一点力量，使他们言归于好？"

"这话对了，因为我是健生请来的，在玉明心中总有些仇视的心理，那么还是你来吧，章先生！"

家骅点了点头，他把身子退到沙发上去坐下了，表示给祖同调解的意思。祖同遂站到中间来，向健生点头问道：

"健生弟，你有什么条件？你只管对我说，在可能范围之下，谁都不愿意你们有打官司的情形。"

"这很简单，而且也很合理，我请她不必再管理这个家政权，在未嫁人之前，要吃要穿当然是不会委屈她的。"

"哼，你以为这个家是你一个人的吗？"

玉明不等健生说完，就先表示不服气地回答，显然这条件是绝不能接受的。家骅听了，微微一笑，在旁边又俏皮地插嘴道：

"对了，既然这家不是属于任何一个人的，那么就绝不能让一个人来操纵的了。"

"所以我也得再请问健生弟，你不要姐姐管理家政，是不是你预备一个人来管理呢？"

"那是当然啰！"

健生毫不思索地回答，祖同忍不住哈哈地又大笑起来。健生有些茫然，问他笑什么，祖同说道：

"你说姐姐不该操纵，然而你自己所说的意思，也明明是要操纵啊！所以我以为你们这一点是难以平衡的。"

"章先生，不过你不知道我们中国，不但是中国，即使外国，也都以男子为社会的中心，所以健生的要求，是很合法合理的。"

"对呀！假使都给女子来掌握大权的话，那么美国的罗斯福、英国的丘吉尔、中国的蒋介石，就都该下台的了。"

家骅因为健生被祖同说得闭口无言，所以接上来回答。健生这才觉得有题目可说了，遂来了这三个例子。祖同想了一会儿，说道：

"那么我倒要问法律家了，照民法上规定，女子是不是有继承权？"

"女子虽然有继承权，可是要没有兄弟，才能够全部继承。"

"那么有兄弟的话，她是否在遗产上也有所分配？"

"当然可以，但绝不能连兄弟的一部分也让她强占了去。"

"这就对了，玉明！你放心吧，这场官司我给你打了吧！哪怕打到司法部去，你若输了，尽管来问我！"

祖同说到末了，拍了拍胸，很兴奋的样子。家骅这就哦了一声，连说了两句怪不得。健生有些不知如何是好的神气，向家骅望了一眼，低低地问道：

"你看怎么样办呢？"

"看这情形，还是干脆分了家吧！"

"可是她一个女孩子有什么资格和我来分家？"

"哼！枉你是一个高中读书的学生！你要管理家政，起码再过上十年。"

玉明白着眼睛，向他恨恨地讽刺。就在这个时候，何太太在那边走廊旁出现了，她似乎已经听到了几句，遂急急地说道：

"什么？你们预备分家吗？那我可不答应！我可不答应！"

"母亲，都是健生请了魏律师来和我打官司。"

玉明一见何太太出来，她便先向母亲急急地诉说，在她当然是卸脱一重关系的意思，可以使母亲完全恨到弟弟的身上去。果然，何太太气得浑身有点发抖的样子，向家骅恶狠狠地骂道：

"什么话？什么话？你是不是又要来拆我的家了？上次你把他们舅父硬生生地赶跑了，现在你又弄出这种鬼把戏来。你们做律师的哪里不好赚钱，为什么专门拿我们做老主顾呢？"

"何太太，你这么一说，真把我挖苦得够了，我到这里来，无非是想把这件事和解下来的，你要知道，要拆你这一份家，倒不是我，却是他。现在我也绝不再管这些闲账，好在我并不希望接受你们这件案子。健生，再见吧！"

家骅也表示十二分的生气，他指了指祖同，一面向健生一点头，便匆匆地奔下大厅，跳上汽车走了。健生连喊两声魏老伯，可是拉他不住，但健生还表示自己不能没有家骅，他却一直追踪奔出大门口去了。

这里何太太还怒气未消地连说岂有此理，玉明却扶着何太太在沙发上坐下来，用了温柔的口吻，低低地说道：

"妈，你也不必为我们儿女太劳力太生气了，我说健生既然这样不成材，他要分家就让他分出去也好。反正将来他结了婚，也是要独立门户的。"

"不能，不能！我一天不死，你们就一天不许分家。要么，让我进庵堂做尼姑去。"

何太太一面说，一面却把眼泪扑簌簌地滚落下来。玉明向祖同望了一眼，把两手摊了摊，微微叹了一口气。祖同这就挨近何太太的身旁去，他竭力地进谗言道：

"姨妈，我说魏律师的女儿，她和健生很甜蜜，他请魏律师来和玉明打官司，这是更明显了，所以我猜这一定是魏家骅父女两人做的鬼军师。"

"对了，而且健生这逆子还把这个存折中的款子去买了钻戒来送这小贱人！假使她果然在指使健生这样做，我非和他们拼命不可！玉明，你知道魏家骅家中的地址吗？"

何太太被他一提醒，更气得又从椅子上跳起来问，玉明道是华龙路五〇三号，何太太道：

"我马上去一趟，快叫阿三备汽车。"

104

"妈，你去干什么？"

"我想魏律师走了，健生却没命地追出去，看来这畜生一定又在他家中设计划了，我去把他追回来，而且我对魏家父女下一个最后的警告，假使他们要拆散我这个家，我先到法院里去告他！"

何太太怒气冲冲地说到这里，回头又向里面叫了两声杏春。杏春急急地出来，何太太说你陪我一同去！杏春也不知道太太要到什么地方去，因为太太在愤怒头上，她也不敢说什么，就扶了何太太下大厅，叫上阿三停在院子内的汽车，便开出大门外去了。

"玉明，我看这是无济于事的，所以我们还是应该有所准备才好。"

"你这话不错，那么你此刻就快上王柏春律师事务所那里去一次，和他商量商量进行的办法。"

"好的！那么我们再见！"

祖同听了，很亲热地和玉明握了握手，便向厅外匆匆地走了。玉明眼望着祖同走后，她好像十分吃力地深深地透了一口气。正欲回身向走廊内走到自己房中去休息一会儿，忽然那边栏杆外跳进一个男子来。玉明吓得向后退了两步，抬头仔细一望，谁知不是别人，却是阿根。因为阿根今天脸上含了一股子杀气，狰狞着一步一步地挨了过来，好像有什么心存不良的意思。因此玉明板住了面庞，用了一种严肃的口吻，说道：

"你……你……还来干什么？"

"我要问你为什么开除我。"

"我不是向你解释得很详细了吗？你这个样子，难道是预备来抢劫吗？"

"你们虽然有钱，但我们穷人却只有一条命。老实告诉你，今天我来的目的，倒不是抢劫你钱，只要你的命！"

阿根说到这里，猛可在他怀内拔出一把小刀来，他的两眼中已冒出一片禽兽的光芒来。玉明心中这一急，真是非同小可。因为家中除了自己一个人，就只有门房里的赵大了，但赵大又不在身旁，那么我怎样对付他这蛮不讲理的举动呢？一面想，一面已把脚步向后一步一步地退，但阿根握了亮闪闪的刺刀，却像豺狼般直向玉明身上扑刺过来。

本书作到这里，暂告段落，欲知以后详情，请阅《镜花月》！

镜 花 月

第一回

家不和被人欺多事之秋

何玉明虽然是个绝顶聪明的姑娘，但是聪明往往反被聪明误。她只为了己之私，再加以章祖同的从中搬弄是非，因此她就不顾手足之情，而且更忘了当初和弟弟站在一条阵线上把石福华赶跑的困难，终致忍无可忍地决心预备和弟弟健生打一场官司了。她叫祖同到王柏春律师那里去商量进行这场官司的办法，自己因为和魏家骅有过一番很费脑筋的辩论，所以她感到有点儿疲倦。正预备向走廊内进去步到自己卧房里略事休息，忽然那边栏杆外跳入一个男子来，却是被自己辞歇的恶仆阿根。他手里握了一把小刀，竟向自己身上直刺过来。

何玉明这时心中一急，真是非同小可。因为弟弟是跟着家骅怒气冲冲地走了，母亲带了杏春又追到家骅家内去了，家里除了自己一个人之外，是只有门房间里的赵大了。但赵大远在大门口，那么自己一个人将怎样去对付这一只蛮不讲理的豺狼呢？一面想，一面身子迅速向后退。但阿根此刻的神经完全麻木了，他是并不肯放松地向玉明身上直扑过去。正在千钧一发之际，忽听外面一阵皮鞋声响进来，口中还叫着：

"健生！健生！"

"救命！救命啊！"

玉明一听有人进来，一时也不去管他进来的是什么人，就高声地大喊起来了。经她这一喊，阿根心中就吃了一惊，到底谋害人家总有一点儿心虚，所以手里握着的刺刀，不知怎么的竟会沉重起来，因此他的手也瑟瑟地发抖得厉害。阿根究竟是个狡猾之徒，他觉得三十六招走为上招，这就一骨碌翻身跳出栏杆外去逃跑了。

这时玉明糊里糊涂的已经跌到地上了，她粉脸是涨红得好像吃醉了酒，额角上也急得冷汗阵阵地冒上来。就在这时，外面走进来的不是别人，却是魏家骅的女儿丽英。丽英一见玉明倒在地上，心中也是一愕，连忙奔上去，把她扶起了身子，急急地问道：

"玉明姊姊！这……这是怎么的一回事？是你在高呼救命吗？"

"哼！何必要你假痴假呆地来问我。好，好！你们串通一气，竟然不顾念同胞手足之情。健生这没有心肝的东西，不知听了哪个狐狸精的话，他……他竟然叫阿根来暗杀我。"

玉明在站起身子之后，她的神经过敏之下，忽然想到了阿根和健生本来是一只袜筒里的。而且丽英此刻忽然到来，那明明是他们有组织的行动。一时痛恨入骨，遂把丽英讨厌地推开了，口里虽然是骂着健生，但骨子里当然是对准丽英而骂的了。丽英不是一个呆笨的人，虽然她觉得是太受一点儿委屈，不过她还弄不清楚这到底是怎么的一回事，于是皱眉问道：

"玉明姊姊，你现在说的什么话？刚才阿根是来暗杀你的吗？他……他有这么大的胆量！人到哪里去了？这奴才王法都没有了，那还了得！"

"什么了得了不得！你此刻到这里来做什么，是不是健生叫你来看看我到底有没有被阿根暗杀了？可是你来得太早一步，要不然，我也许真的会在这奴才的刺刀下，血汩汩地躺在地上了。"

玉明听她这么地代自己愤愤不平着，一时觉得她的举止都是戴着假面具，所以她绷住了面孔，冷笑了一声，就这样毫不客气地向她直言了。在她自以为是料事如神，但她并没有考虑到这件暗杀的事情，究竟是为了什么的起因。丽英听她含血喷人，心中再也不能忍耐了，遂严肃了态度，急急地说道：

"玉明姊姊，请你把头脑子弄清楚一点儿，不要抓不住影子就凭空地来冤枉好人！你以为阿根来暗杀你，是我和健生对你有组织的行动，那你完全是一种神经衰弱的缘故。健生和你到底是同胞手足，就是为争夺遗产，也绝不会干出这种丧心病狂的事情来。至于我……玉明姊姊，我恳切地对你说，我和你无冤无仇，我对你而且还有一种亲热的好感。我为什么要来离间你们姊弟感情呢？所以请你相信我，我对于你们家庭中的事情，我绝不参加意见。同时我也希望你，不要再听信旁人的谗言，来和健生闹到决绝的地步。"

"承情，承情！你这一番金玉良言，总算是叫我铭感心版的了。哼！丽英，我老实对你说，你的诡计太厉害了，你的阴谋太凶恶了。你把健生视作了未婚夫，所以叫你爸爸来代他打官司！你把我弟弟迷恋得忘记了骨肉，忘记了手足，你真是拆散我们这一个家庭的罪人！亏你还有这一副脸来跟我说话，我老实警告你，你要不给我滚出了这屋子，我马上可以说你是暗杀我的指使者！"

"玉明姊姊，任你怎么地冤枉我，我不生气。我觉得你这么一个聪明的姑娘，忽然被人家迷惑得这样糊涂起来，我简直为你要痛哭流涕起来。玉姊，你能不能给我半小时让我和你解释？也许你的心中就会明白过来了。"

"不必再要你假慈悲地来为我痛惜，我觉得我自己已经是明白得不能再明白了，明白你是个不知廉耻的贱东西！对不起！请你马上离开这个屋子，因为这里没有你说话的资格。"

玉明是痛愤过了度，她也许真有些神经失了常，怒目切齿的神气，把手向门外直指，是不许丽英在这里再站下去的意思。丽英被她这一顿侮辱，她气得几乎要哭出来了，这就铁青了脸色，也不再多说话，恨恨地奔出大门外去了。

玉明这时心中完全认为阿根的暗杀自己，是丽英给健生出的主意，所以健生买通了阿根，来对她下此毒辣的手段。她此刻心中的痛恨，把健生根本已视作了仇敌，她觉得与其是和虎狼共处一室，那还不如爽爽快快地分了家来得干脆。因此她认为这一场官司，无论如何也不能避免的了。

玉明眼瞧着丽英奔出去之后，她坐在椅子上方才定了一定心神。然后把赵大叫进来，向他用了埋怨地口吻，说道：

"赵大，你为什么把阿根再放进大门来？你可知道他是被我辞歇的刁奴吗？"

"他说因为找不到东家，所以向小姐来求情，再给他在这里吃一口饭。我心里一软，遂给他进来了。可是他此刻已经匆匆地走出去了，他说小姐不答应。我想小姐既然讨厌他，我以后一定不再放他进来是了。"

玉明听了赵大这样回答，遂点点头，因为有人暗杀自己，这不是一件体面的事情，她当然是不愿意再向外面有所宣布出来的，所以向赵大叮嘱道：

"赵大，石福华差了流氓来寻事的事情，你心里总也该知道，所以我认为你看门的责任非常的重大，千万不能疏忽，一定要小心一点儿才好。以后若有陌生人到来，你也必须先索取名片，来报告了我，再放他入内，否则，万一出了乱子，那是你的罪孽！"

"是！是！我以后一定小心，无论什么人，该先通报，方可请入，否则，我就老实不客气地给予拒绝好了。"

玉明点头称是，赵大方才又匆匆地回到门房间里去了。正在这时，忽然来了电话，玉明连忙前去接听，只听是祖同的声音，问道：

"是何公馆吗？请玉明小姐听电话！"

"我就是玉明，你是祖同吗？什么事情？哦！叫我到王律师事务所来一次是不是？嗯！好的，好的，我马上就来。"

玉明一面说，一面已搁下了听筒。她匆匆地回到房中，披上了一件短大衣，挟了一只皮包，遂坐车急急地赶到王柏春事务所来了。玉明和祖同是已经在准备着打官司的手续了，但是健生可怜得很，还在彷徨地委决不下。这是为什么呢？原来家骅一番好意，被何太太也毫不留情地挖苦了一顿，所以他心中一气，便坐了汽车回家来了。但健生认为家骅是自己的保障，所以觉得还是不能离开了他，当下就追赶着到了魏家。家骅一见健生追来，遂对他很认真的样子说道：

"健生，我为了你家的事情，我的委屈已受得够了。所以请你不必再来找我了，你还是爽爽快快地去请别的律师跟玉明分了家不就完了吗？"

"老伯，我为什么要去请别的律师来呢？难道你老人家就不可怜可怜我给我讲几句公道话吗？唉！我此刻觉得自己好像是迷途的羔羊、失群的小鸟，我若没有老伯来给我指点，我真不知该走上哪条路才好呢？"

健生听家骅推手不管，一时急得心头别别地乱跳。在他说完这两句话的时候，他连泪水都被逼出来了。家骅听了，忍不住感到好笑。他取了一支雪茄，健生连忙给他划火柴。家骅喷了一口烟，望了他一眼，微笑着道：

"健生，你为什么要把这件事情看得这么的严重呢？我认为你可不必感到好像十分危急的样子。因为你们只有姊弟两个人，再不会有第三个第四个人来争夺遗产，那么你无论失败到怎样的地步，至多的限度，也无非是分得少一点儿。我认为年轻的人，最好是不要得祖业，尤其你是一个男子，和一个女流之辈争夺遗产，那在你说起来确实是可耻的！所以我希望你不要煞费苦心地去争多争少，多分少分根本是没有什么问题的。因为将来的前途，是还需要自己去努力和创造。健生，你急什么呢？你仔细想一想，觉得我这个话可对不对？"

"老伯，你这篇话确实是金玉良言，使我听了顿开茅塞。不过可恨的，就是章祖同这小子，他是一个局外人，但姊姊在他甜言蜜语迷惑之下，恐怕他会坐享其成地得了姊姊的财产，而且是得了姊姊的身子，这叫我心中实在有点儿气不过。"

健生听了家骅这一番话，他把刚才那种焦急的神情果然平静了一点儿。但是他说起祖同这个人来，又表示无限愤愤的不平。家骅摇了摇头，用了轻微的声音，说道：

"健生，你这话错了，我觉得你至少是犯了自私的毛病。对于各人的婚姻问题，在这二十世纪的时代中，当然是应该要绝对的自由。你姊姊她已经是二十以上年纪的姑娘了，她认为谁是终身可靠的伴侣，只要她自己心中愿意，你弟弟是没有阻止她的权利。反转来说，你和丽英这头婚姻，我预料玉明也绝对不赞成，然而她是否有权利来阻止你呢？所以分产是一件事，对于这点又是另一件事，我劝你不必替她操这一份的心了。"

"是的，婚姻当然是应该绝对的自由，不过我并非是为了妒忌他们，我是代姊姊担心，因为祖同这小子不是人养的东西，况且他又是石福华的外甥，所以我怕姊姊将来会上他的当。"

家骅听健生这么地说，倒又觉得这是健生忠厚的地方，遂望了他一眼，把雪茄烟的灰伸指弹了一下，微笑道：

"玉明不是三岁的小孩子，我想她总比你更懂得多一点儿，所以这一件事情，你就不必给她忧愁了。即使那祖同真如你所说那么的阴险可恶，但玉明竟一点儿瞧不出，反而把同胞弟弟视作仇人，把一个无赖当作亲人，那么她将来的吃苦，也可以说是罪有应得的了，你说我这话可不是？"

"是的！唉！"

健生只回答了两个字，他没有再说下去，却忍不住深深地叹了一口气。家骅觉得在他这一声叹气中，至少还包含了一些情感作用，遂点头笑道：

"健生，我劝你对于这次分家，且不要站在主动的地位，那么你的名誉上，我以为至少是比你姊姊更好得多了。"

"不过为了在法庭上有个说话的地步，我想请一个律师，这是少不了的事情。老伯，我的意思，最好是你。你能给我尽一点儿义务，

114

那我心中真是感恩不尽的了。"

健生说到后面，还是需要家骅亲自出马来帮助自己的意思。家骅在沉吟了一会儿之后，他又摇了摇头，说道：

"健生，你要我给你上法庭打官司，我以为这是绝对不可能的事情。刚才你也听见你母亲对我说的这几句话吗？她说我做律师的什么地方都可以去赚公费，为什么偏要把你们家中的事情当作老主顾呢？你母亲这句话固然是很不错，但是她没有想到我为你家奔波忙碌，除了贴车钱、劳精神、听风凉话之外，我是否得到一点儿什么好处呢？对于这点，我觉得除了你本身明白，局外人无论是谁恐怕都会感到怀疑。那么我觉得我是不应该再这样糊涂下去，我是不能不避一点儿嫌疑的。健生，我在过去确实有这么的思想，就是不能让你受到一点儿委屈。但现在我的思想两样了，我觉得你这场官司，胜利也好，失败也好，总而言之，在你打完了这场官司之后，我便马上可以给你先订一个婚约。说得明白一点儿，我绝不会是为了你的财产，所以才看中你做女婿。即使你分不到一个子儿的家产，我也绝不会把女儿另外去配有钱人家的少爷。健生，你现在可以完全懂得我心中的意思了吗？那么你就不必再一定要我出场为你打这一场官司了。"

"老伯，你确实为我家尽了不少的义务，我觉得姊姊假使稍为有点儿心肝的话，她是不能忘记过去你对她一番深夜相救的大恩。所以今日你推手不管，这也是怨不了你的事。总而言之，我健生心中明白，你老伯是热心仗义第一个的好人！"

健生听了家骅这一番解释，他心中是有说不出的感动，因为事实上家骅是出力不讨好，没有什么人会去谅解他的。一时也颇为同情他的苦衷，所以他说完这几句话之后，他的眼角旁几乎又要涌上一颗晶莹的眼泪来了。但家骅却又淡淡地一笑，毫不以为然的样子，说道：

"其实，我们做律师的人，为人群做保障，为社会谋福利，这也是应尽的责任。所以我那天深夜到警局里把你姊姊保了出来，这也是我分内的事情，根本谈不到'恩惠'这两个字。照理，做律师的人，应该是锄强扶弱，保护社会上一群被压迫的贫民。然而现在世界不同了，律师可以给强盗做辩护，只要公费拿得多，无理的可以说到有理。唉！那我还有什么言语可说呢？"

家骅表示无限痛心的样子，愤世嫉俗，他就忍不住大发其牢骚起来。健生没有说什么，坐在旁边，倒是怔怔地愕住了一会子。不料正在这时，外面汽车喇叭呜呜地响了两声，接着阿芬匆匆入内前来报告，说何家太太来了。健生想不到母亲会赶到这里来，便急忙起身迎出去。只见杏春扶了母亲，由甬道上气呼呼地走进来，这就忍不住问道：

"妈，你怎么也到这里来了？"

"健生，你还来问我，我觉得你简直是交了暮库运，你一味地听信外面人的闲话，你难道真预备跟自己姊姊打官司了吗？魏律师在哪里？我倒要向他请教请教，他到底拿了你多少公费，竟然要他这样地瞎起劲呢？"

健生见母亲脸色有些发青，她说话在气喘的成分中还带有些颤抖，显然她是存心来吵闹的样子。因为恐怕家骅听见了生气，所以他急急地摇手，说道：

"妈，你气头不要这样急，我觉得你完全还不知道其中的曲折。你应该明白，并不是我健生要跟姊姊打官司，姊姊交了暮库运，她要跟我闹着打官司。所以妈绝不能和姊姊串通一气，来把你何家的子孙压迫得简直透不过气来！"

"什么？什么？你……的胆子越来越大了！这是谁在后面教你对我做娘的说出这几句混账的话来？我问你，在你的心目之中到底还有你的母亲没有？"

何太太气得全身也有点儿发抖，她把两脚顿了顿，似乎已经要号哭的样子。健生这就更急了起来，只好把态度转变得缓和一点儿，说道：

"妈，你……不要弄错了，这里可不是我们自己的家里，这么地吵闹起来，恐怕有些不大方便吧！"

"健生，我觉得你不应该有这一种态度来对付你的母亲。"

健生回头去看，原来家骅已从后面跟了出来，他用了正义的态度，向健生责备着。一面又向何太太弯了弯腰，表示相当有礼貌的样子，说道：

"何太太，你的来意，我已经知道了。你正来得好，因为我极希望你来跟我谈谈一切的事情。何太太，请里面坐吧！"

家骅把手一摆，是请何太太入内的意思。何太太见他以礼相待，这就把要发作的话再也说不上来。健生见母亲在家骅几句话之下，态度果然是平静了许多，这就上来把母亲身子搀扶了，也很孝顺的样子，扶着何太太进会客室内去。家骅在让座之后，递上了一支烟卷，健生给她燃了火，阿芬倒了茶。家骅坐在沙发上，把右腿在左膝上搁着，摇撼了一下，方才低低地说道：

"何太太，你刚才说我到底接受了健生多少公费，所以一定要代健生瞎起劲。这一句话，我觉得你完全是误会了我。因为你家发生了这争产的不幸事情，假使健生不来求我帮忙的话，我是绝对不会知道的。既然不知道，我哪里还会来参加意见？况且我并不想代替健生来跟他姊姊去打官司，我刚才到府上来的目的，也完全是给你们有一种和解的意思。你假使不信，你可以去问你的儿子。不过你这位玉明小姐，她现在已中了旁人的圈套，她的态度相当强硬，在她好像非打一场官司不可的样子。当然，那还是为了后面有人给她撑腰的缘故。所以我觉得非常痛惜，因为一个好好的家庭，让外头人来做主意，引起同室操戈的怪现象，这不是太令人心痛之至了吗？现在我敢对何太太发誓，我魏家骅总不会干涉你们何姓的家事。至于以前，我也完全是一片好意，假使我有什么幸灾乐祸的存心，那就罚我没有好的结果。最后，我要向何太太叮嘱一句，就是他们姊弟的分家不分家的问题，你老人家应该可以给他们做一个主意，切不可让他们任意地胡闹才好。"

何太太听家骅说得这样仁义道德的神气，在她心中认为家骅至少还带有三分虚伪的成分。不过他既然肯放弃给健生出头和玉明打官司，那多少还使自己感到一些安慰，于是冷冷地说道：

"我希望魏律师言而有信，即使健生有所委托你，你也应该予以拒绝。因为他们小孩子本不知道什么，假使外界不去刺激他鼓励他，我想他们绝不会干出这么激烈的行动来。至于玉明一方面，我可以负责，她绝不会反对我做娘的主意。她是因为健生要和她打官司，所以她才不得已而只好有所预备。"

"妈，你这话显然有了偏见，难道闹成今天打官司的地步，是我健生一个人的罪魁？姊姊她竟不负一点儿责任吗？"

健生听母亲这样说，他心中又觉得十分地不服气，遂在旁边愤愤地插嘴。家骅笑了一笑，向健生望了一眼，显然有阻止他不要抢白他母亲的意思，一面对何太太说道：

"既然玉明这一方面你老人家可以负责，那是再好也没有了，因为我一直到现在，对于你家这件不幸事情的发生，我始终没有改变宗旨，就是使他们有和解的希望。"

"这样很好，我希望你不要口是心非，那么事情既然这么地解决了，健生，我们可以回家去了。"

"何太太，你是难得上舍间来的，要不是为了这个误会，我想你也不会玉趾亲临，所以我的意思，请你在这里便饭好不好？"

家骅见何太太一面说，一面已是站起身子来，于是也跟着站起，含了微笑，对她表示有一种亲善的样子。何太太为了家骅赶走石福华的事情，她对家骅始终有一点儿怨恨，所以摇了摇头，说道：

"谢谢你的美意，可是，我却不敢惊吵。"

"已经是快近午饭的时候了，我也不去添什么小菜，那也说不上'惊吵'两个字。何太太，我希望我们能够成一个比较密切一点儿的朋友，那么将来在患难的时候，至少大家可以尽个互助的义务。"

"哼！互助我倒不想，能够不拆散人家的家庭，我认为已经是很够朋友的了。魏律师，我们再见吧！"

何太太冷笑了一声，点点头，便和杏春先步出会客室去了。家骅虽然有些难堪，不过他涵养功夫是很深的，脸上还含了一丝毫不介意的浅笑，一路送出院子来，说道：

"何太太，你今天也许心思不宁，等你心神安定之后，我一定还得请你吃饭。"

何太太这回却并不作答，她很生气地跨出了大门，和杏春跳上汽车。回头只见家骅却直送到大门口，他还弯了弯腰，真是十二分恭敬的样子。因为心中奇怪着家骅这种客气的态度，她也忘记了顾到其他一切。直到汽车开的时候，她才想到健生不但没有跟着自己回家，而且连送都没有送出来。想不到自己亲生的儿子，他的心已经是向外了，一时感到空虚的悲哀，她忍不住深长地叹了一口气。

家骅回到里面，只是健生坐在沙发上，手托下颚，兀自呆呆地出神，这就呀了一声，他也才想到了似的，问道：

"健生，你妈不是叫你一同回家去吗？你为什么还留在这里？"

"我真不愿意还到那个死气沉沉的家里去，况且……况且……老伯，我觉得这样子总也不是一个根本解决的办法。你看母亲刚才的来意，她完全是庇护姊姊而来的，并不是我做儿子的说这一句话，她们母女两人简直要把我赶出何家门了，你想，那叫我怎么受得住？"

健生把手抓住了自己的头发，用了颓唐的精神，抬头向他望了一眼，显然在他这几句话中是包含了无限痛苦的成分。家骅沉吟了一会儿，摇了摇头，说道：

"我想你母亲对你还不至于到这样见外的地步，这也许是你过分考虑的缘故。我知道你母亲的意思，因为她还没有死去，你们姊弟就闹着分家，将来在报上一登载，那么在她当然是万分失面子的事

119

情。所以她坚持着不许你们打官司，我认为的确是这个缘故。"

"可是她有权利阻止我不打官司，恐怕就阻不住姊姊对我有打官司的行动，所以我以为她刚才的到来，也无非是白费心血。"

"假使你姊姊真的像你所说那么的倔强，那么在她老人家的心中，多少会感到一点儿儿子比女儿好的印象吧！"

家骅见健生这一副愁眉苦脸的精神，遂向他低低地安慰。就在这个时候，忽见丽英匆匆地回来了，她的脸色有点儿懊丧，先向家骅问道：

"爸爸，你们到何家去后事情怎么样地解决呢？我想那事情也许会越闹越糟的吧！唉！算我晦气，碰见了鬼，才触了一鼻子的灰！"

"丽英，你这话是怎么说的？难道你也到我家里去了吗？"

健生听她这样地说，遂不待家骅的回答，先向她急急地问。丽英红了眼皮，用手背擦了一下，显然她是曾经受过委屈的样子，恨恨地说道：

"我真想不到玉明姊姊竟会变死到这个样子……其实这也可见她平日的为人，所以才结怨小人，人家会有暗杀她的行动。最可恨的，是我这一阵叫喊进去，救了她一条性命，谁知她倒反而冤枉到我的头上来。早知如此，我就不该在这个时候到你家去，否则，也好叫她死得不明不白的了。"

"丽英，你到底在说些什么？真叫人有些听不懂。"

"孩子，你还是详详细细地告诉我们一个明白吧！难道有什么人在暗杀玉明吗？"

健生、家骅听她东一句西一句地说着，当然是弄得莫名其妙了，这就不约而同地向她追问。丽英方才把刚才的经过情形，向他们诉说了一遍，并且恨恨地说道：

"你想，玉明这妮子烂舌根地胡嚼，她一定没有好死的！"

"孩子！你不许胡说，她没有好死，与你有什么好处呢？"

"可是她今天对我太侮辱了，真叫我肚子都气破了。"

丽英见爸爸还喝阻自己的咒骂，她把小嘴一鼓，表示余怒未消的样子。这里健生呆呆地想了一会儿，说道：

"我想不到阿根这奴才真有这样毒辣的手段，倒实在是可恶之至！但姊姊会疑心到我的头上来，这似乎也太混账一点儿了。"

"世界上的事情就有这许多的变化，我觉得阿根这么一来，当然使你们姊弟间的感情会弄到完全破产的地步。虽然你是蒙受了不白之冤，可是在玉明的心中又有什么人可以和她去辩白得清楚呢？唉！这是真所谓事情越弄越糟的了。"

家骅觉得不幸事件的发生，显然是有了波折，那么这和解的希望恐怕是难以实现的了。他为何姓家庭而感慨，忍不住又微微地叹了一口气。健生怔住了一会儿，他忽然忧愁地道：

"老伯，那么姊姊会不会到法院里先去告我有暗杀她的嫌疑呢？"

"她没有把凶手捉住，而且她又没有什么凭据，那当然是不能随便去诬告的。所以对于这一点，你倒可以不必忧愁。"

家骅见他愁眉苦脸的样子，遂向他低低地安慰。这时仆妇已把饭菜开上，大家遂坐下吃饭。饭后，家骅有公事出外。这里丽英伴着健生弹了一会儿钢琴，唱了一会儿歌，可是健生心事重重，一点儿感不到什么兴趣。丽英这就安慰他说道：

"健生，我看你这个人呀，这一点儿心事都担不起的。其实这也算不了是什么心事。男子汉大丈夫，打官司怕什么？你也不是犯了法，至多她理由充足，她多分一点儿家产。我想终不至于一个做儿子的倒反不如一个做女儿的，那么现在这世界无怪要颠三倒四混乱得不成样子了。"

"我倒并不是为了害怕，我想着我姊弟两人是共过患难的，照理就不应该再有这样不幸的事情发生。所以真的上了公堂，我怕被外界真要笑骂死了！"

"所以我说你不要站在主动的地位，假使是被动的话，那么社会上人士一定也会谅解你的了。健生，你不要老是皱了眉毛，叫人见了，也代你难过。你有兴趣吗？我陪你看电影去！"

丽英说到后面，她是显出无限温情的意态，目的是在博得健生的欢心。健生也觉得屋子里的空气太沉闷，遂点头答应。这里丽英吩咐了阿芸几句，便和健生挽手出外。健生在万分烦恼之余，总算还有素心人在一旁做伴，他才把忧愁的胸怀慢慢地宽松起来。

两人在大光明看毕电影戏出来，在又一村小吃部略用点心。丽英还要健生到她家中去吃晚饭，健生恐怕母亲记挂，遂和她握手分别。

健生回到家里，何太太又向他半教训半劝慰了一番。健生说只要姊姊没有异心，大家公公平平，不受束缚，他也当然不愿分家。母子谈了一会儿，但玉明不见回来。问了赵大，赵大也不知小姐上哪儿去了。这时天已入夜，厨下开上饭菜，母子饭毕，玉明仍然还没有回来。健生暗自猜测了一会儿，遂自管回房去安睡。一宵易过，到了次日，健生一问杏春，说小姐昨晚没有回家。何太太心中也很着急，可是十点钟的时候，法院里却果然有一张传票送来了。

第二回

身已污悔莫及天长地久

章祖同打电话给何玉明，叫玉明立刻赶到王柏春律师事务所。当时山王律师向她细细地问明了案中一切的情形，认为这件事情可以接受承办。其实在王律师手里办的事情，不要说是这些争夺遗产，就是谋了财害了命，他也可以使凶手不受铁窗风味，依然逍遥法外。这是什么缘故呢？那当然是因为在敌伪时期的畸形怪现象，豺狼当道，虎豹满街，什么是叫警局？什么是叫法庭？只要你有势力，都是暗无天日。王柏春据说和日本宪兵司令部有密切关系，所以天大官司，他都可以操必胜之券，正是天高公道蔑，地阔畜生横。当下议定多少公费，说明天下午就可以开庭。其实捕房法院都在他的掌握之中，他之所以弄一张传票，无非是一个形式而已。

从王律师事务所出来，差不多快近中午了。玉明因为全仗祖同协力帮忙，所以请他到梅龙镇吃饭。两人稍许喝了一点儿酒，祖同十分得意地含了笑容，望了玉明一眼，低低地说道：

"你看王律师不是很有把握吗？他在司法界人头熟极了，假使他没有相当势力的话，我说他亦绝不会答应你明天下午就可以开庭。不是给他夸一声口，十个魏家骅都不是他的对手。"

"这场官司打起来也许不会输给弟弟，不过我此刻想起来，好像我太性急地走上了极端，那么外界知道了，似乎我已经站在主动的地位，所以我的心中总觉得有些不安。"

玉明此刻喝了一点儿酒，她的粉脸好像海棠花那么的娇艳起来。

123

但是她微蹙了柳眉，显然又有些感到懊悔不该这么决绝。祖同淡淡地一笑，挟了一筷子贵妃鸡，一面吃，一面说道：

"其实事到如此，好像是箭在弦上，不得不发，假使你要退一步，那么他便要进一步，所以已经闹到了这个地步，我以为也管不了什么外界指摘了。况且这个年头，昏天黑地，哪一件事情有些公道？所以你要心中感到不安，这可说是你自寻烦恼。"

"话虽这么说，不过第一个问题，我在母亲面前就没有了交代。因为她老人家是不愿我们抛头露面去对簿公庭的。假使明天来了传票，我在母亲面前该怎么回答？"

玉明点了点头，秋波盈盈地逗给了他那么一瞥，显然她是感到那么心事重重的样子。祖同沉吟了一会儿时候，忽然计上心来，遂笑道：

"我有一个办法，可以使你一点儿都不用为难。"

"是什么办法？你快对我说吧！"

"这个办法，就是最好和你妈避而不见。"

"避而不见？难道叫我不要回家吗？"

"这不是什么困难的事，因为明天下午就可以开庭，你就是一夜不回家，那也没有什么关系呀！等大家在法院里见面之后，那就根本无所谓的了。我这个办法是最妥当也没有了，否则，被你母亲眼泪鼻涕地一哭，那事情就有变化了。你要知道，你到底是一个女孩子，将来难免要嫁人，你若趁此刻不把家产分了，恐怕将来你就感到大大地吃亏了。"

祖同滔滔地向她说出了一番大道理来，表示非常忠心耿耿的样子。玉明听了，虽然觉得他的话很不错，但是，忽然她不知怎么一个感觉之后，立刻有个新奇的思想浮上了脑海，遂很认真的神气，望了祖同一眼，低低地说道：

"你的意思，好像我做女儿的分父亲遗产有些勉强，其实你这思想也是错误的。我觉得现在二十世纪的新时代，要真正解放女子，在社会上求自由平等，那么我认为分父亲的产业，完全是于心无愧的。不过我的意思，完全打倒女儿是外头人的一句不平等话，比方说，我既然是得到了父亲这一笔遗产，我当然可以和弟弟一样永远地姓何下去。换句话说，姊姊和她的弟弟是没有什么两样分别的。"

"那么你难道就一辈子不嫁人了吗？"

祖同听她这样说，一时倒不禁为之愕然，望着她粉脸急急地问。玉明却显出一本正经的态度，摇了摇头，说道：

"为什么嫁人两字偏偏要用在女子的身上？这是谁定出来的章程呢？其实男女的结合，无非是家庭合作的起点，那么结了婚后的女子，不是一样可以保留自己的姓氏吗？所以我的宗旨，就是永远地姓何，表示我这次和弟弟分家，在我是绝没有对不住已死的父亲。"

"哦！我明白你的意思了，是不是谁要和你结婚，谁就应该跟着你一同姓何，对不对？"

玉明这句话是很明显的，祖同似乎已经理会她的意思，这就哦了一声，向她继续地低低地问。玉明到底还是一个待字闺中的女孩家，被他这么一问，一时也感到难为情起来了，秋波也斜了他一眼，有点儿赧赧然地点了点头，说道：

"我想假使知道我家内事情的人，他一定能谅解我的苦衷，况且真正懂得爱情的人，也绝不会向我斤斤计较这一点点小问题。"

"玉明，你这话就对了，因为你所以这样，也无非是为了一点儿孝心，所以我第一个先同情你的身世。"

祖同是个思想灵敏而又狡猾的人，他在眸珠转了一转之后，便显出十二分诚恳的样子，对她低低地回答。玉明听他这样说，那么在无形之中好像解决了他们两人的婚姻问题。因为玉明的意思，她要不忘其本，很想招个入赘夫婿，来顶替父母的香烟。不过她不能明显地表示，所以她是很委婉地绕了一个圈子说话。好在祖同为了人财，不要说是叫他改了姓，就是叫他再委屈一点儿，他当然也是无不乐而接受的。彼此既然已经是心照不宣，所以玉明那颗芳心总算是得到了无上的安慰，秋波含情脉脉地送给他一瞥感激的目光，她到底又慢慢地低垂螓首来。

两人在沉默的时候，祖同由不得暗暗地盘算了一会儿。觉得玉明这姑娘的思想倒真有些显得特别的，但仔细转念之下，也可见玉明是个太有心计的姑娘了。大概她怕我把她财产乱花费，所以她要招入赘夫婿，目的在不许我掌握大权的意思。那么我现在帮助她成功了大事，所以我当然不得不先落手为强，等她的身子落在我的手中，那时候就只有我说话的余地了。祖同想定了主意，遂温和了口吻，低低地又说道：

"玉明，那么你今天到底预备回家不回家呢？"

"你问我，其实我连自己都有点儿不知道，你看我到底怎么样才好呢？"

"玉明，我觉得你今天的心思为什么这样乱，其实你可以把思绪安静一点儿，就是到了明天下午，时间也会这样悄悄地过去的。"

"奇怪！我想镇静自己的思绪，可是我那颗心不期然地会跳跃得厉害。我觉得到了明天，我会像临到了大敌一般的惊慌。"

"这当然因为你从来没有这些事情的缘故，所以你会这么地担心。玉明，你不要害怕，我的意思，你还是不要回去，今天索性爽爽快快地玩一天。在游玩的时候，当然不会再想到这些烦闷的事情了。"

祖同见她微微地蹙了眉尖，粉颊上是浮现了无限忧愁的颜色，这就很关怀的样子，对她低低地贡献意见。玉明认为他这些话倒也相当有理，遂点了点头，说道：

"也好，我就准定照你这么所说办吧！"

祖同听了，自然暗暗欢喜。两人吃毕这餐饭，已经下午两点相近。玉明的意思，一同去瞧电影，祖同是没有不同意的，两人遂坐车到影戏院里去了。在影戏院里消磨了两个钟点，看完影戏出来，时候还只有四点多一点儿。玉明说道：

"我们现在上哪里去消磨光阴呢？"

"地方是有一个可以去消磨，但不知道你喜欢不喜欢去见识见识。"

"是什么场所？可以去得就去玩一会儿也不要紧。"

"是南市静园俱乐部，你去过没有？"

"静园俱乐部？这不就是赌场吗？"

"是的，我们又不是去赌钱，也无非是消磨时间而已。"

"赌场我还没有去过，前去见识一番也好。不过我们得抱定宗旨，不能落手赌钱的。因为这杀人不见血的魔窟，有了一千输一万，为了赌钱而家破人亡的也不知有多少呢！"

"你放心，我们的目的不是赌钱。那么既然决定了，我就叫三轮车子了。"

祖同在得到她的同意之后，遂向人行道旁三轮车一招手，于是两人匆匆跳上，说明了地点，那车夫便向前驶行了。

车到静园俱乐部门口停下，就有穿紫红色制服的 Boy 走上来，很恭敬的样子，给他们代为付了车钿，然后引导他们入内。玉明因为是初次见到这个情形，所以心中由不得暗暗地细想，赌场招待客人竟有这样的周到，那么赌钱人之多也就无怪其然了。这真是香饵层层，安得鱼不上钩？

玉明心中正在暗暗地感叹，忽然听得一阵子女子的声音，高喊着开啦开啦！玉明连忙向四面一望，原来两旁置有长形的大赌台，正中坐着三个女子，都是年轻貌美，手指上还戴了亮晶晶的钻戒。四周围着男女老少的赌客，有的额角上青筋暴露，有的汗冒如珠。但也有神情泰然、脸含笑意，各人的表情，都又显着不同。这三个少女笑盈盈地对那些赌客十分温顺的样子，当中一个手捧摇缸，"开啦！开啦！"的声音，正出自她的口中。玉明瞧了，她心中就有些不高兴的感觉。赌场里用了这班花朵儿般的姑娘做职员，那就怪不得这班涉世未深的少年迷恋忘返了。赌场之害人甚于鸦片，当局为了捐税的收入，竟然给他们公开地存在，这实在是令人心痛极了。

玉明心中这么地想，但身子是跟了祖同走。穿过两间，步上楼梯，上面写着"特别间"三字。祖同方才移开桌旁的椅子，和玉明两人一同坐了下来。引导他们入内的那个侍童，方才对里面的管理员说了几句话，把手指指祖同和玉明两个人，大概是说给他们付了车钿的意思。那管理员于是给他签了一张车票，侍童方才尽了他的责任般的，匆匆地自管走开了。

玉明见特别间内的赌客，衣服都很整洁，不像下面那样的混浊，甚至穿破袄裤的也有。这张台子上的摇缸是个身穿西服的小白脸，两旁管赔吃的是很摩登的少女。她们见祖同、玉明坐下之后，便含笑先送过一包三炮台的香烟来。这一包香烟是不大好接受的，祖同是个老门槛，因为在他们这样招待之下，显然把我们是当作了老主顾看待。那么假使不下注来赌一下，恐怕就会遭到他们的白眼了。祖同在这样思忖之下，他在袋内就摸出二十万元钱来，好在他这几天的钞票是带足的，因为他要得到玉明的欢心，当然自己也要放一点儿本钿出来不可的。不过这些本钿是谁给他的？原来就是他的舅父石福华。福华一心要在玉明身上出一口气，所以他是挖空心思地在计划着一种报复的手段。不过他也考虑得很周到，钞票虽然是借给了祖同，但祖同也有笔据在他手里。所以祖同现在的自由，完全是交在石福华的手掌之中。但可怜的何玉明，她是蒙在鼓里怎么会知道呢？

当时祖同取出二十万元钞票来，赌台上那个少女便送过来一本预测簿子并一支红蓝铅笔。玉明见了，便把祖同衣袖轻轻地一扯，低声地说道：

"你不是说我们不赌钱吗？怎么你进了赌场就忘记了呢？"

"你看他们把我们招待得好像上客似的，我们好意思不赌一下吗？"

"可是你不该拿出这许多钞票来。"

"你不知道，上海这地方，充阔是最便宜的，赌不赌钱在于我，钞票只管放在台子上，回头他们把我们当作爷娘那么客气的。"

玉明听他后面这一句话，至少是包含了一点儿俏皮的作用。这就似嗔似恨地逗给他一个白眼，也忍不住抿嘴笑了。但祖同的猜测是对的，那个少女职员又乜斜了一个媚眼来，笑嘻嘻地说道：

"这位老板，这位小姐，你们点心要吃些吗？"

"不要吃，等一会儿吧！"

祖同摇了摇头，很大方地回答。一面向玉明望了一眼，还把嘴努了一努。玉明知道他是问我的猜测可灵验的意思，于是微微地一点头。就在这时，那个捧缸的少年忽然高声地喊起来，道：

"双四六十四点，我的摇缸顶准足，一大一小，各位老板摸着了路把人也困得上去的。哎！这位老板财神菩萨跟着走，十五点不押十三点不押，偏偏地押了一个十四点，正是中了头奖似的。老板真爽气，吃大烟钿不用说的了。"

"玉明，你看十四点一元赔十四元，押着了真也有趣。"

"可是这也不容易押着的事情，你难道不晓得，赌无常赢，天下经营第一的一句话吗？"

"这是当然的，不过照了他的路子走，是多少有些把握的。你听他喊着一大一小不是很准足吗？那么我这次就押两万元小，再押两千元七点，看这一下子，赔来数目是很可观的。"

"祖同，你说不赌不赌，怎么偏又大赌起来？难道不能少押一点儿吗？"

玉明见祖同一起手就押两万元，心中不免有些肉痛，这就又拉了他一下衣袖，低低地说，在她这两句话中多少包含了一点儿埋怨的成分。祖同因为已经把钞票押了上去，当然没有缩回来的道理，于是回头望了她一眼，微微地一笑，用了安慰她的口吻，低声回答道：

"玉明你不要着急呀！因为这一下子我觉得至少是有十分的把

握，好像和你这次打官司一样，是可以操必胜之券，所以我才押下去的。你瞧着吧！十拿九稳，不赔我马上就走。"

玉明听他这样说，芳心中不由暗想：祖同既然这么说，我就不妨暗暗祷告一下。假使这次赢了，我明天开庭一定可以胜诉。倘然吃去了，那么我明天这场官司也就很难有把握了。一个人在无聊已极的时候，往往有这种无聊的忖想。不料她正在低头思索的时候，忽然听那个摇缸的少年又兴奋地叫起来道：

"双三一只么七点，哈哈！你这位老板真是老门槛，出门得利，真是恭喜恭喜！"

"玉明，你看！你相信我这句话吗？"

祖同是乐得心花都开起来了，他咧开了嘴，笑嘻嘻地向玉明得意地问。玉明这时欢喜的倒并不是为了他押中了可以赢钱，而是因为自己明天开庭至少是不用担什么忧愁的了。就在这时，那个管赔吃的少女含笑送过七沓钞票来说道：

"老板！小字上一赔带本四万元，七点一赔十四元，两千赔二万八千元，带本五万元，一共七万元，请老板点一点。"

祖同点点头，把七叠钞票放在面前。他数了两千元钱，给他们做头钿，他们说了一声谢谢。那捧缸的少年，又笑着说道：

"摇路没有断，准可以押下去，这次十二十三上很有希望，诸位老板千万不要错过良机呀！"

祖同因为一下子已经赢了五万元钱，他心中是热烘烘的，况且那摇缸少年的话很有道理，遂又取了两万元钱放到大字上去，再取两千元押到十三点上去。那捧缸的少年笑道：

"老板！你听我的话，这次押着了，我好吃东道了。开啦！开啦！啊呀！断命骰子不帮忙，好好的摇路架子，偏偏连路起来了，双三四刚刚小。唉！这是我的运道不好，老板这次不着还有下次机会哩！"

那捧缸的少年在揭开盖子之后，他一团高兴的神气立刻会冷了下来，连说话都有点儿有气没力的样子。祖同似乎也感到一团空高兴，因为得而复失，这是一件使人感到最难堪的事情。他脸是涨得红红的，额角上也有点儿润湿起来了。玉明给他计算一下，两记平均还赢着二万六千元钱，至少可以抵去今天一餐饭钱。这就第三次拉他的衣角了，低低地说道：

"我们识相点儿，还是赢着一点儿开步走吧！这种地方，你要如恋恋不舍的话，恐怕连你这二十万元本钿也休想带回家去了。"

"但胜败乃兵家常事，让我再押一次，开路走好不好？"

玉明见祖同还赖着不肯走，可见得赌博的魔力，真是超越了一切。一时心生一计，遂站起身子，一面说，一面表示要走的意思。祖同见她沉寂的脸色，觉得至少是已经有点儿生气的样子。他就没有了办法，连忙把她拉住了，低低地说道：

"玉明，你不要性急，我走，我走好了。"

"我看你像苍蝇见了血，你不肯走，你就只管多游玩一会儿好了。让我先走一步也不要紧，难道一定要我陪你在这受闷吗？"

两人在离开静园俱乐部的时候，玉明故意瞟了他一眼，俏皮地说。祖同觉得她第一句的话，至少还包含一点儿骨子，因此报之以微笑，却默不作答。一瞧手表，已经五点半了，遂忙说道：

"此刻真是茶舞时间，那么我们还是上舞厅去听一会儿音乐吧！"

"好的，我们还是到仙乐斯去，那边清静一点儿。"

玉明点头回答，两人遂跳上三轮车，叫他驶到仙乐斯舞宫去。在路上两人都静默了一会儿。玉明望了他一眼，含有点儿作用的成分说道：

"为了赌场而自杀的新闻，这在报纸上时常可以发觉。那么赌钱可见是一件万恶的事情，我想凡是稍具知识的人们，无论谁都有点儿知道。可是奇怪得很，你看今天这每一个赌台上还是挤得那么人山人海，我真不懂这里面四周难道有吸铁石放着不成？比方说你吧！刚才要不是我生气先走的话，恐怕你一时里还不肯离开，我说的可是冤枉你吗?"

"这是一个人的欲望终是不知足的,赢了还想赢,输了想翻本,所以一个人走进赌场,是每个人们都自动地不愿出去罢了。"

祖同在走出赌场门口的时候,他的脑子会清醒起来,遂也笑嘻嘻地回答。但玉明却摇摇头,把小嘴一噘,俏皮地说道:

"也许不是纯粹为了这个缘故那么的简单吧!"

"你这话奇怪,难道还有什么其他的原因吗?"

"当然,你们这班男子都是色眯眯的,见了赌台旁这些妖形怪状的姑娘,她们嗲声嗲气地把你一迷惑,你们当然是糊里糊涂连魂灵都不在身上了。"

"玉明,你不要瞎冤枉人家,在赌台里交女朋友,这到底是很少的。总而言之,上赌台终不是一件好事情。"

"哼!你也知道?"

"我当然知道,凭良心说,我是不大到的。今天原是逢场作戏,而且也是为了消磨时间而来的。"

"可是我瞧你一切的情形,不像十分陌生,简直是个中老手,可见你对于这个万恶之门,平日是常进出的!"

祖同听她这样猜测,因为是被她猜到心眼上去,所以他急得涨红了脸,不过他表面上是绝对不肯承认的,还一本正经的样子,急急地辩白着说道:

"玉明,你不要冤枉我,我假使真的在常跑赌场的话,那我敢向你发咒,我绝没有什么好的结果。"

"算了吧!有则改之,无则加勉,发咒干什么?你又不是黄包车夫,也不是小菜贩,我最不要听的是发咒。"

玉明白了他一眼,在怨恨之中,至少还有点儿苦口相劝的意思。祖同很感激的样子,点了点头,他握了玉明的手,又很诚恳的神情,低低说道:

"玉明,请你不要误会,同时请你更不要疑心我,我不敢说一句谎话，我确实已把你当作了生命之火、前途上的一盏明灯。至于你刚才的一片好心，我也非常地同意，因为我对你有一番真心的爱，所以在形式上的姓字问题我是毫不计较的。只要你认为我是你忠实的丈夫，那么就是叫我也姓何，叫我做何家的子孙，我也非常地情愿。不过你是否肯接受我这个姓何的人呢？请你给我一个明白的答复好不好？"

"我记得你为我受伤睡在医院里的时候，我似乎已经对你有一种明显的表示。所以你今天再来这么地问我，这倒好像是多余的事情。"

"玉明，我真是太感激你了，我恨不得把一颗心挖出来报答了你。"

"我听见这好像是第二次的话了，但我不希望你真的把心挖出来交给我，只要你把心永远地不改变，也是使我很感到满足了。"

"那你放心，我是到死都不会变心。"

两人话说到这里，三轮车在仙乐斯舞宫门口停下。祖同付了车资，和玉明携手匆匆入内。侍者招待入座，泡两杯香茗。音乐起了，祖同和玉明到舞池里去跳了两次。正在跳舞的时候，祖同忽然见到那边座桌旁站着一个人，正是石福华。他向自己做手势，表示叫自己出外谈几句话的意思。祖同见桌旁还有一个太太模样的人，原来就是刘太太，一时觉得舅父这人的本领可真不小，东搭西拼，到底又给他弄上了刘太太。一面想着，一面和福华点头，表示知道的意思。不多一会儿，音乐停止，大家携手回座。祖同起身，假说去小便，遂匆匆地走出舞厅来，只见石福华已经等候在门口了。当下把祖同拉到冷僻之处，低低地问道：

"祖同，你不要只管跟她在灯红酒绿的舞厅里白相相，正经的事情，到底办得怎么样了？可是有点儿眉目了吗？"

"舅父，你不要着急呀！这次进行的事情是顺利极了。我想不到事情爆发会这么的快，我告诉你一个好消息，明天下午就可以上法

133

庭了。你想，这件事办得能干吗？"

祖同见他问这两句话的态度，至少是有些严肃的样子，于是笑了一笑，向他很兴奋地报告。石福华到此方才露出一点儿笑容，点了点头，表示十分满意，但他又埋怨他说道：

"事情既然成功了，那你为什么不早点儿打一个电话来通知我？倒叫我心里时时地记挂着。"

"舅父，你这人真也有些自说自话的，昨天我和你在医院里才分了手，今天一早就赶着到王柏春律师事务所那里干着打官司的手续，我根本和玉明还一刻都没有分开过，你叫我怎么能打电话来通知你呢？"

"是的，是的，这样说来，我倒是错怪你了。哎！哎！祖同，初步计划是成功了，那么二步计划，你可以见机而行了。"

石福华见祖同理直气壮地说，一面却也表示很不快的神气，这就连忙赔了笑脸，向他低低地怂恿。祖同沉吟了一会儿，说道：

"舅父，第二步计划当然比第一步计划要困难得多。所以我觉得不能太以性急，欲速则不达，这是一定的道理。好了，我要回座去了，玉明这妮子偏是个多心人，时光太多了，她又会向我问长问短的。舅父，你不要心急，在三天之内，我总可以给你好消息。"

石福华再三地又向他叮嘱了一句，两人方才匆匆分手。祖同回到座桌边，玉明果然望了他一眼，用了怀疑的口吻，问道：

"到厕所去一次就得这许多时候吗？"

"因为我遇到了一个朋友，他和我谈了几句话。"

"哦！到处都会遇见朋友，你的交际真广阔。恐怕不是朋友，是舞女吧！我猜她一定会问你，你为什么不叫她坐台子？其实你只管可以坦白一点儿，反正我也不会监视你的行动！"

玉明嗯了一声，她说的这几句话是相当的俏皮，而且还包含了一点儿酸素的成分。祖同倒忍不住好笑，急得红了脸，又发誓念咒地说了一会儿，但玉明恨恨地打了他一下腿，却不许他再发咒。祖同挽了她的手，两人到舞池里又温存了一会儿，玉明方才又回过笑脸来。

茶舞时间是五点到七点，跳完茶舞，大家有点儿肚子饿，遂到金谷饭店晚餐。祖同说要喝些酒，因此玉明在旁边就不得不陪着喝几杯。在祖同一番甜言蜜语的迷惑之下，玉明一颗枯燥的处女芳心中也会感到一点儿暖意的安慰，所以她是很兴奋，今夜的酒似乎也比较喝得多一点儿。这餐晚饭吃毕，快近九点钟了。祖同和玉明在走出金谷饭店之后，便对她低低地说道：

"玉明，我们先去开一个房间，免得临时局促。"

"难道我今夜真的不回家了吗？"

玉明一颗芳心加快了速度跳跃起来，她忽然又犹豫不决起来了。祖同表示很正经的样子，说道：

"就只不过一夜时间，我想就不要回家了，省得发生意外的变化。"

"那么你……"

"我？当然回家去睡！不过我应该先陪你去借好了房间，那么我才感到放心！"

祖同很聪明地回答，他处处地方在琢磨玉明的芳心。玉明听他自己回家去睡，这就点了点头，表示许可的意思。两人遂在大东旅社三楼三百五十号开一个沐浴房间，填了姓名，侍者泡上了茶，方掩上房门悄悄地退出。这时玉明坐在沙发上，手托香腮，好像有点儿头痛的样子。祖同遂低低地问道：

"玉明，你怎么有些不舒服吗？我给你去买一包仁丹来吞服了好吗？"

"不要，我没有什么不舒服，大概是酒喝得多了，所以有些头晕。祖同，你弄杯开水给我喝吧！"

玉明抬起红红的脸，眼像秋波似的，向他盈盈地瞟了一眼，低低地说。祖同知道她确实有点儿醉了，心中当然暗暗地欢喜，遂亲自给她倒了一杯茶，服侍她喝了两口。不料玉明喝下茶去之后，却哇的一声吐了起来，经此一吐，她的眼泪鼻涕也都流了下来。祖同故作焦急的样子，皱了眉毛说道：

"这可怎么办？其实你也没有喝多少酒，怎么会醉起来了？"

"不要紧，这是因为出来的时候，吹了几阵风的缘故。你给我静静地靠一会儿，就会好的。"

玉明倒在沙发上，把手帕掩着小嘴，闭了星眸，表示静静养神的样子。祖同说去买些水果来，给你醒醒酒。玉明没有回答他，祖同遂匆匆地走出去了。不多一会儿，祖同买了生梨、橘子回来，见玉明暗暗地在哭泣，一时倒吃了一惊，忙走到沙发旁，温和地问道：

"玉明，你为什么好好的伤心起来了？"

"唉！我想不到弟弟会忘了手足之情，他和外面人去亲热了。我觉得自己的身世，好像孤零零的太可怜一点儿了。母亲应该谅解我，这场官司也并不是我喜欢要打的，因为事实上是逼得我只有走上这一条路。"

"玉明，我想你所以出此下策，完全是无路可走中的一条路，我想谁都会同情你的吧！你说你太孤单了，其实你也并不孤单，我我……难道不能算是你的知心人吗？"

"是的，只有你才是我的知心人。祖同，我希望你不要口是心非，多给我一点儿安慰。否则，我是真觉得太没有滋味了。"

"你放心，我是绝不会对你有两条心。玉明，我给你剥橘子好了，你吃点儿吧！"

祖同听她醉后说真心话，可见她对自己已经有十分的痴心了，一时倒不免感动起来，遂剥了一只橘子，一面服侍她吃；一面向她温情地安慰。玉明微睁星眸，望了他一眼，至少是包含了无限感激的意思，把他手握得紧紧的，忽然又落下许多泪来。祖同虽然不明白她为什么要这样悲伤，但女子任她怎么的好角色，她的心终是软弱的，因此也更加地怜惜起来，遂低低地说道：

"玉明，我看你还是脱了衣服，睡到床上去吧！这样可以舒服一点儿。"

"对不起！我想不到酒醉之后，连走路都有点儿头重脚轻起来了。"

"这是因为你呕吐过了的缘故。"

玉明偎在他的怀内，由祖同扶着她到床上去躺倒了。祖同这时却尽着做看护的责任，给她脱了旗袍和皮鞋，又给她盖上被，方才低低地问道：

"玉明，你还觉得头晕吗？我给你轻轻地捶敲一会儿好吗？"

"但是我怎么说得过去。"

玉明在他柔情蜜意的手腕之下，她心里有点儿荡漾了，在十分痛苦的脸上也会浮现了一丝笑意，好像十分安慰的样子。祖同见她对自己的态度，至少已经亲热并好感到了极点。那么换句话说，自己的第二步计划也可以说是完全地成功了。因为这时已经十点多了，祖同故意显出十分坦白的样子，说道：

"你还是安安静静地早点儿睡熟了吧！因为时候不早了，等你入了梦乡，我才可以放心回家去呀！"

"不！祖同，请不要离开，因为你一走之后，我会觉得孤孤单单起来了。唉！总而言之，是我爸爸死坏了。假使我爸爸还在世界上的话，石福华也不会在我家耀武扬威，弟弟和我当然也更不会闹到打官司的地步了……"

玉明的确有些醉了，她听了祖同的话，好像心灵上受到了一种恐怖的威胁，她情不自禁地伸手把祖同拉住了。同时她说到爸爸死了的时候，心中更引起了一阵悲酸，忍不住呜呜咽咽地哭泣起来。祖同见她醉得这样厉害，像哄孩子似的，对她低低地安慰了一会儿。玉明这时哭泣了一会儿之后，便也糊里糊涂地睡熟了。祖同听她已经有了细微的鼻鼾之声，遂轻轻地站起身子，取了一支烟卷，点了火柴，吸了一口烟，低垂了头，不免在室中团团地踱了一个圈子。

暗自想道：我难道在她醉得人事不省的时候就下手吗？这在自己良心上真有些说不过去。但在这个年头，良心越坏的人越有饭吃。反转过来，好人是反而受苦没生路的。既然到了箭在弦上，当然是不得不发。我还管得了什么良心、道德这些问题呢？祖同想到这里，回眸向床上睡着的玉明望了一眼。只见玉明两颊，仿佛是出水芙蓉，星眸微闭，樱桃小嘴上吹气如兰，这一种勾人灵魂的睡态，真叫祖同那颗心会像小鹿般地乱撞起来。于是他在不能压制的情欲发展之下，遂把手中的烟尾向痰盂内一丢，一面熄灭了电灯，一面便摸索到床边去了。

静悄悄地也不知经过了多少时候，只听堂口上的钟声已经打了两下。但玉明有了几小时的休养，她是悠然地清醒过来。这时她的酒已完全醒了，神经也不像刚才那么的脆弱了，她是恢复了她原有正常的知觉。所以她在发觉身旁睡着的祖同，而且慢慢地又觉察到自己的清白已经在不知不觉中消失了的时候，你想，她是感到多么的羞惭和耻辱呢！因为是气过了头，她情不自禁地伸手在祖同颊上量了一记耳光。齐巧祖同正在做梦，梦中也有一个人打了他一记耳光，他便啊了一声大叫起来，还连连说道：

"你打我？你打我？"

"打了你这狠心的奴才便怎么样？我偏打！"

玉明听他这么地说，当然在她是不知道他说着梦话，所以更加怒不可遏，一面骂，一面又是啪的一记，量了他一个耳光。这一下子巴掌，才把祖同打醒过来。他似乎已经明白东窗事发了，遂故作害怕的样子，一骨碌起身，跪在玉明的面前，连连地告饶，说道：

"玉明，你千万不要生气，我确实是太该死了。只怪我一时酒醉糊涂，所以竟委屈了你。不过我早晚终是你的丈夫，我们的成为一体，也无非是时间问题而已。玉明，你可怜我一片痴心，你就饶赦我这一遭吧！"

"哼！这一遭？难道我还有第二遭的清白吗？可怜我女孩家就只

有这一遭呀！祖同，我把你当作君子看待，谁知你竟做出这样卑劣的手段来！那……叫我不是太失望了吗？"

玉明冷笑了一声，她起初的态度还表示非常的强硬，可是说到末了，因为想到生米已经成了熟饭，假使和他翻脸，恐怕事实上也是没有什么用了。再说我和他已经心心相印，虽然没有订过什么婚约，不过彼此也已承认将来是一对夫妻了，那我还有什么可说呢？但一个女孩家，既然在未合法的环境下而失了清白，终认为是太受了一点儿委屈，因此她一阵悲酸，也只好诉诸眼泪了。祖同见她一哭，就知道她已经软化的表示，这就大胆地又偎过身了，把她紧紧地抱住了，温情地说道：

"玉明，你不要哭了，我的心也被你哭碎了。假使你是真心爱我的话，我觉得你不应该太认真地生我气，因为我迟早是你们何家的入赘女婿，你难道连这一点子便宜都不舍得给我享受吗？"

"哼！我觉得你今晚对我这么野蛮的举动，根本就没有真心地爱我！"

玉明嘴里虽然还是十分生气地回答，不过她的娇躯被祖同搂在怀内却并没有一点儿挣扎，从这点子看来，也可见女子在社会所占的地位是相当的可怜。祖同忙着又急急地发咒念誓说道：

"我假使没有真心爱你，我将来没有好死！"

"你也知道我醉后的身体是多么软弱，假使你真心地爱我，你也应该怜惜我的身子，绝不会不顾死活地糟蹋我。"

玉明说到这里，她完全失却了平日刚强的气概，忍不住又呜咽地哭泣起来。祖同觉得玉明一味地哭泣就是显露了她弱者的表示，那事情就好办的，所以他抱住了玉明，一味地甜言蜜语百般地温存安慰。其实玉明也是一个知廉耻的姑娘，她已经在失身了之后，当然是只好从一而终的，所以含泪说道：

"祖同，我的身子已交给了你，你以后要如不给我争气，我在母亲和弟弟那儿怎么交账？所以你有变心的一日，也就是我玉明永远离别世界的一天了。"

"玉明，你千万别这么地说，我若变心，一定也是我的死期到了。"

"只要你不变心，你为什么要说死？我不许你这样说！"

"哦！那么我说活吧！但愿花常好，月常圆，纵然是海枯石烂，也只望是天长地久，我们两人相亲相爱永远地活下去吧！"

祖同那张油嘴也是相当的灵活，他一面笑嘻嘻地说，一面凑过嘴去，吻她的脸。玉明在没有能力可以抗拒之下，她也只好默默地任凭他温存了。显然，空气在经过一番极度紧张之后，此刻是缓和而松弛了许多。祖同这就又贼秃嘻嘻地说道：

"玉明，这次事情的发生，说一句你不要生气的话，还是你自己不好。"

"放你的狗屁！我不好？难道我叫你这样不规矩吗？"

"虽然你不会叫我这么地干，不过你还记得你酒醉的时候吗？我叫你安静点儿睡了，因为时候不早，路上要戒严。我说你睡熟了之后，我也可以放心回家。谁知道你听了我这话，却拉住我不肯放，说我不能离开你，因为你孤单单的实在太可怜了。也许是因为你醉后不知道你自己的举动，你叫我陪在你身旁。那时候我也有些醉了，因为并头地睡了你这么一个天仙化人般的美女，即使我是柳下惠吧，恐怕也要动起情来呢！你想，那还不是你自己不好吗？"

"唉！我只道你是一个知书达理的名士，哪料到你是一个衣冠禽兽的小偷，假使我早知道你有这种恶劣的行为，我也绝不会在外面住旅馆了。我上了你的当，你不说，反而来冤枉我自己不好，你也太没良心了。"

"玉明，我无非是和你说句笑话的，你怎么又难过起来了？好了，好了，时候不早，我们还是好好再睡上一会子，明天还得上公堂哩！"

祖同见玉明又伤心流泪了，遂忙又含了笑脸，向她低低地安慰。

玉明轻轻地叹了一口气，遂和祖同又慢慢地入梦乡去了。

石福华的计划是成功的，章祖同的进行也是顺利的。但可怜的玉明是中了他们的圈套，虽然这场官司，凭了王柏春大律师那种畸形势力而得到了胜利，不过他们骨肉之间、手足之间的感情，是已破裂到不能有合缝的日子了。唉！同室操戈，以致引狼入室，这是多么的愚笨，又是多么的可耻啊！

第三回

同室操戈寡廉又鲜耻

健生接到了这张传票之后，他的脸由红变白，由白变青，他两手拿着传票，已经是瑟瑟地抖动得厉害。他做梦也想不到姊姊会先落手为强，果然是情断义绝地向自己亲兄弟打起官司来了。不过他还没有气糊涂，先把回单给法院里人打去了。然后顿足大骂道：

"好！好！你这无耻贱人！何家会出你这种败类，真也是祖宗无灵心了。"

"少爷，你在骂什么人？这……这到底是怎么的一回事情呀？"

站在旁边的杏春，心中还有些不大明白，遂向他惊奇地问。健生方才想到了似的，对杏春急急地说道：

"杏春，你快到里面去报告太太，说法院里来了传票，小姐先来跟我打官司了，看她老人家心里还说这个贱人好吗？"

"啊！小姐先在法院里告少爷吗？"

"是的，你快去，你快去说吧！"

杏春见少爷这时的愤怒，好像浑身都已冒出了火焰来的样子，这就不敢多问，立刻回身奔到上房里去了。这里健生匆匆地先到电话间，立刻打电话到魏家骅家里。那边接听的齐巧是家骅，健生遂慌张地向他告诉，说传票已到，今天下午两点钟开庭，这事情可怎么办好呢？家骅在电话里听出健生的口音，好像是要哭出来的样子，倒反而温开水似的慢慢地说道：

"健生，是不是人家告发你做了强盗啊？"

"啊！不，老伯！你怎么这样糊涂？是姊姊要和我分遗产呀！"

"对呀！那我可一点儿也不糊涂，既然不是什么人告发你做强盗，你为什么要急得这个模样？难道她要和你分遗产，在法律上说，你是应该犯罪的吗？"

"老伯这话虽然不错，但下午两点钟开庭，时间上实在太局促了。因为我觉得一点儿也没有准备，所以我实在是急糊涂了的缘故。老伯，你此刻最好不要出去，我马上到府上来请你指点一个办法好不好？"

健生被家骅问得无话可答，一时倒不禁为之怔怔地愣住了一会儿。暗想：真的，我又不是犯了法，何必要着急得这个样子呢？虽然家骅的人是并不在面前，但他也会感到很不好意思起来，方才缓和了一点儿语气，向他低低地要求。家骅听了，在那边回答道：

"你不用来了，等会儿我上你家里来一次好了，因为我此刻正有事情到外面去接洽，我是等不及你到来的。"

"这样也好，那么我在舍间恭候老伯吧！"

健生没有办法，只好低低地答应下来，那边家骅已把听筒搁下了，健生方才匆匆地回到客厅来。只见母亲在客厅里急得团团地打转，好像是在找自己不知上哪里去了。一见了自己，便先眼泪鼻涕地哭了起来，问道：

"健生，法院来了传票，这可是真的事情吗？"

"哼！那还有假的吗？妈，你现在还说你女儿是好人吗？好女儿竟先落手为强地来跟弟弟打官司了。"

健生冷笑了一声，显然有点儿怨恨母亲不该庇护姊姊的意思。何太太气得手脚也有些凉了，深长地叹了一口气，说道：

"我何尝说玉明是个好姑娘？就是你舅舅离开这个屋子，那也不是为了她起的因头吗？其实我是主张不许你们分家，谁要打官司，谁就是不孝！我做娘的也好到法院里去告他的！"

"凭妈这几句话，我健生的罪孽至少可以减轻了不少。妈，你现

143

在终可以知道谁是存心要打官司的主动者了。现在下午两点钟就得开庭了，我倒要向妈妈请教请教，你预备叫我怎么样对付她呢？"

健生也是很聪明的人，他要母亲先对姊姊存了恶感，所以故意对她这么地问。何太太呆住了半晌，她忽然大声地骂起来，说道：

"章祖同这狼心狗肺的小贼种，最不是东西！我想玉明她自己绝不会就对你决绝到这个地步，一定是他在做的暗鬼！所以你姊姊昨夜也没有回家，怕的是我知道了这个消息要吵闹。唉！我想不到玉明一个很聪明的姑娘会听信祖同的话，自己人和自己人内乱，让外头人来看戏，我做娘的还有什么话可说？早难道我前世作了什么孽，所以今生才叫我受这些气受这些痛苦吗？"

何太太说完了这几句话，大有痛心疾首的神情。她突然地倒在沙发上，眼泪更像雨一般地直滚下来了。健生被母亲这么一哭，他倒是静默了一会儿，方才低低地说道：

"妈，你现在既然也有一点儿明白了，我就不妨跟你说几句话。祖同这小子平日为人就像狐狸般的狡猾、豺狼般的阴险，他对姊姊本来就有一种野心，不过我知道在当初姊姊是不大和他有好感的。但事到今日，祖同趁此机会就利用这些，一面讨姊姊的好，一面在他本身就可以有人财两得的希望。所以我并不是以小人之心度君子之腹，昨天夜里，我觉得他们两人根本就有点儿靠不住。姊姊把宝贵的身子去送给祖同不算，还要把何姓的家产也硬生生地去送给祖同，我试问母亲，姊姊是不是何姓家中一个败门风的不孝女儿？现在事情已经闹到了这个地步，假使我再置之不理的话，那么我们何姓的家产完全要被他们吞没了。姊姊今天的翻脸，她是存心抛掉母亲和弟弟，预备到章家去做人了。那么妈到底还是一个四十几岁的年纪，难道你情愿给姊姊像强盗似的夺去了何姓家产剩下你和我以后度苦恼的日子吗？妈假使甘心情愿的话，那么我做儿子的绝不再放一声屁了。"

健生这一番话，完全是激将之法。何太太听了，不由气得跳起

144

身子来，收束了眼泪，恨恨地说道：

"女儿到底是向外的，她既然不顾母亲和弟弟将来的生活，那么我们岂可以束手待毙呢？健生，事到如此，我也不能再坚持着不许你打官司了。你还是快到魏律师家中去一次，千万叫他帮一个忙，不要让这无耻贱人太得了便宜才好。唉！唉！我真是气死了，我真是气死了！"

"妈，你这话可是决定了？"

健生也想不到母亲竭力反对打官司，此刻忽然会改变了主意，反而叫自己再向家骅恳求去，一时暗暗地欢喜，因为母亲已经站在自己一条阵线上来了。不过他还表示犹疑的神气，故意向母亲这么地追问了一句。何太太冷笑了一声，她似乎完全彻悟了的样子，说道：

"健生，我为什么还不决定呢？你到底是我的儿子，我是你的母亲，就是你娶了妻子，你也还是何家的人。这贱人跟着祖同去了，她是姓章的了。我若死了之后，我终不见得要姓章的来成殓结果，我也不见得要姓章的来做羹饭给我吃。唉！我再不能这样糊涂下去了。健生，你为了你母亲和你自己将来的幸福着想，你还是快去找寻魏律师，我相信他一定能够给你法律上的保障。你去吧！你去吧！"

"妈，你不要这样性急呀！我觉得再去请魏律师帮忙，他一定是不肯答应的了。"

健生认为母亲面前他已经是得到了胜利，这就搓了搓手，故意这么地刁难着她回答。何太太皱了眉毛，说道：

"我想做律师的人不给人家打官司，他还凭什么牌子呢？虽然他对我们这件案子未免感到有些生气，我想多给他一点儿公费，他当然是乐而接受了。"

"妈，你倒不要弄错了，因为我和魏律师的交情不同，他假使肯帮忙的话，他倒绝不会要一个子的公费。只要看他深夜把姊姊从警

145

局里交保出来这一回事，他几时得到我们什么好处吗？只不过妈在昨天亲自到他家中去责备，阻止他不许代我出面打官司。有了你这一句话，他怎么还肯答应来帮我的忙呢？"

健生因为母亲当初把家骅恨入骨髓的样子，所以此刻也无非给家骅代为出一口气。何太太叹了一声，似乎有点儿懊悔的神气，说道：

"在当初我完全是误会了他，以为他在中间搬弄是非，一定要你跟姊姊打官司。但事到如今日，我方才明白，原来搬弄是非的不是魏律师，却是祖同这个忘恩负义的野小子！唉！我恨自己为什么这样的不清楚呢？也罢，还是我自己到魏家再去走一趟，向他赔个不是，那么魏律师一定也可以心平气和的了。健生，你快陪我一同走吧！"

何太太说到这里，立刻从沙发上站了起来，表示马上要走的意思。健生这就再也熬不住地笑了起来，连忙拉住了母亲，低低地说道：

"妈，我老实告诉你吧！我已打电话给魏律师了，他说此刻有事情到外面去接洽，回头他会到我家来的。"

"好！你这孩子，也故意急我吗？"

"倒不是为了要急你，也好叫母亲知道究竟谁是热心人，谁是幸灾乐祸的野畜生。"

何太太这才放下心来，恨恨地白了健生一眼，她脸上浮现了又好气又好笑的神气。健生却是一本正经地回答，那语气至少有些俏皮的成分。经过他们母子一番谈话之后，时候已经快十一点了。就在这个时候，院子里一阵汽车喇叭的声音，原来魏家骅已经到来了。这会子何太太是完全改变了以前痛恨的态度，她比健生还快地迎了出去，向家骅满面堆笑地招呼道：

"魏律师，你来了，我们已经恭候多时了，快请里面坐吧。"

"何太太，不要客气，不要客气！"

家骅对于何太太前倨后恭的态度，一时倒不禁为之愕然。但健生在何太太的身后向自己连连丢眼色，而且还装了装手势，这就有点儿理会何太太大约想明白过来了。于是也装出毫无芥蒂的样子，一面点头，一面向她含笑招呼。大家走进来客厅坐上，杏春送上了香茗。健生递过一支雪茄，又给他燃着了火。家骅向何太太望了一眼，微微地笑道：

"何太太，健生刚才打电话给我，说令爱已在法院里告他了，而且法院里已经来了传票。我想这个责任，是应该由何太太自己负担的。记得在舍间分手的时候，你老人家不是向我声明可以担保使女儿不打官司吗？可是，现在……而且还闹得这么的快，可见玉明小姐后面一定有背景的了。"

"魏律师，你可以不必再向我说这些话了，因为事情的真相，我已经完全地明白了。怪来怪去，怪我玉明这姑娘她竟会上了章祖同的当。魏律师，我真不好意思告诉你，因为昨天我从府上回家，根本还没有和我女儿见过一次面哩！"

"啊！那么玉明小姐是上哪儿去的呀？"

"谁知道她到什么地方去！她从昨夜就还没有回家。你想，叫我要劝阻她不许打官司，可是我找不到她的人呀！"

"唉！这样说来，我真为玉明小姐感到可惜！因为一个女孩家，年轻无知，从此往往会弄成了终身遗憾的。好好一个姑娘，唉！这真是聪明反被聪明误了。"

家骅听了，他是个处世经验最丰富的长者，如何还会不知道其中的玄虚呢？所以他非常代玉明可惜，忍不住深长地叹了一口气。何太太见家骅只管可惜叹气，而健生坐在旁边，更是呆呆地不发一语。虽然觉得健生这孩子似乎太刁恶一点儿，不过事到如此，自己也顾不得这许多的，只好低低地恳求道：

"魏律师，我在没有说话之前，我觉得我该声明在过去有许多地方得罪了你，这都是因为我一时糊涂的缘故。但现在我想明白了，我觉得你是一个很热心仗义的好人。所以我在今天向你表示非常的抱歉，同时我还得请你不要记在心里，原谅我是一个妇人之见才好。"

"何太太，你何必这样客气呢？那叫我听了，可太不好意思了。"

"魏律师，这并不是在客气，因为事实上我的确有抱歉你的地方。好在我知道魏律师是宽宏大量的人，大概绝不会牢牢地记在心里……"

"当然，当然，我以为过去的事情，似乎不值得再一谈了。"

"不错，那么我需要谈现实的事……今天所以请魏大律师到来的原因，是给健生来应付这下午的一场官司。假使承蒙你鼎力帮忙的话，那就叫我们母子两人感恩不尽的了。"

何太太在无可奈何的情形之下，她只好微微地红了脸，向他轻轻地说出了这几句话。家骅已经知道她是恐怕自己向她有所讥笑，所以她才一再地对自己表示抱歉，因此也不再和她表示计较，点了点头，低低地说道：

"我明白你的意思，同时在过去我也很同情你的苦衷，总而言之，一个做父母的，把儿女养大了，在儿女们自有主张把父母一脚踢开的时候，我认为这是做父母最可怜的遭遇了。现在玉明小姐既然已做到打官司的地步，我在电话里先对健生这么说过，一点儿也不用着急的，因为这场官司，并不是犯法的，最多的失败，就是姊弟分产了事，所以不必把它视作非常的重要。我刚才已给健生在陶伯仁律师那里代为委托，下午准定由陶律师给你出庭辩护，你们的意思怎么样呢？"

"魏律师，你自己为什么不肯代我们出庭呢？"

"老伯，你……似乎应该给我有个帮助才好啊！"

何太太和健生听家骅另外去委托了别人出庭，一时更不约而同地急急地问他。在他们母子脸部上表情看起来，显然有着十二分的难受和焦虑。家骅笑了笑，他却不以为意地说道：

"你们不要着急啊！我就是给你们去出庭，也未必一定可以胜诉的。况且这件分产案子，胜诉和败诉都不足以表示轻重，因为两者出入关系极小，简直可说是毫无问题。同时我还有一层缘故，所以我非避一点儿嫌疑不可，免得给外界当作了话柄，以为我给健生出庭打官司，好像另有作用似的。所以我觉得在我的地位上说，那好像是太犯不着了。"

"魏律师，你这话是什么意思？我可有些听不懂呀！"

家骅这一篇话，健生听得很明白了，所以他皱了眉尖，便默不作声了。不过何太太当然是想不到这许多，她似乎有点儿不大了解的神情，还向他急急地追问。家骅吸了一口烟，很认真的样子，说道：

"玉明的心中，以为健生和丽英是很密切的朋友，她也许知道两个人由友谊而会结成了连理。那么她和健生打官司，一定猜我是健生抱腰的人，说不定她会叫祖同在外面放空气，是我因为看中健生做女婿，才这样给健生出力帮忙的。万一被她真的在外面这样一宣传，那叫我不是有口难辩了吗？所以为了这一点，我是绝不能代健生出庭的。不过何太太，我要向你声明，这一层干系不是今天才想到，我是老早便想到的。你不信，你可以问健生，因为健生几次到舍间来告诉玉明小姐太以专权，将来难免有一场官司。我是苦口婆心地劝他不能糊涂，手足打官司，这实在是可耻的。要我给健生打官司，我不允许。我只能够给你们和解，和解不成，那我算尽了最后的责任。何太太，所以我之不能为健生出庭，你应该原谅我的苦衷才好。"

"这样说来，魏律师给健生另外委托了陶律师，也算是你尽了最大的义务了？"

何太太听了，脸部有点儿失望的样子，突然地回答。家骅摸了一把下巴，表示沉吟的神气，然后站起身子来说道：

"这倒并不是，我为健生暗中帮忙原可以，要我出面那就觉得有点儿不大妥当。何太太，我想此刻陪健生一同到陶律师事务所去一次，因为我说的到底不甚详细，需要健生亲自把家庭纠纷的情形对陶律师告诉一遍，那么下午开庭的时候，就有一点儿根据了。"

"魏律师，快十二点了，我想在舍间用了饭去吧！"

何太太此刻倒觉得家骅是一个纯粹帮健生忙的热心人了，所以含笑向他留饭。家骅想起昨天自己留她吃饭的情形，觉得是一个报复的好机会。不过他到底是涵养很深的人，摇头说道：

"下午两时就要开庭，时间上恐怕来不及。况且我下午也还有四五件公事要去办理，这两天下午真忙得吃饭的工夫都没有了。"

"妈，那么你也不用和老伯客气了，我们还是干正经事去要紧。"

"慢着，让我问问魏律师，下午我要不要到庭的？"

何太太见两人匆匆地出了客厅，遂追上了两步，又急急地问。家骅已站在院子里的汽车旁边了，他回头望着何太太，说道：

"我看你老人家还是不必上庭了，因为你见了他们，也无非是多使你心中感到生气，倒还不如等在家里安静一点儿。"

何太太觉得家骅这话倒也不错，遂点了点头。她站在石阶级上眼望着健生跟着家骅跳上汽车开出大门去了。她觉得四周茫茫的好像死过去了一样的沉寂，一阵子悲哀涌上了心头，在她深长地叹了一口气之后，忍不住眼泪又在她脸颊上展现了。后面站着的杏春，她走上来扶着何太太，低低地说道：

"太太，你还是到房里去躺着休息一会儿吧！"

"唉！你叫我还有什么心思去休息呢？"

何太太又唉声叹气地说道，她在客厅里沙发上又坐了下来。这时厨下已开了饭菜，杏春把饭盛出，请太太用饭。何太太摇头道：

"我此刻心中实在闷得厉害，哪里还吃得下饭？你们收拾过了，自管去吃吧！"

"太太，已经是十二点了，你吃不下，就少吃一点儿。俗语说得好，船到桥头自会直，你要担忧也没有用。我看少爷小姐好像七世冤家，住在一起，也是不好，倒还是给他们爽爽快快地分了产，各立门户。你太太怕什么？今天爱到儿子家里住就到儿子家里住，明天爱到女儿那儿住就到女儿那儿住，难道他们还敢不奉养老人家吗？所以我劝太太自己身子保重一点儿，饿坏了身子，还有谁来知道呢？"

何太太听杏春这样劝慰，觉得自己亲生儿女还不及一个丫头，因此忍不住又暗暗地伤心了一回。这时忽听一阵皮鞋声音响进来，何太太抬头去望，原来是丽英。丽英怎么又到何家来了呢？因为这几天为了健生家中纠纷的事情没有解决，叫丽英心中也没有心思读书，她在学校里打电话到家中去问阿芸，说何家有没有什么消息？阿芸把何少爷早晨打电话给老爷的事告诉了一遍。丽英知道一定有了变化，遂在放午学的时候，匆匆地到何家来问究竟了。当下何太太见了丽英，因为已经和她父亲有了一点儿好感之后，所以对她并不再有仇视的心理，遂咦了一声，低低地叫道：

"魏小姐，你打从哪里来？"

"哦！伯母，我从学校里放学回来。听说爸爸在你府上，怎么他又不在了？"

"你爸爸和健生一同到陶伯仁律师那里去了。"

"做什么去？玉明姊姊呢？"

"魏小姐，你还不知道吗？我详详细细地告诉你吧！唉！玉明这姑娘她竟糊涂到这个地步，我真有些想不到。"

何太太一面说，一面便把玉明昨夜没有回家而且今天法院里来了传票的话，向丽英告诉了一遍。丽英听了，也忍不住轻轻地叹了一口气，说道：

"我说玉明姊姊完全是上了章祖同的当，以前玉明姊姊总以为我是健生的朋友，健生有所举动，一概都是我指使出来的。其实天地良心，这完全是冤枉的事情。健生对我说姊姊不好的时候，我还竭力地劝他忍耐，因为姊弟如手足，手足一旦破裂，这好像一个人不健全了，你想，这一个家庭还弄得好了吗？谁知到了现在，果然彼此免不了这不幸的事情闹出来。唉！说来也叫人很痛心！"

何太太听丽英这样说，一时心中暗想：在过去不要说玉明疑心她，就是我也十分地痛恨他们父女两个人。但照丽英此刻的话中听来，好像她还是一个十分贤德的姑娘。难道她果然是个好姑娘吗？但是……想到这里，忽然她记得了一件事情，便忍耐不住地说道：

"魏小姐，我并不是对你说这一句话，玉明和健生打官司，说起来还是你的因头。"

"啊！伯母，你这话是打从哪儿说起的？"

"也许你确实不知道，因为健生给你买了一只钻戒，被玉明知道了。她认为健生有私心，有舞弊的举动，所以她们姊弟之间就此而发生了裂痕了。"

丽英听到这里，她粉脸上不由一阵阵地红晕起来，至少是包含了一点儿羞惭的颜色，遂认真地说道：

"伯母，对于这件事情说起来，我确实表示非常的遗憾。因为在当初我和同学们无非是打了一个赌，所以向健生暂时借用一下，后来我就归还给健生。但健生一定要我接受，并且他说了许多真心真意的话。我说我暂时给你保藏着，假使我和你将来成了事实，那么这枚钻戒也仍旧是你们何姓之物。假使不成事实，我也原璧奉赵，因为我父亲第一个先不赞成我无缘无故接受人家东西的。谁知玉明姊姊心胸这样狭窄，为了这一枚小小的钻戒，竟闹出这么重大的事情来，假使我早料到有这一种事情，杀我头也不愿意接受了。好在这枚钻戒还是丝毫无动，今天我也带在身旁，就此交给了伯母吧！也好叫我心中感到爽快一点儿。"

"不！你要交还给我，我是不能接受的。况且玉明今天闹到打官司的地步，也许还有一种野心向外的企图，对于这枚钻戒，当然还是一种借口而已。魏小姐，你这句话很对，假使你和健生结了婚，这枚钻戒也是仍旧带到何家来的。我说玉明这女孩子变了死，受了祖同的迷，竟这样糊涂心狠起来，无怪天下做父母的人，都要养儿子，不愿养女儿了。唉！真叫我太灰心了。"

何太太不等她把手向袋内摸，就将她手紧紧地握住了。她似乎完全已明白过来的神情，无形之中对丽英又增加了一分亲人的情景。丽英见她直接地说出"结婚"这两个字来，一个女孩家多少有些难为情，颊上的桃花又深现上来。不过她还镇静了态度，表示很公正地说道：

"伯母，我以为这话也不能一概而论，儿子有好的也有坏的，女儿也有好的也有坏的。总而言之，做父母的固然不能太委屈了做女儿的，但做女儿的当然也应该守她的本分。除了她应有享受的权利之外，要和做兄弟的打官司，这一点确实是太荒唐了。不过我想玉明姊姊的本心也许并不欢喜这个样子，都是姓章的搬弄是非，因此就糊里糊涂地身不由己起来了。其实我为玉明姊姊着想，也是有些可怜。"

"魏小姐，你这话说得对极了！自古以来，女儿总是要嫁人的。除了她应得的一副嫁妆之外，其余的权利是在她对方丈夫的身上。现在玉明完全以女易男似的不算，而且还和弟弟争天夺地，这……这……还成什么体统呢？"

何太太被丽英这么一说，她是越想越有道理起来，因此对玉明这个打官司的举动，也认为完全绝对的错误了。丽英却是微微地一笑，她又低低地说道：

"不过这又得看情形而说了，假使做父母的只养一个女儿，而她父母又非常地珍爱她，情愿分给她一部分的家产，那么这也不能算是做女儿的不道德。"

"那是当然……"

何太太说了这么一句，忽然想起丽英原是个独养女儿，一时倒又欢喜起来。暗想：我当初却没有想到这么多，不错，丽英只是一个人，兄弟姊妹都没有的，而且她的父亲也有不少的家产，那么她

153

和健生结婚，丽英至少是会带来一部分家产的。这和玉明带了家产到章家去，两相比较，可说是有天壤之别。那么我怎么还能够用仇视的态度去对付她呢？何太太在这样盘算之外，她的思想是完全地改变了，抚摸了她的手，满显出慈祥的样子，忽然说道：

"魏小姐，你不是刚从学校里放学回来吗？那么你一定还没有吃过午饭，这里现成的，就马马虎虎地吃些吧！"

"不错，魏小姐，你不要客气，我太太也没有吃，她说吃不下，我想太太是为了一个人吃饭没有滋味，所以魏小姐陪着太太吃一点儿，太太一定很欢喜地吃得下饭了。"

站在旁边的杏春，遂趁此机会笑嘻嘻地说。丽英当初是怕何太太看见自己有讨厌的意思，所以她是担着十二分的心事。不过今天在互谈之下，她做梦也想不到何太太对自己会表示这么亲热，那似乎感到意外的惊喜。遂不免扬着眉毛，掀起了那个倾人的酒窝儿，伸手去扶何太太的身子，给她到桌旁坐下，说道：

"伯母，事情既然已经闹成了僵局，那你突然的愁苦也是没有用的。所以我劝你饭只管吃，看下午他们回来告诉究竟是怎么样的判决。"

"也好！我看在你的面上，我就吃半碗饭。魏小姐，那么你也坐下来陪我吃吧！"

"魏小姐，你听见了吗？可见你的面子真是大极了。"

何太太这一句话本来已经有点儿讨好的成分，再给杏春这么地补充了一句，这使丽英心中更感到快乐一点儿，因此玫瑰花朵般的脸上那颗小酒窝儿也就没有平复的时候了。

两人匆匆地饭毕，何太太又叫丽英到卧房里去洗脸。这时已一点相近了，何太太烟瘾上来，遂到后房去吸大烟，叫丽英随便游玩一会儿。丽英坐着翻了一会儿书报，觉得很感寂寞，忽然想到法院里两点钟开庭，我何不去旁听旁听，这就和何太太说明了。何太太认为很好，丽英遂告别出来，匆匆地到法院里去了。

何太太吸完了烟，她的神情倒又饱满起来。看看时钟齐巧两点，不知怎么，她一颗心会别别地跳动了一下。暗想：这该是开庭的时候了，我想这时候玉明和健生见面，也许会不认识是同胞手足了吧！一个是铁青了脸，一个是涨红了眼，说不定大家会像仇敌一般的相待起来。唉！为了这万恶的金钱，使同胞手足涉于讼事，这……这……叫我做娘的心中真是痛苦极了。何太太想到这里，心灰意懒，暗暗地流了一会儿眼泪。倒在床上，不知不觉地却是睡着了。

也不知经过多少时候，何太太忽听耳边有人低低地叫唤，遂睁开眼珠，用手揉了一揉眼皮，向床前一望，原来叫唤的是杏春，遂忙问道：

"杏春，什么事情？几点钟了？"

"快五点了，有人打电话给太太。"

"是谁？"

"我问他，他不肯告诉，说太太去接听了，自然会知道。"

"奇怪！是男子的声音还是女子的声音？"

"是男子的声音，太太去接听吗？"

"叫他等一会儿，不知是哪个打来的？"

杏春答应，便匆匆地自去。这里何太太起身洗脸，她有点儿怀疑地猜想了一会儿，遂急急地到电话间，握了听筒，问道：

"喂！你是谁？"

"我……哈哈！连我的声音你都听不出来了？你是不是何太太呀？"

凭了他这一阵子笑声，就可以猜得到那是石福华。何太太想不到石福华会打电话给自己，而且他的语气至少是包含一点儿讥笑的成分，这就也有些生气，遂冷冷地说道：

"我道是谁，原来是石先生！不知你有什么贵干呀？"

"梅英，我觉得你不应该用这种态度来对付我。"

"哼！承蒙你多情来打个电话，可是你就应该用这种语气来对付

155

我？这不是笑话！"

"梅英，你不要误会，因为我们隔别了也并不怎么的久，你就把我共枕同衾人的声音都听不出，我觉得你也和健生、玉明一样地把我忘记了。"

"忘记了怎么样？不忘记又怎么样？我几次三番相劝你，孩子年纪大了，无论是什么事情，你总要宽松一点儿，可是你不听我的话，偏偏把他们逼得这么紧，而且还转玉明的念头。你这种禽兽的行为，你不怨你自己，倒反而来说我忘了你，其实我和你的缘分本来是完了。"

"好！你总算是有情义！可是我走了之后，你家也不见得是很太平呀！"

"哦！原来你是为了知道玉明和健生打官司的事情，所以打电话来讽刺我的吗？我老实对你说，假使不是你派了流氓来寻事吵闹，他们姊弟的感情也不会破裂到这样地步，所以你这样阴险的行为，你真是个负恩忘义的人！"

"哈哈！哈哈！你自己忘恩负义，把我的好处全不记得了，你还来说我，算我瞎了眼，当初没有拿定主意，今天遭到你们的驱逐，可是你们眼前报却在我的跟前活现世呀！哈哈！哈哈！"

"放你狗屁！"

何太太也是一个聪明的人，她在石福华被女儿赶走的时候，虽然有点儿依恋之情。但后来仔细想想，觉得自己儿女这么的大了，为了儿女的面子着想，的确不应该再和他含混下去。再说石福华的行为又是这样的卑鄙龌龊，趁此一刀两断，倒也是一件爽快的事。后来又因为福华派流氓来寻是非，可见他更是个无赖。此刻又接到他这样一个冷讥热嘲的电话，使她更加死了一条心。这就恨恨地骂了一声放屁，便把听筒搁下了。但是想想被他侮辱的情形，倒忍不住又暗暗地淌了一会儿眼泪。不料就在这个时候，忽听杏春在外面叫道：

"少爷，你回来了？小姐呢？"

"小姐？哼！这不要脸的贱人最好让马路上汽车撞死了她，也好出了我心中这口怨气。"

"健生，何苦来呢，你要这么的毒心去咒念她！爸爸不是跟你说过吗？一个年轻的人，靠祖上的遗产是过不了一辈子的，最要紧的是自己创造事业。我想你只要自己努力，能够给父母争一口气，将来比你姊姊能够更好一点儿，我想你也很可以扬眉吐气的了。"

后面这说话的声音分明是魏丽英，何太太听了，就明白这场官司反而给玉明占了上风。一时心中十分气愤，便三脚两步地奔出客厅来。因为恚气糊涂了的缘故，所以竟忘了门槛，前脚一绊，一个跌冲，身子便直扑跌到地上去了。这一来把正在愤愤不平的健生和丽英，都大吃了一惊，情不自禁啊呀一声叫起来了。

第四回

男女平权香火赶和尚

何太太心慌意乱地走出客厅来，不料被门槛一绊，身子就跌了下去。当时健生和丽英见了，急得啊呀一声，连忙把何太太扶起身来。但何太太心中既是愤怒，又是疼痛，一时跌闷了，几乎气厥过去。健生给她克住了人中，高声叫喊。杏春又急急倒上开水，丽英给她灌上了两口，何太太方才悠悠地睁开眼睛，但是她还说不上什么话来。健生丽英猜她跌伤了脚踝，遂扶她到沙发上坐下。大家连连慰问，可曾跌痛了没有？这时何太太第一要紧的是问这场官司的结果，究竟怎么样判决？健生听了这话，不由又愤怒起来，把脚恨恨地一顿，大声地骂道：

"他妈的！这还成什么世界呢？什么叫法律？简直是不法之至了。这种判决的方式真是奇特极了。妈，你看，你看，什么房产一概归何玉明，田产一概归何健生。徐氏的赡养费，由两人名下所管的产业中酌量分拨！这……这是什么混账屁话？根本是岂有此理，一窍不通！"

健生说得额角上青筋都暴露起来了，他从袋内取出判决书来，恨恨地掷到母亲的怀内去。但纸是轻薄的东西，因此飘落到地上，何太太因为根本识不了多少字，所以也并不去拾起来，急急地说道：

"那么陶律师难道不能给你一点儿保障吗？就尽管让他们说话不成？"

"唉！妈，你还不知道，这个年头，再要紧的就是有势力。听说姊姊请的一个王柏春律师是日本人的过房儿子，所以法院好像是他开设的商店一样了。他是老板，他说一句屁是香的，谁敢回答说不是呢？唉！认贼作父，这叫请了闲神野鬼来捉弄自家人，一国如此，一家如此，如此国家，哪还有什么话好说呢？"

健生说到这里，表示痛心疾首的样子。他突然地倒在沙发上，忍不住深长地叹了一口气。丽英在旁边劝慰道：

"事情既然已到这个地步了，叹气还有什么用呢？我说一个人总要自己努力，否则，纵然得了成千上万的家产，恐怕也要败光的！"

"哼！姊姊此刻不要得意，她不知道完全是上了祖同的圈套。我们睁大着眼睛吧！终有一天，姊姊会抱着头痛哭呢！"

"不要说了，不要说了，起初，你们是为了斗一口气，嚷着要打官司。我做娘的，苦口婆心劝告你们，叫你们彼此退让一步，手足总有手足之情，可是你们偏不相信，一定要争天夺地，拼个你死我活。现在可好了，让祖同这小子做了玉明的灵魂，硬生生把我们一家拆散了！那叫我做人还有什么滋味？还有什么滋味好呢？"

何太太说到这里，一阵子伤心，她又忍不住呜呜咽咽地哭泣起来了。丽英连忙叫杏春拧手巾，把何太太劝住了，一面递上烟卷，一面低低地说道：

"伯母，你快不要这个样子了，自己身子也该保重一点儿。我说他们姊弟虽然分了产，但做娘的谁都应该要奉养。难道分了家，连母亲都不管了吗？所以伯母现在做个现成人也好，乐得不管闲事地享几年清福。要吃吃一点儿，岂不是好吗？"

"魏小姐，你还说哪！做父母的我觉得就不是人做的。我自己在当家的时候，处处地方还受他们的束缚呢。何况现在连家都被他们分了，不把我活活地饿死，我已经是够幸福了，还敢有什么非分的妄想吗？唉！我恨自己为什么不早点儿死了，眼不见为净，也就随他们去内乱了。"

何太太听丽英这样劝慰，一时倒觉得丽英真是一个好女儿，遂抬头向她望了一眼，低低地回答，表示灰心已到极点的意思。健生听了，遂连忙说道：

"妈，你说这些话，那叫我做儿子的就难做人了。唉！现在我和姊姊虽然是分了家，正如丽英所说，难道可以把母亲不奉养吗？不过法庭已经这么地判决了，这屋子好像，不！简直是这个没有我的份了。所以我就不得不到外面另找屋子去，我找到屋子，我总不让母亲住在这个贱人的家里。妈，你应该相信你的儿子，他到底还是一个读过书懂得道理的人！"

"伯母，你听，健生已经向你这么地说了，那么你老人家总算也稍许得到一点儿安慰的了。"

丽英这两句话的意思，至少还有点儿代表着自己而说的。何太太叹了一口气，却并不说什么话。健生这时又对杏春说道：

"杏春，你陪太太还是到上房里去休息一会儿吧！妈，我瞧你这一跤跌得不轻，还是去躺会儿。"

"现在是什么都完了，闹得四分五裂，这好好的一个家。"

何太太虽然由杏春扶着到上房里去了，但是她一路地还自言自语地说着，也可见她所受的刺激是很深的了。健生待母亲走后，他把地上判决书拾起，愤愤地撕了，咬牙切齿，大有痛恨入骨的样子。丽英在旁边瞧了，遂走上去把他肩胛轻轻地一拍，用了温和的口吻，低低地又安慰他说道：

"健生，何苦来要气得这个样子？一个人总要想明白一点儿的，多分少分就这样算了，玉明她得了便宜，也不见得立刻就会发胖起来。"

"我倒并不是为了少分而感到生气，因为我和姊姊到底是同胞手足，而且当初对付石福华的时候，曾经站在一条阵线上，共过患难。大家合作努力，到底驱逐豺狼，才有今天这么自由的日子。现在，就算我做兄弟的有一百二十四分的不是，她也不应该投入祖同这小子的怀抱里去，借此满足她好胜的心理倒是小事，让祖同这小子不费吹灰之力，而坐享其成，得了何姓这大部分的家产。你想，这还有谁能一些不生气吗？"

丽英听他这样说，不由微微地一笑，摇了摇头，表示不以为然的样子，低低地说道：

"健生，这你未免是太傻一点儿了。你们两人既然有了仇视的心理，那么彼此都免不了想找一个帮手来应付对方。你以为玉明是上了祖同的当，可是玉明的心中想起来，她何尝不在说你是上了我们父女的当呢？她的意思，总说我爸爸仗着做律师的地位，帮了你去压制她，其实这当然是冤枉的事。不过她就根本不会想到，假使她能够知道我爸爸对你们是一片好心的话，那么她也不会一定要和你打这场官司了。"

"我何尝想去压制她呢？因为她做什么事情都有点儿专权，好像有了她，就没有了别人。比方说，她把阿根辞歇了生意，那间接地就完全在对付我。假使你处身在这一种地位，你能不能再忍耐下去呢？"

健生恨恨地回答，表示姊姊在过去的手段真是太厉害了一点儿。丽英想了一会儿，忽然又思索到什么似的，说道：

"说起来这事情也太凑巧，其实还是太不巧了。阿根去行刺她的时候，偏偏我也会到你家里去。照理，我是救了玉明一条命，但在她说来，还咬我们同谋要害死她，这一半固然是她的神经衰弱的缘故，一半也是造物太捉弄的了。假使阿根不去暗杀她，她或许还不至于走上了这一条极端的路。"

"那倒不一定是为了这个缘故，我以为章祖同是使我们姊弟打官司的罪魁。他对姊姊一定鼓动得很厉害，我姊姊是最好胜的，说不定就是这个缘故使她爱上了章祖同。唉！对了，对了，我想起来了，那天祖同为着应付那些流氓，在这里大费气力，也就是要表示他是一位英雄！好哇！这小子可以说久有此心的了。"

健生越说越想到祖同的阴谋可恶，他恨不得把祖同的肉有咬儿口的意思。丽英微咬着嘴唇皮子，沉吟了一会儿，低低地说道：

"我看玉明平日做人，不但聪明，而且精细，不知怎的会去上他的当？"

"这就叫，君子可欺以其方！"

健生叹息着说。他坐到沙发上去，把手托了下颚，抬头忽然见到上首壁上挂着父亲一张小照。他又凄凉地说道：

"爸爸！你怎么知道你留下的那座洋房，做儿子的没有份，倒反而给女儿得了去呢？我想爸爸假使魂兮有知的话，恐怕也要十分愤怒了吧！"

"健生，我觉得你这人就未免太无聊了，你也多少给我放一点儿男子的气概出来，为什么老是悲丧着这场官司的失败呢？"

丽英见他几乎要流泪的样子，这就向他用了责备的语气，低低地说。健生望了她一眼，叹道：

"丽英，你不同情我的失败，还要说我无聊吗？其实我为什么跟姊姊打官司争遗产？按诸实际，也不是为了你我将来的幸福吗？"

"健生，可是你不知道，你这场官司虽然是失败了，不过有一件事情，你是胜利了。"

健生听丽英说得好像有点儿神秘的样子，这就望着她玫瑰花朵般的娇靥倒是愕住了。良久，方才迫切地问道：

"丽英，你这话叫我真有点儿不明白，哪一件事情我是胜利了呢？"

"这件事情说起来，假使你有诚意的话，那当然比得了更多一点儿家产还要好。假使你没有诚意的话，那当然又作别论。"

丽英也是一个很刁钻的姑娘，她不肯直接地就告诉，偏喜欢绕了一个圈子来俏皮地回答。健生直弄得有点儿丈二和尚摸不着头脑的神情，皱了眉毛，急急地又问道：

"丽英，你葫芦里到底卖的什么药？好歹也给我说一个详细才好呀。否则，叫我闷也快闷死了。"

“健生，我先告诉你，你妈对我的态度好像并没有怨恨的样子了。”

“是的，这也许因为她需要你爸爸来帮我忙的缘故。你不知道，上午接到传票之后，妈急得什么似的，她还劝说我去请你爸爸来给我做一个保障，可见她的思想已经慢慢地转变了。”

“你知道她老人家怎么会转变的?”

“这个……你问她做什么?我……至少是姊姊过分无情的手段，使我妈太以悔了心。大凡一个人总不能成孤立，尤其是为人子女的父母，她对女儿有了恶感之后，相反地必定对她儿子有了好感，那么推而及之儿了的朋友，她自然也感到可爱起来。”

“健生，你这几句话回答对极了，所以我觉得你才不是一个十分粗鲁的少年。”

“啊!你把我当作粗鲁吗?”

“我说你那暴躁的性子，不知几时会改一点儿?”

“你不懂，我这人暴躁是在外表的，肚子里也许比你还要精细一点儿。”

健生似乎有点儿不服气，忍不住故意这么地说，但他脸上浮现了一丝得意的笑意。丽英听他还要表示胜过自己的精细，这就把嘴一噘，呸了一声，笑道;

“省省吧!你既然是精细的人，那么你知道我说你得到胜利的那件事情，到底是指点什么而言呢?”

“丽英，你难道真的把我当作呆子看待不成?”

“不用逞强，你把事情指出来，我才佩服你。”

“你听着，我母亲在当初所以恨你们，是以为你们父女两人在怂恿我和姊姊打官司，后来母亲赶到你府上，原是责备你的爸爸不该抱我的腰来拆散这一个家庭。经你爸爸再三的声明，表示了并不愿意我和姊姊打官司的话，我妈的怒气才稍为平静一点儿。这里就可以知道，假使是我做了打官司的主动，有了充分准备的时间，那我可以相信这次绝不会失败到这样的地步。那时候我的官司虽然是胜利了，不过母亲对你的印象自然是格外的恶劣了。换句话说，我和你的婚姻一定会受到阻碍，这是意料的事情，母亲一定大为反对。虽然在这二十世纪的时代，婚姻该有自主之权，但未经家长的同意，将来少不得是件很不顺利的事。现在官司虽则失败，而我俩的婚事可以毫无阻碍地进行了。你想，在这一方面胜利的代价，不是比得到多一点儿遗产要可贵得多了吗？丽英，你听我这一番话说的可是不是你心中的意思？我想至少有七分的把握。嘻嘻……"

健生絮絮地说了这么一大篇的话，直到末了，他却又嘻嘻地笑起来了。丽英想不到会被他说到心眼上去了，一颗芳心，也由不得暗暗地惊喜。秋波水盈盈地斜睨了他一眼，低低地笑道：

"我记得在兆丰公园里和你游玩的那一天，曾经把你比作了张飞，后来又把你比作了诸葛亮。真的，张飞入川之后，他有小诸葛之雅号。谁知道你在打完了这场官司之后，也变成了小诸葛一样的厉害了。健生，算你说得很不错，不过你既然认为这件事情比多分一点儿遗产来得可贵，那么你就不许再老是愁眉苦脸，长吁短叹。你应该表示欢喜，那么才显得你是真心诚意地爱我！"

"你几时看见我愁眉苦脸？我不是十分地欢喜吗？"

有了丽英后面这一句话，那倒叫健生不能再有什么表示气恼的话，于是站起身子来，把丽英手紧紧地握了一阵，显出无限快慰并亲热的意思。

不料正在郎情如水妾意若绵的当儿，忽然一阵皮鞋声音，只见玉明从外面昂然而入。健生、丽英放下了握着的手，可是已不及离开身子。玉明虎起了面庞，表示瞧着不入眼的态度，冷笑了一声，讽刺地说道：

"你们要讨论什么问题，可以另外去找一个清静的地方！这屋子已经完全属于我了，如果你们要做出些什么不干净的事情来，那我可要对你们不起了。"

"这真是，一朝权在手，便把令来行！"

"不错！这两句话，在此时此地，正好用得着。"

"可是，姊姊，我老实对你说！你是一个女孩家，你把嘴说得清洁一点儿！我和丽英在这里说句话，就会做出不干净的事情来，那么你昨晚和祖同一晚未归，谁知道你们在做些什么勾当呢？哼！真是笑话！"

健生听姊姊这么的尖酸，把丽英说得通红了脸，几乎掉下眼泪来，这就苦笑了一下，低低地说。可是玉明并不放松她应说的话，还是自鸣得意的样子。健生这就恼恨成怒，遂冷笑了一声，把昨夜的事实来向她做一个报复。玉明对于弟弟这个报复，好像是感到意料之外的，因为无意之中就被弟弟直刺到心眼上去，这叫玉明完全会感到针刺一般的不自然，芳心一阵乱撞，她每一个汗毛里都会冒出一点儿羞愧的汗点儿来。不过她还竭力镇静了态度，逗给他一个白眼，喝道：

"健生，你……你在放什么屁？"

"嘎！你知道人家说了你就是放屁，可是你不知道你在胡说了人家就不能算是放屁吗？姊姊，我劝你做人不要聪明得太过分了，多少也给你自己积一点儿福寿在后头吧！"

健生还是装出很冷隽的态度，他是极尽讽刺地回答。玉明想不到弟弟现在越来越厉害起来，这就把脚一顿，铁青了脸，把手向外一指，恨声地说道：

"弟弟，不用你为我关心了，我觉得你对我在这里已没有了说话的余地和资格！假使你有志气的话，你就应该自己识相！"

"健生，我可听不惯这些忘记了手足之情的混账话！我们走吧！"

丽英听玉明简直有驱逐健生出外的意思，一时气得涨红了粉脸，她站在旁边再也忍熬不住了回答。玉明哈哈地笑了一阵，说道：

"我的手足已被狐狸精迷死了，哪里还来什么'手足'两个字。魏小姐，你究竟是个识时务的聪明人，你想，在别人家屋里谈爱情，

165

这是多么的难为情呀。"

"健生，你还在这儿呆着干吗？你不走，我走了。"

丽英被玉明冷讥热嘲的这就再也站不下去了，她向健生连连地催促，同时她一扭身子，预备先走的意思。健生把她拉住了，一面他还有点儿不甘示弱地狠视了玉明一眼，冷笑道：

"姊姊，你不要太以骄傲，就算这屋子现在是分给你名下了，但也只好算你是用了不正当强盗手段般地抢夺来的！况且俗语说得好，千年田地八百主，你能保守得一辈子吗？哼！哼！"

"能够保守不保守，这是用不到你担心的！现在家产既然已经分开，我们各有各的门户，请你自己努力一点儿吧！"

"健生，说走就走，你一定还要在这里跟她多说什么废话呢？"

丽英有点儿不耐烦再站下去似的，恨恨地说，至少有点儿讨厌的样子。玉明白了他一眼，爽爽快快地说道：

"我觉得你要走就走得干净一点儿，不要拖泥带水的使人感到讨厌！你所有的东西，我绝不想占你的便宜，你完全搬走是了。"

"当然，事到如今，我也绝不会要想占你的便宜。丽英，你给我打个电话到搬场汽车行里，叫一辆汽车来吧！"

健生知道玉明是要自己立刻搬走的意思，他想不到姊姊连一点点情分都不肯留给自己。他口里虽然是对丽英这样说，但他的手脚已经气得有点儿凉了。丽英望着院子里西斜的太阳，她皱着眉毛，向玉明婉和地说道：

"玉明姊姊，你们到底是同胞手足，究竟不是杀父仇敌。你看天色快夜了，难道你不能放宽一点儿，一定要他今天全搬走吗？我觉得已经是分了家，彼此何必再面红筋青？乐得客气一点儿，常言道，海水也有相逢的日子，何必苦苦地逼得那么的紧呢？所以我觉得姊姊做事虽然能干，到底未免做得过分一些了。"

"这用不着你来向我批评，你应该记得你的父亲魏家骅，曾经代表他的意思，要把我撵出去的日子。现在，只好请他自作自受。"

166

丽英说的话还不能打动玉明一点儿慈悲的心肠，她认为这是应有的果报，该让弟弟来尝尝被人驱逐的滋味。丽英想不到一个温情的姑娘，会变得这么狠的心肠，她觉得有点儿心痛，遂也冷笑道：

"你把我父亲来给你们和解的一番好意当作恶意猜，那么我父亲把你从警察局交保出来的时候，难道你也说是我父亲对你有着一番恶意吗？"

"这是彼一时此一时，我觉得你是多余的话。"

"丽英，她的心已不是我姊姊的心了，完全是已渲染了章祖同的野心了。所以我认为不必和她再多说了，来，来，来，你跟我到房中帮着去料理东西吧！"

健生认为无话可说，向丽英一招手，匆匆地奔到自己的卧房里去。忽然抬头瞥见父亲那张遗照，于是停住了步，走近前去，把镜框取了下来。玉明见了，便立刻赶上去，说道：

"健生，你拿这张父亲的照片干什么？"

"这是我父亲的遗照，应当由我保存。"

健生一面拭着玻璃框上的灰尘，一面理直气壮地回答。玉明冷笑了一声，因为她心中早有一个存心，便也非争取不可地说道：

"是你父亲，难道就不是我的父亲吗？既然这座屋子是归我的，你就不能把这张相片拿去！"

"哼！你连祖宗都忘记了，还要这个干什么？"

"健生，你这是什么话？你……你……敢侮辱我！"

"这也算不得侮辱你，因为事实上就是这个样子。假使在你心目中还有父亲的话，也就绝不会跟你弟弟打官司了。"

健生是一步一步地向她语语讽刺着，玉明气得睁大了眸珠，半响方才一本正经地说道：

"和你打官司这是我争取生命上的自由，假使我一步退让一步的话，那么我在你专制手腕之下恐怕连一碗淡饭都吃不到了。至于这张照片，我认为男女平权，父亲的照片绝不是你们做儿子所得的专有品，至少我做女儿的也有一半的份儿。"

"你这几句话简直是混账之至！你以为和我在这形式上的争夺父亲照片，人家会说你孝顺吗？可是你对于活着的母亲，为什么却一点儿不顺从她老人家的意思呢？她不许你打官司，你偏要打。是为了你自己的利益，情愿向母亲忤逆。活的不孝顺，把死的父亲来掩饰你罪恶的幌子，我觉得你真是一个不知廉耻的东西！老实跟你说吧！你是快要做章家的人了，我父亲的遗照绝不能跟你到章家去受气，假使我父亲在九泉知道了，恐怕真要为你这不孝女儿痛哭流涕了。"

玉明听健生这一番话说得面红耳赤，一时真觉得无话可对，因为是痛恨到了极点，遂伸手去抢夺父亲的照片，一面咬牙说道：

"不行，母亲既然在我这里，父亲的遗像也应该留在我这里。你可不必说我的结婚不结婚，就是我跟人家结婚了，你瞧着吧！我也绝不会有对不住父亲的地方。比不了你，把全部的生活已经寄托在这位魏小姐的身上，魏家骅可以说是你真正的父亲。你单单拿去了一张父亲的遗像，你也不见得是何氏门中的孝子！"

玉明之所以说绝不会对不住父亲，就是她预备要祖同入赘的意思。但健生是绝不肯就此而放弃这张相片的，遂很快地把身子避到那个古董架子前去。丽英在旁边呆立了良久，此刻也就插嘴说道：

"玉明姊姊，请你说话不要生尾巴，甩来甩去，又甩到我头上来干什么？你和人家不开心，总而言之，我绝没有和你心中过不去！"

"是的，你已达到了你的目的，你当然心满意足了，还有什么过不去？"

"我达到了什么目的？这可不是笑话！你为什么要向我乱咬呢？"

"主张打官司的是你，弄得我们分家的也是你，你是拆散我们这一家的祸根。我说来说去，怎么不要说到你的头上来呢？"

"我看这一个祸根并不是她。"

丽英听玉明说自己是祸根，正欲有所辩白，但健生先开口急急

168

地回答，表示这个祸根另有其人。玉明冷笑道：

"你说不是她？难道倒是我吗？"

"不是你，不是她，是章祖同！"

"你这意思，我明白，你以为我说到魏小姐的身上，你就拿章祖同来作为一种口头上的报复对不对？其实这也没有什么，而且你提到他的名字，我反而感到欢喜。"

健生见她厚了脸皮，说出了后面这一句话，一时真觉得她的可耻，遂哈哈地大笑了一阵，说道：

"亏你有这么厚的脸皮说得出来。你有了他这么一个好丈夫了，你怎么还会不欢喜呢？况且你又靠了他的力量，分得了比我还多的一部分家产，居然堂而皇之地做了这屋子里的主人，满足了你从前所不曾满足的一种欲望，你当然是应该欢喜的！可是，你越欢喜，我却越替你悲哀！"

"你替我悲哀？哈哈！哈哈！我觉得你这话真是太可笑了。我有什么悲苦的遭遇，才需要你来给我悲哀？"

玉明和健生的思想显著地有着不同，她忍不住又厉害地大笑了一阵，这笑是包含讽刺的成分。健生却认真地说道：

"我好像有一种感觉，祖同是玩木偶的艺匠，你是被玩弄的木偶。过去我记得好像和你说起过，祖同是只险恶的狼，你当心上他的圈套！可是，现在真会到这样的地步！唉！我真为你感到痛惜！"

"哼！这些不通的话根本是在你立场上的一种偏见！假使我没有他来给予帮助的话，恐怕这一份家产，就连一个子儿都没有我的份儿了。"

"是的，所以章祖同利用了这个机会，他才获得了你的爱情，不过你要明白，他不是真心地帮助你，他无非是幸灾乐祸，使他可以从中得利。"

"我想这和魏家骅是出于一贯的，你认为祖同是幸灾乐祸，那么魏家骅的阴险也可想而知了。"

玉明因为健生提到了祖同，她也非把魏家骅说出来表示一种报复。丽英在旁边听了又觉不服气了，遂急急辩白道：

"玉明姊姊，对不起！这次你们打官司，我爸爸完全是局外人，请你不要再冤枉人了。"

"冤枉？不见得我明天就会遭到天打雷劈！越是不出面，越是暗军师。我早知道你爸爸是个聪明人，他怕外界有一种议论才不肯明目张胆地出面。其实这种虚伪，除了三岁小孩子，就不能掩饰什么人的耳目！"

"健生，你到底预备怎么样？要搬东西又不搬，尽管在这里和她多缠做什么？家也分了，她已有驱逐你的手段了，你还等些什么呢？我在这种闷人的地方再站下去，我真要闷出病来了。"

丽英觉得和她无从理喻，遂别转身子去，又向健生第二次埋怨地催促。健生把父亲那张照片交到丽英手里，向她一挥手，说道：

"你先把这相片拿回你的家里去，其他的东西，明天再搬，她总不能给我全数吃没了。我此刻跟母亲去说一声，等我找到了房子，马上就来接她老人家。"

丽英接了相片，正欲向外走的时候，玉明猛可赶上来，她伸手把父亲的照片抢了过去，恶狠狠地说道：

"你有什么资格来拿这张相片？"

"健生，你看，我手中的血水都被她弄开了。我真想不到一个温和的姑娘，忽然会凶悍到这个地步。健生，今天我为了你，我已受尽了委屈！对不起！我只好先走一步了。你去和母亲告别了，就随后到我家来吧！"

丽英冷不防被玉明把相片抢夺了去，在她虎口上就刺出一条血痕来。因为自己对玉明好像是哑子吃黄连，因此望了健生凄婉地说。她说完了这两句话之后，便不等健生的回答，就急匆匆地跑出院子去了。健生这时心中的愤怒，他忍不住要暴跳起来，觉得丽英在玉明那里的委屈，只有我来给她出一口气。于是猛可地也赶了上去，把玉明手中的相片再抢了过来，冷笑道：

"她没有资格，你也没有资格！"

"好！好！健生，你敢向我行凶？"

玉明被他抢夺了过去，虽然心有未甘，但自己一个女孩家，就是和弟弟动武也绝不是他的对手，所以只好口里愤愤地喊着。就在这时，忽然见章祖同口里衔了板烟斗，却像恶魔似的从院子里步入客厅来。玉明一见，好似遇到了什么救星似的，遂走上去急急地告诉道：

"祖同，你瞧弟弟要把这张相片拿了去，你说有没有这个道理？"

"是谁的相片？"

"我爸爸的遗像。"

"这有什么要紧呢？他高兴要，就让他拿去好了。这一点点东西，你还要跟他争夺，那你的精神似乎太好一点儿。"

玉明那种焦急的表情，这当然是更衬托祖同态度的安闲。他走到沙发旁坐下了，表示这张照片的去留是并没有多大问题的意思。玉明却跟到沙发旁来，一定要他表示同情的样子，又急急地说道：

"祖同，你要晓得，这屋子既然是分在我的名下了，除了他自己应用的东西可以拿走外，其余一切，当然都应该由我保存的！他凭什么要把这张相片拿走呢？"

"这张相片能值多少？你就让他拿走吧！假使你要这样斤斤计较的话，将来为了这点儿事，真要把人都烦死了。"

健生见祖同眼睛望着天花板，还是那么毫不介意地回答，这就逗了玉明一瞥轻视的目光，俏皮地嘲笑道：

"你瞧，姓章的就根本不把这一点点小事放在心上，你还死争着这张相片要什么用？因为这是何姓的爸爸，不是章姓的爸爸，你也要弄得清楚一点儿呀！"

"你还有什么东西要拿走，你赶快去清理一下，我要如再多看见你一秒钟，我的眼睛里是痛得快要流血了。"

玉明被健生刺激得是只有增加无限的痛恨，这就咬牙切齿地讨厌他。健生忍不住苦笑起来，他有点儿感慨的口吻，说道：

"姊姊，你对我说这几句话，那我觉得你未免形容得过分的夸张了。我想你要真到了眼睛里流血的时候，也许倒反而要记起我这个做兄弟的人来了。"

"不要多说这些废话了，我情愿就此永远地不看见你！"

玉明说到这里，别转脸去，大有不愿再见的表示。祖同是静静地吸着板烟斗，此刻却又故作茫然的神气，安闲地问道：

"他预备到哪儿去啊？"

"这屋子是我的，我不要他在这里再住下去，管他上哪儿去？反正他去的地方也不少。"

"嗯！这倒是你对的，你们既然由法庭判决把你们各自分开了，如果仍旧住在一道，反而要多弄出一点儿是非来。健生表弟，你要搬走，我倒很赞成！"

"哼！这本来是你们预先订好的计划，还要你说什么赞成不赞成。章祖同，我关照你，我走之后，你要把姊姊受一点儿委屈，我绝不会放过了你！"

健生冷笑了一声，他肋下还挟着何应昌那张相片，望着祖同，警告了这两句话，他便头也不回地奔进母亲的上房里去了。

第五回

母子悲别离泪点滴痛心头

　　玉明的心中似乎想不到弟弟会对祖同警告了这两句话，那么在弟弟的心中至少是还有一片爱护我这个姊姊的意思。因此倒小免激起了一点儿手足之情，眼望着弟弟怒气冲冲的身子在门框子里消失了，她忍不住轻微地叹了一口气，不觉有些凄凉的意味。祖同向玉明望了一眼，却淡淡地一笑，说道：

　　"那真是笑话，他和你几乎已变成仇敌了，倒还回来管你这些事情。明明是一种虚伪的表示，来使你对我有一种怀疑，这小子的心思多狠毒的！"

　　"不过我猜想弟弟这句话倒是真心的，因为他明白我和你已经亲热到快结婚的地步，所以他的意思，就是叫你对我不要有中途变心的行为。"

　　"那么你的心中难道也和他一样地不相信我？"

　　祖同听玉明这样说，似乎有点儿生气的样子，沉静了脸色，向玉明低低地反问。玉明笑了一笑，在沙发的背上坐了下来，把纤手按了他的肩胛，温情地说道：

　　"祖同，你问我这句话，你就该打，我假使不信任你的话，我怎么会件件事情都要和你来商量呢？"

　　"那么你赞成健生是一番好意，叫我心中总有些感到不快！"

　　"奇怪，我觉得你何必要不快乐呢？我的意思，说弟弟既然怀疑你对我没有真心的爱，那么你似乎更应该争一口气，不要被人家猜到了，至少我们要给弟弟看看我们两人享受着白头偕老的美满和幸福！"

"这个你可以一百二十四分地放心，我当然不会像健生那样所说的爱不专一。我说你现在应该表示得意，因为你所需要达到的目的不是完全地已经实现了吗？"

玉明这一番话听到祖同的耳里，才知道玉明是鼓励自己对她的爱更应该坚固一点儿的意思，这就点了点头，向她也柔和地安慰。玉明在沉吟了一会儿之后，她忽然有所遗憾的神气，说道：

"目的虽然达到，但我总觉得美中不足。"

"你感到什么地方美中不足呢？我说你并没有吃亏的地方呀！比方说，你虽然和弟弟离开了，但是，你到底得了一个比弟弟更亲热的人，甚至于比你母亲更亲热的人，难道你还觉得不满足吗？"

祖同自以为是玉明最亲热的人，他含了笑容，低低地说。但玉明却轻微地叹了一口气，依然感到遗憾地说道：

"一个人哪里有完全满足的时候呢？如果我的家庭是完完整整的，同时在爱情上又获得了一种恰如所愿的美满，那么在我的心中当然更感到欢喜兴奋一点儿。现在好好的家庭起了裂痕，好好的手足弄成仇敌，试问，这种损失是你所能够补偿得了的吗？"

"你假使要作这种矛盾的想法，我觉得你真是在自寻烦恼！"

"我本来在自寻烦恼，否则，我也绝不会来爱上你了。我记得你在从前曾经向我这样地说，愿意把全部的生命交托给我。然而现在的事实上却完全相反，我的生命倒真的全部操纵在你的手里了。"

祖同听玉明这样说，心中虽然感到有点儿不自然，但也不得不装出无限真情蜜意的样子，把她纤手握住了，轻轻地抚摸了一会儿，低低地说道：

"玉明，你何必要这样说呢？难道你已发觉我对你有什么不负责任的地方了吗？"

"不！我倒并不是有这个感觉。但你应该明白，我在以前是个何

174

等清白的人，但昨夜被你有了这么一……之后，我觉得我在人家的面前说起来，声音都好像低了一点儿，哪怕人家说一两句极普通的话，我也会觉得他们的话里头好像对我含有了一种刺激。唉！我为什么要弄成这个样子呢？我觉得这当然是你的过错。"

玉明羞惭地说完了这几句话，她红晕了粉颊，至少对祖同有点儿怨恨的意思。祖同全身有点儿热燥，一时倒弄得哑口无言，良久，方低低地说道：

"这不过是你的心理作用，等到我们正式结了婚，那你自然再不会有什么心虚的感觉了。玉明，我以为爱情是不受什么约束的。虽然昨夜的行动，我有些糊涂，但我一片痴心，至少还可以使你感到情有可原。"

"你这种解释虽然有理，不过我们都是受过高中以上的教育程度，对于这种行为的发生，至少是有些感到可耻的。况且你口里尽管对我负责任，事实上你究竟对我负了些什么责任呢？"

"我怎么没有负责任？你不是打胜了官司吗？你不是分到家产了吗？你还有什么事情需要我去做？我能力及得到，我绝没有推诿的余地。"

"不过，今天有一件事情，你使我感到失望……"

"什么？我使你感到失望？哪一件事情？我却茫无头绪。"

祖同这才感到有点儿吃惊，向她急急地问。玉明微蹙了两条柳叶似的眉毛，秋波脉脉地向他凝望了一会儿，方才又低低地说道：

"我问你一句话，你昨夜好像答应过我，你为了爱我，就是你做了我何家子孙，你也甘心情愿，不知道你还记得吗？"

"这个……我好像这么地说过……怎么啦？"

祖同红了脸，支吾了一会儿，因为相隔不过一夜的时间，他有点儿赖不掉，这就勉强地回答。玉明认真地说道：

"既然你这么地承认过，那么我的爸爸，也就是你的爸爸。为什么你要主张把我爸爸的遗像给弟弟拿去呢？我觉得刚才被弟弟讽刺并侮辱的情形，这完全是你的过失。"

"哦！说了半天，原来还是为了这一张相片。其实你是不了解我的意思，因为这场官司，你弟弟已经大大地吃亏，假使再不给他占一点儿小便宜，说不定他会疯狂地对你有一种狠毒相害的举动来，那时候你要受了他的眼前亏，岂不是自讨苦吃吗？所以我的意思，孝顺是不在乎仅仅表现在形式而已。假使你一定要这张相片的话，至多再去放大一张大的来，那么在事实上倒可以两全其美了。"

祖同哦了一声，他委婉地向玉明解释，表示完全还是为了玉明的安全问题而着想的。玉明觉得他说的倒也未始无理，一时把怨恨之情，稍许平静一点儿，但还是有点儿忧愁的样子，说道：

"就只怕弟弟把相片拿去之后，他就不肯再交出来了。"

"其实我觉得即使多挂了这张遗像，也没有什么多大的用处。"

"怎么会没有用处？祖同，我觉得你太不替我设想了。我要大家知道我绝不是为了争夺遗产而分家，我是为了保持何姓的家产，不使弟弟去滥花费而因此闹着分家的。假使这张遗像落到弟弟的手里去，将来在何姓的族中人说起来，议论就有点儿两样了。"

玉明听祖同结果还是这么地说，一时又感到怨恨起来，遂瞅了他一眼，低低地说出自己这一番理由来。但祖同听了，却阴险地笑了起来，说道：

"我真没有想到这张相片，倒会发生这样大的效用。其实你就是把父亲的尸骨从地下掘出来放在大门口，姓何的家族恐怕也未必会承认你是何姓的一个儿子的地位！"

"承认不承认随他们，我觉得非这样做不可。因为我虽然是个女儿的地位，但我到底是姓何的，我是何家的血统！"

祖同听她真的要实行自己入赘的意思，在他心中当然有点儿反感，所以嗯了一声，不觉默然了。玉明摇撼了他一下肩膀，问道：

"为什么不说话？难道你把昨夜的话反悔了吗？"

"不！我做事向来不反悔。但我要问你，明儿我们结婚的时候，

176

在喜帖上到底印着你嫁人呢，还是你娶丈夫呢？"

"我以为在喜帖上当然无须加以注明，单用结婚两字，人家已很可以知道我们是结成一对夫妇了。"

玉明听他问得厉害，遂微红了粉颊，乌圆眸珠一转，才略有思索地回答。祖同还并不放松地追问下去道：

"那么在'夫妇'两个字眼上说，我是变成'妇'，你是变成'夫'的了。"

"祖同，我们何必要考究这些呢？在名义上尽管可以给你享受'大'的地位，只不过实际上稍有点儿不同罢了。"

"我倒要请教你实际上的不同点，因为孩子总是在女人家腹中养下来的。"

"这是生理上构造如此，何必拉扯到这些头上去？"

"那么到底有何不同？"

"我的意思，我们结婚之后，是我从何姓分得的家产，应该仍旧由我管理。"

"那么我赚来的钱呢？"

"你赚来的，当然归你管理的。假使你失业了，我尽管可以给你的衣食住。可是你就不能来过问我的财产，除了我应该给你零用之外，你若需要放本做生意，我倒可以划一笔款子借给你，不过利息照市要付我的。"

祖同听她说得新奇极了，由不得好笑起来。但仔细一想，觉得一个堂堂七尺之躯，那至少是一种侮辱，这就冷冷地说道：

"我明白了，你把我当作雌媳妇看待，对不？"

"不错，我的意思，我既然分了何家的财产，我也要做一个男子，在何氏门中的宗谱上占一个地位，我觉得你为了爱我，你应该受一点儿委屈。"

玉明不管他生气不生气的却老实地这样说了。祖同竭力压制着愤怒的发展，还镇静了态度，微微地笑道：

177

"我为你受委屈原可以，但你这一番苦心，何氏族中的人也未必会接受你这一点意思。况且你到底是一个女子，我纵然可以入赘，但我却不能立刻把章祖同而改变为何祖同，被我的朋友们知道，岂非是莫大的耻辱。再说我姓章的也有家族，我固然可以一切牺牲，但他们也许会不答应的！"

"祖同，我并不是要你把章姓家族完全地抛弃，在你本身尽管可以姓章。只是将来我们有了儿女，可只能让他们姓何，而不能姓章。"

"但是你们何氏门中原有健生在接续香烟，为什么要你在旁边多弄出一支来呢？那就叫人真有点儿不懂。"

"我不愿意把我的家产落到外姓人的手里去，同时我也不愿意健生以独生子的名义来承继着这一脉血统。"

祖同对于玉明开头这一句话感到不满意极了，这就站起身子来，在室中踱了一会子步，然后很生气地说道：

"我以为彼此成了夫妇，什么就都没有你我的界限。可是现在听你的话，好像我们不是结为夫妇，是合伙开店一样。所以你假使再要清楚一点儿，我还可以给你聘请个会计来任常年会计顾问，这样我们之间笔笔都是清账了。"

"祖同，你不要误会我的意思。"

玉明已经窥测到他的态度表示十二分的不高兴，于是跟着站起，走到他的背后，低低地声明。祖同吸着板烟斗，两眼望着院子里已经暮色苍茫的天空，冷冷地说道：

"我觉得一点儿也没有误会你，同时我更感到你在完全地利用我，想不到我给你出了这么大的力量，所得的代价，是只做了一家公司里的小伙计而已，那你根本没有真心爱上我的意思。"

"祖同，你这话也未免太过分了一点儿。那么你的意思，预备怎么样才能满足你的欲望呢？"

"这不用说得，我和你成了夫妇之后，至少我应该需要有些实权。比方说，在有一个时期里，你交上了赌运，虽然你是在赌博你自己的产业，然而我做丈夫的应该有向你干涉的权利。"

祖同说到这里，又举一个很正当的例子来回答。玉明含笑点了点头，她偎在祖同怀内去，柔顺地说道：

"假使我果真有不好的行为，那你当然可以干涉，而且我也希望你干涉我。在眼前我所以要保持我管理家产的权力，这是因为怕何姓的家族来说一句闲话，所以我的意思，就是不让旁人来指摘我的错处。祖同，我问你，你把昨夜答应我的话，到底有没有反悔？"

"只要我权利和义务可以相等的话，我根本就不会有什么'反悔'这两个字。玉明，你应该相信我，我是你忠实的丈夫。"

"你的义务不过是给我代为打胜了官司，可是你所得的权利，连我的身体都已经整个地属于你的了，难道你还不觉得相等吗？"

玉明的脸浮现了朵朵娇艳的桃花，秋波盈盈地逗了他一瞥妩媚的俏眼，却是赧赧然笑了起来。祖同这才觉得心里有一阵欢喜，伸手环抱了她的肩膀，却忍不住哈哈地大笑了。就在这个时候，健生提了一只挈匣匆匆地走出来，他的胁下仍旧夹了那张父亲的相片。玉明立刻离开祖同的怀抱，健生似乎已经发现了他们那种旖旎之情，遂冷笑道：

"幸亏这座房子已不是属于我的了，否则，我至少要买大量的臭氧水来浇浇这客厅里肮脏的地板。"

"弟弟，你在胡言些什么？干吗只拿一只挈匣？要拿似乎该拿得干净一点儿。"

玉明知道他是给予她刚才说他和丽英在这里谈话的报复，这就涨红了脸，严肃地说。健生说道：

"其余的东西，我明天叫了车子来搬。现在最要紧的是请你把那几张田契拿出来，彼此以清手续。"

"好！请你等一会儿。祖同，你不要走开。"

玉明点点头，遂匆匆入内去了。祖同见健生呆呆地站着，好像

179

连看自己一眼都觉得讨厌的样子，于是偏走到他的面前，向他搭讪道：

"健生弟，你预备和魏小姐什么时候结婚呀？"

"将来在报纸上登载结婚启事的时候，里面当然会告诉你。"

"假使我不留心没有看到，你是不是肯发一张喜帖给我呢？"

"那也未尝不可，反正我们是公开地恋爱，公开地结婚，绝不至于因为你们要来参加婚礼，就特地秘密起来的！你放心，我总不会让丽英大了肚子拜堂，在你们面前丢脸出丑！"

健生这几句话在无意之中竟语语刺到祖同的心眼里去，一时倒弄得哑口无言，只好望着他微微地一笑，说道：

"无论什么事情都出人意外，当初石福华被你们赶走，我真是代你们高兴。但曾几何时，你们姊弟竟分了家，闹成各立门户，我又代你们感到可惜！"

"谢谢你，我们似乎不配你这样热心的好人来可惜！因为闹成我们势不两立的局面，也许完全是受了一班势利小人的拨弄和暗算。"

祖同知道他又是指点自己而说的，遂故意一味地装出毫不相关的样子，用了第三者的口吻，低低地说道：

"我猜想你的爱人和爱人的父亲魏家骅，他们好意的帮助，然而事实上所得的效果，对于你们闹成分产，应该负最大的责任。"

"那么你就不拿面镜子来照照你自己的那张面孔，恐怕你的责任比他们更加要负得重大一点儿。"

健生语语讽刺，把祖同说得十分没趣。就在这时候，何太太从里面一拐一拐地走出来，好像刚才跌了一跤膝踝上尚有余痛的样子，她一面哭泣，一面说道：

"我不许你们这样做，健生，你怎么不跟我说一声，就这样地离开我了吗？"

"妈，我并不是要离开你，因为这屋子不是我所有的了，我受不了人家的白眼和侮辱，所以我觉得还是搬走，心中比较好过一点儿。

180

刚才我到你卧房里去过，因为你睡着，我没有惊醒你。反正我明天还要来搬东西，所以我不和你告别了。妈，我觉得我们做儿女的是太不孝顺了，其实，我也想和你一样地痛哭，可是我为了不甘示弱，我只好把眼泪都吞到肚子里去了。"

健生伏到母亲肩胛上去，他哽咽了喉咙，说到这里的时候，眼泪真的流下来了。何太太抱着健生的身子，益发呜咽地哭起来，说道：

"这是谁把我一家弄成这个样子呢？天哪！你假使有眼睛的话，你应该给他一种报复，让他不得好死！"

"妈，你不要伤心，你不要哭呀！你看着吧！假使大地上尽让这些阴险作恶的人在横行，那么好人岂不是都要气死了吗？所以这报应，不久的将来，一定会爆发的！"

母子两人正在依依不舍地流泪，玉明从她的卧房里匆匆地出来。她见母亲和弟弟这个情形，先是一惊，但她立刻又镇静了态度，把田契交与健生，故意用了凄婉的口吻，低低地说道：

"弟弟，这是田契，都在这儿，你看一看。"

健生把田契接过，就纳在怀内，拭了拭眼皮，是不愿姊姊看见他在落泪的意思。这时何太太的心中，对儿子是存了一种怜悯的成分，所以向玉明白了一眼，痛责地说道：

"玉明，你真是太狠心了，就说你弟弟有对不起你的地方，你也多少看在我做娘的面上。我觉得你这姑娘变得实在太快了，就是这次打官司，你在我做娘的面前有没有请过示？我觉得你简直是造了反，把我做娘的抛置于脑后，只管自己的利益，不顾亲手足的生活，你现在又硬生生地赶走了弟弟，你到底是算何家的什么人？你……难道也做了武则天了吗？"

何太太这一顿痛责是相当的厉害，把玉明骂得面红耳赤，显出无限羞愧的样子。不过她还放低了语气，低低地加以辩解，说道：

"妈，你老人家且不要恼怒，弟弟的狠心，你是并不知道，他曾经买通阿根来暗杀我，这事……你……又怎么能晓得？为了这样，我觉得非分家不可，因为与豺狼于一室，我的生命不是太没有保障了吗？"

"啊！健生，你果然这样做过了吗？"

何太太听了女儿的话，她又惊骇地望到健生的脸上去，急急地问。健生摇了摇头，冷笑道：

"我何健生不是禽兽，纵然为了姊姊太专制而有了一层意见，也绝不至于弄到残害姊姊的地步。我以为阿根的暗杀你，正因为你平日对待下人的苛酷，否则，阿根为什么不来暗杀我？"

"本来原是你指使他来干这不法的事，他怎么还会来暗杀你？"

"唉！你们姊弟两人间的事情太使我弄不明白了，到底谁是存着坏心眼儿害人？我……我……真不知该怎么评判才好。"

可怜何太太摊着两手，急得双泪交流，表示没有办法的样子。健生把挈匣提在手里，大有要走的神气，向何太太说道：

"妈，我以为事到今日，刚才这些话都是多余的废话，总而言之，这屋子既然是分给她，我总应该干脆地让她。"

"健生，你不能走，我做娘的在一日，我绝不能让你一个人到外面去飘零。"

何太太究竟是疼爱儿子的，她拉住了健生不放，眼泪滚滚地落了下来。祖同在旁边看了，这就冷冷地插嘴说道：

"姨妈，据我看来，你老人家还是让健生搬出去的好。俗语说道：'兄弟分家，如同陌路。'而且，他们既然已经打过官司，事实上也成了势不两立的地位。你若一定要他住在这屋子里，说不定将来还有更麻烦的事情发生哩！"

"不要你放什么屁！你想把健生弄出去，让你在屋子里可以自由自在地做一个主人是不是？"

祖同碰了她这一鼻子灰，也只好自认晦气，遂指了指玉明，冷笑道：

182

"姨妈，我是好意，你不要误会。这屋子里的主人是玉妹，与我有什么关系？那可真是笑话了！"

"既然知道不与你相干，你就别在这里多放屁！玉明，我倒要问你了，你所以把弟弟立刻地赶走，是不是怕弟弟占了你的便宜？那么，让他住房出房钱，吃饭付饭钱，我在世界上做人，我就要他在我的身旁。等我死了之后，我当然也管不得这许多了。"

何太太起初两眼狠视着玉明，表示痛恨的样子。但当她说完了这几句话之后，想到何姓的子孙反而要向外头人乞怜，她在无限气愤之余，到底又感到无限沉痛，因此眼泪又像雨点儿似的落下了两颗。健生不待玉明回答，遂先向何太太说道：

"妈，你这又何必多此一举呢？我既然一样要出钱住这屋吃饭，我为什么一定要贴人家情面强住这里呢？"

"健生，不是这样说的，我要你住在这里，我要天天看见你。"

"妈，你要天天看见我，那也不是一件难事情。因为我明天就要去找房子的，找到了房子后，我可以接你上我这里去住。虽然不能住高楼大厦，但是我也绝不会十分委屈妈的！妈，暂时的分离，我认为是没有什么问题的。"

"健生，你这话虽然对，但是我为什么要让她？这座洋房是你父亲遗下来给我住的，我在没有断气之前，她有主权把我赶走吗？虽然法院里已把这屋子归到她的名下，但我没有死，我还有权利可以留你在这里住下去，要走你也得等我死了以后再走！"

何太太怒容满面的，她拉住了健生的身子，是一定不许他走的意思。祖同向玉明衣袖轻轻地一扯，努了努嘴，是叫她出场表示不允许的意思。玉明遂走了上来，还只有开口叫了一声妈！但万万也料不到何太太猛可回过身子来，向玉明讨厌地啐了一口，怒叱道：

"谁是你的妈？谁是你的妈？你现在有了章祖同，还要我这个妈做什么？哼！你就当我死了吧！"

玉明被何太太这样一喝，她不免倒退了一步。因为母亲对自己的印象恶劣到这种地步，也可见自己的确有太过分之处。这就凝眸含颦地沉思了一会儿，方才向健生勉强地说道：

"弟弟，那么妈的意思既然不让你走，你就……"

"谢谢你！我已经打定了主意，大丈夫做事要干脆，纵然今夜我是要睡露天去，我也绝不愿赖在这里沾你的光。你放心，这一种假人情，我可不敢领受！"

健生这一点倒是相当的强硬，表示非走不可的意思。玉明待要再说什么，祖同却把玉明身子拉到后面去，他自己身子挨到健生的面前来，微笑着点头说道：

"健生弟，我觉得你真有志气，因为一个青年应该有这种不沾人家光的精神。所以我劝姨妈不必再去勉强他，因为他绝不是没有办法的人。至少，魏家骅那里他是有把握可以去安身的。也许他离开这间屋子之后，倒可以使他飞黄腾达地去干一番事业，也未可知哩！"

"哼！你这小子又来多嘴！是不是玉明委托你做代表的？我觉得你这些都是花言巧语的一篇鬼话！我知道你们的意思，预备先赶走了他，再来赶我！这用不着你们再多费心思！好吧！健生，你是我的好孩子，你有志气，我也跟你一道走吧！我们娘儿俩一同住到乡下去，让你这个不知廉耻的好姊姊在这里去过她繁华的生活吧！"

何太太一面说，一面拉了健生的手向门外匆匆地走。这一下子举动，玉明到底急了起来，立刻拦住了何太太，不免双泪交流的样子，哭起来道：

"妈，你不能走，你不能走！我情愿让健生住在这里，不要他房钱饭钱，但是你千万不能走的！"

"玉明，你真的有点儿想明白过来了吗？"

何太太见女儿边哭边说的模样，她的心肠倒又软了下来。俗语说：手背是肉，手心亦是肉。儿女都是亲生养的，只要他们稍为有点儿孝顺之心，做娘的岂有不疼爱之理呢？所以她停止了步，向玉明惊喜地问。玉明方欲点头说是，但祖同又在向玉明努嘴，丢眼色，是叫玉明不必劝留的意思。可是这情景又被健生发觉了，他不禁哼哼地冷笑起来。何太太不知其故，回头望了他一眼，问道：

"健生，你笑什么?"

"我笑他们做戏做得很逼真，只可惜动作上太不一致了。"

"你这话是怎么样讲的?"

"看姊姊的样子，好像很有一点儿孝心。可是祖同却恨不得我们马上离开这屋子，你想，他们挤眉弄眼的丑态，这算什么样儿? 我可真有点儿看不惯。妈，我们爽爽快快地走吧!"

"哦! 原来他们还在做假戏义给我看。你这小孝女儿给我滚开点儿! 从今以后，你也不必认为我是你的娘，我也只当没有生你这个女儿。健生，我们走，我们走!"

何太太哦了一声，她的全身又气得瑟瑟地发抖，把手使劲地向玉明一推。玉明站脚不住，几乎向后跌倒，但是她还奔上前去，拉住了何太太不放，流泪说道：

"妈，你不要专门听健生的话，你纵然不承认我是你的女儿，可是这十月怀胎，三年哺乳，我是绝不能忘记母亲老人家的养育之恩。我是一直在你面前长大的，你不愿健生搬走，是为了天天要看见他，难道你就忍心把我一个人丢下走吗? 妈，我不能离开你，我……无论如何也不能离开你!"

"你这孩子! 你不肯听我的话，你一定要打官司，你还要把弟弟赶走，我索性都让了你，你怎么倒也会感到一个人太孤单了吗?"

何太太被女儿放声一哭，她悲酸极了，觉得女儿也许是有孝心的，都是祖同这小子把她引坏了，好好的一个家庭，为什么要外头人来捣乱呢? 一时她也忍不住哭起来了。健生想了一会儿，遂说道：

"妈，你不要哭了，我想姊姊既然要你住在这里，你就暂时住了下来。"

"那么你呢? 你也不要走!"

185

"我？我是不能不走的！妈，因为我在这里多站一刻，我的心中就会多痛苦一刻。你放心，好在我不会去死。妈，我此刻上魏家去，明天早晨，我一定再到这里来望你。妈，我……走了。"

健生觉得姊姊留的是妈，她绝不会留自己，遂说完了这两句话，提了挈匣，夹了相片，匆匆地出去了。何太太心中空洞洞的，她说不出什么话，她只有大哭起来了。

第六回

强盗遇劫贼强中自有更辣手

何太太眼望着儿子匆匆地奔出院子去了，这好比是被女儿硬生生赶走的，一时悲从中来，忍不住放声大哭。祖同故意含笑走了过去，伸手摸着下巴，至少有得意的神色，低低地说道：

"姨妈，你是上了年纪的人，身子第一应该保重点儿，切勿过分地悲伤，健生明天还要来搬东西的，他也不是永远不来了，你这么一哭，我觉得真有些不吉利！"

"你这无耻的畜生！我不要你来管什么！你这个闲神野鬼凭什么资格可以站在这里跟我说话？你给我滚，滚出去！"

何太太究竟不是愚笨的人，她当然听得出祖同的话，根本没有一点儿好意的劝慰，完全是一种冷讥热嘲。所以她心中痛愤极了，遂停止了哭泣，猛可赶上一步，撩起手来要打他耳光的样子，若不是祖同逃避得快，他的颊上也许真的会凑上了一记。玉明恐怕闹得彼此没有落场势，遂从中拦住了，哭泣道：

"妈，你要打就只管打我，和祖同根本是不相干的。"

"好！好！好……帮助这小子，和我做娘的反对？你……为什么要留住我？是不是放我一条生路还不肯？一定要把我害死在这屋子里，你方才甘心了吗？"

何太太伸手真的要想打玉明，但这么大的女儿又如何打得落手？所以她把手又缩了回来，一面说，一面又呜呜咽咽地哭泣了起来。玉明遂高喊杏春，叫她扶着太太到卧房内休息去。祖同待何太太走后，遂冷笑了一声，他恨恨地把脚一顿，说道：

"哼！有了她，就没有我。"

"祖同，啊！你在说什么？"

玉明见他咬牙切齿的样子，不觉吃了一惊，秋波含了恐怖的目光，注视着他的脸急急地问。祖同的眼睛里好像要冒出火星来的神气，含了警告的口吻，说道：

"玉明，我说你母亲对我实在太无礼了，因为在她的目光中看起来，把我当作了一个毫不相关的人看待，她竟然可以叫我滚出去！我觉得这种侮辱我实在受不了。假使你认为没有办法把我的地位安排好，我就可以立刻永远地离开这个屋子！"

祖同这几句话完全包含了一种威胁的成分，他一面说，一面转身便有要走的样子。玉明连忙把他拉住了，温情地说道：

"祖同，你别忙呀！你不要以为我不顾全你的面子，尽让母亲来侮辱你。其实我此刻心中的怨恨，比你更要厉害十分呢！"

"你心中有什么怨恨？反正弟弟已经被赶走掉，屋子已完全归你了，你一切都已达到目的了。"

"祖同，你何必说这些话来俏皮我？其实我正需要和你有一种善后的商讨。"

"你还有什么事情需要我商讨呢？"

祖同虽然是停下不走了，但他口里还表示有一种怨气未平的样子回答。玉明低低地说道：

"照今天的情形看起来，母亲忽然和建生打成一片，这分明是让我一个人走上一条孤独的途径。我觉得我的环境太空洞，我的身世太凄凉了。所以我希望你赶快地跟我结婚，这样在你当然是有了身份，母亲再不会说你没有资格住在这屋子里。同时我也可以实现我的计划，使族中人知道我并不是为了个人的利益，是完全为了保持何姓的家产，我预备得在何氏门中建立一个由女性传衍下来的宗派，那么我才对得住父亲在天之灵，而且也对得住我现在活着的母亲。"

"照你的意思，你就一定要我姓何，要我做你们何家的子孙？"

"是的，我想在实际上你就根本没有感到什么吃亏的。况且昨天晚上你自己亲口答应我，你说为了爱我，你可以不顾一切的牺牲，来答应我的条件。"

玉明的明眸里充满了热情的光芒，在她是需要祖同的答应一声"好的"两个字。祖同踌躇不决地在室中踱了一会儿步，他又连连地抽烟。玉明在旁边又急急地催促道：

"祖同，你就答应我吧！"

"这不是一件芝麻绿豆般的小事情，我怎么随随便便可以答应你？所以我得有个郑重的考虑不可。"

"你昨夜已经答应了我，今天怎么又要考虑起来？"

"玉明，你一定要我做何家的子孙原也可以，但是我要有个条件。"

"你要什么条件？你说吧！"

"家里的事务由你去支配，一切财产归我来管理。"

祖同说着，阴险的眼睛斜睨着她粉脸，是在窥测她的意态。玉明听了，果然有为难的颜色，摇头说道：

"祖同，我不是早对你说过，何姓的财产，不是应该仍旧由我来管理吗？"

"那我就觉得不懂了，你既然不许我姓章，但又不叫我承受你们何姓的家产，我觉得你好像把我在当作一件木偶般地玩弄，那我绝对不能答应！"

祖同满面怒容地哼了一声，他走到沙发旁去又坐下了，表示十分生气的样子。玉明这回并不软化，也表示娇嗔的态度，说道：

"哦！我明白了！"

"你明白什么？"

"照你这样说，可见你爱我的并不是人，原来就是为了爱我的家产。"

189

"玉明，你不用拿这种话来讽刺我，我觉得一个人是不能太以自私的，然而照你所说，你又何尝是真心地爱我？无非是借我的身子来实行你对付族中人的计划罢了。"

玉明觉得祖同说的完全是针锋相对，倒叫自己有点儿哑口无言了。不过她还怒气冲冲的样子，白了他一眼，说道：

"祖同，你对我说这几句话，那你简直是放屁之至！我把女孩儿家最宝贵的清白都交给了你，难道我还不能说是真心地爱上你吗？"

"那么我在你身上得了一点儿肉欲之爱外，此外的权利是一概都没有享受的了。假使我明天发了财，你是否要来管理我的财产？"

"那我可以绝对地不过问，因为我有了这一点家产，已经是够我一辈子的吃用了。"

"照你这样说，我和你的夫妻无非是一种形式而已，绝不是真正地过着两性合作的生活。对不起！我不够资格来做你的雄媳妇，请你另聘高明！"

祖同气极了，他说完了这两句话，立刻站起身子，向外就走。玉明见他竟然不负责任地一走了事，这就急得涨红了两颊，喝道：

"祖同，你回来！"

"何小姐，你还有什么话说？"

祖同回过身子，故意弯了弯腰，向她称呼了一声何小姐。玉明又悲酸又愤怒地涌上泪来，哼了一声，说道：

"祖同，你在我身上撒了这一泡烂污，你就预备不负责任地一走了事吗？那恐怕在法律上就没有这样的容易吧！"

"我给你在这次官司中是尽了多少的力量？那么昨晚这一件事情，也可说是你给我的一点儿酬劳。这是所谓权利与义务相等，根本谈不到是我撒烂污三个字！"

"祖同，好！你这没有心肝的东西！"

玉明也许是愤怒过了度，她撩上手来，就老实不客气地在祖同脸颊上啪地打了一记耳光，打得祖同倒是怔怔地愕住了。但玉明既然打了他耳光之后，却又表示害怕的神气，忽然投入祖同的怀内，抱住了他身子，呜咽起来泣道：

"祖同，我错了，请你原谅我吧！"

"这并不是你一个人的错，我觉得彼此似乎说得太过火一点儿，其实我们应该大家都退让一步的。"

"是的，我已经是变成孤零零的一个人了，你当然再不能让我走上了极端，更使我受到了一重打击！"

"不过，你也应该为我着想而使我在社会上有一点儿面子。至少，你把这家产中分一半给我来管理。"

玉明到底是个女孩儿家，何况她的身子已被祖同占有了，所以她虽然是个胸有成竹的好角色，究竟不能和祖同坚强到底，因此她有点儿软化了，遂低低地说道：

"那么你预备管理哪一半的家产？"

"我说这里五楼五底的洋房，一半是应该划到我的名下。其他如美亚、景福各种股票，我也应该有一半的份。"

"好！我就答应你，但是，你得和我结婚，而且做我何家的子孙。"

"因为你已答应把一半的家产分给我管理，那么我当然应该尽做何家子孙的义务。玉明，我也完全地答应你了。"

祖同似乎已经达到了他一部分的目的，遂含着笑容，低低地回答。玉明心中有点儿难受，她轻轻地叹了一口气，眼角旁却涌上一颗晶莹莹的泪水。祖同见了，立刻又显出柔情蜜意的样子，拿了一方小手帕，给她轻轻地拭泪，低低地说道：

"玉明，为什么你又伤心起来？是不是你不放心我拿了你这一半的家产？"

"不！祖同，你再不要拿这些话来挖苦我！难道你不想想我的身子都已属于你的了吗？其实，你不用和我斤斤计较，似乎使我心里感到好过一点儿。"

"既然你信得过我，那么请你给我一个笔据。"

"啊！祖同，你为什么这样性急？难道你还怕我赖了你不成？"

"不！并不是这个意思，因为你母亲明天若再有叫我滚出去的时候，那就叫我有了说话的余地。否则，我还是只好让她任意地侮辱。"

祖同是为了表示应付何太太有回答起见，所以非立刻要一张笔据不可。玉明听他说得有理，遂只好委委屈屈地写了一张笔据给祖同，说明这座洋房和祖同各有一半，两人都有主权管理等字样。写好之后，玉明又签字盖章。当她交到祖同手里去的时候，便郑重地说道：

"你的欲望，我都依顺你了。那么我们的婚礼，也应该早点儿举行才好。"

"那当然，我的意思，应该上瞎子命馆去拣个日脚。"

祖同把笔据接过藏入袋内，他脸上是浮现了胜利的微笑。玉明点头说好。这时厨下开上饭菜，室中也亮了电灯。祖同忽听电话铃声响了，遂到电话间去接听。不多一会儿，玉明见他匆匆地出来，遂问他说道：

"是谁打来的电话？"

"是王柏春律师打来的电话，叫我去一次，我想大概是为了这笔公费吧！"

"那可糟了，家里没有这许多现款，天气又夜了，你和他说一声，明天准定送到他事务所是了。"

"由我去说一声，那一定不会有什么问题的。玉明，那么我走了。"

"祖同，你回头再上我这里来吗？"

玉明见他要走了，遂跟上去两步，偎了他身子，依依不舍地问。祖同握了她的纤手，轻柔地抚摸了一会儿，说道：

"假使时候太晚了，我明天来吧！"

192

"不会的，即使太晚了，你可以睡在弟弟的卧房里。"

祖同见她娇羞地回答，在她的心中当然是需要自己来的意思。一时想到昨晚一幕神秘的情景，他的心不免荡漾了一下，遂点头说好，方才匆匆地握手别了。

这一个电话其实不是王律师打来的，因为祖同和王柏春很有一点儿交情，当然王律师绝不会这样的来不及。那么是谁打电话来呢？原来就是这个人间的恶魔石福华。祖同对于石福华，不知怎么的，总感到有点儿畏惧，所以他在玉明面前说了一个谎，便匆匆地坐车到刘太太家里去了。

石福华原是住在刘太太的家里，当时一见祖同到来，因为已经知道玉明和健生打了官司，他也忘记了自己是个长辈的身份，却和祖同握了一阵子手，笑道：

"你真是劳苦功高，果然使他们终于也内乱起来了。"

"哪里哪里！这都是舅父的锦囊妙计。"

"好说好说，今天我请你到金谷饭店去吃饭，表示庆祝计划成功的意思。笑莺，笑莺，你怎么啦？换件衣服要这么许多时候吗？"

"爸爸，来了，你干吗这样性急？人家女孩家不该打扮打扮的吗？"

石福华说到后面，抬头望着楼上高声地叫女儿。就在这时候，一阵子皮鞋声音响入内来，只见笑莺亭亭玉立地站在书房内了。她见了祖同之后，并不像以前那么显出亲热的样子，只略为点了点头，含笑叫了一声表哥。倒是祖同走上去，和她握了一阵手，笑道：

"表妹，你真是越来越漂亮了，浑身香喷喷的，叫人真有点儿心神欲醉的样子。你这两天身子好吗？"

"托你的福，还算不错。我是算不了什么漂亮，怎及得上玉明小姐的美丽？我想你这几天一定是够快乐的了。"

笑莺虽然是笑盈盈地回答，但她这几句话中是很可以体会出来包含了一点儿酸溜溜的作用。祖同望了福华一眼，表示很坦白的神气，笑道：

"舅父，你听，你听，表妹和我吃这一罐子醋，那不是多余的事情吗？"

"她完全是小孩子见识，你尽管可以不必去理睬她。来，来，来，我们大家就这么动身走吧！"

石福华表示很明亮的神气，一面说一面便领头走出大门外去。三个人坐了汽车，一同到金谷饭店。侍者招待入座，把一本菜单送上，由福华点了四菜一汤，并拿了四瓶啤酒。不多一会儿，酒菜上来，石福华亲自给祖同满斟一杯，于是大家慢慢地吃喝起来。在喝下一杯啤酒之后，福华要求祖同把所经过的事情都详详细细地告诉出来。常言道：酒能误事，祖同乘了酒兴，遂原原本本地一事不漏地向福华诉说了一遍。因此使福华知道祖同已经占了玉明的身子，而且还得了玉明一半的家产。他心生一计，便笑嘻嘻地说道：

"祖同，你把玉明给你的那张笔据拿出来给我看看，不知有什么弊病没有。因为玉明是个厉害的姑娘，所以我们似乎不得不防的！"

"舅父，她写得清清爽爽的，大概不会有什么弊病吧！给你看一遍，那当然更靠得住一点儿。舅父，你快拿去看。"

祖同认为舅父的话完全是一片好意，遂点了点头，伸手在袋内把玉明那张笔据取了出来，交到他的面前。石福华在看了一遍之后，他微微地一笑，遂把笔据折好。祖同伸手来取还，可是石福华却老实不客气地把那张笔据藏到自己的袋内去了。祖同倒是呆呆地一怔，石福华却毫不介意地说道：

"这张笔据你带在身边，很不方便，还是我给你藏着吧！"

"舅父，那恐怕不行吧！假使玉明要我拿出来给她看的时候，那叫我怎么办呢？"

"祖同，她既然已经写给了人，如何还会叫你拿出来看呢？我觉得这是你一种过分的考虑。你应该把脑子弄得清楚一点儿，你虽然把玉明弄上了手，但至多也不过是你的小老婆罢了。你的太太在这里，我是你的岳父！你所分得的产业，我要给笑莺有一个保障，那当然应该由我来保管。况且你的目的，是代我向玉明的一种报复，绝不是叫你真的去爱上了她呀！"

石福华见祖同那种焦急的神情，心里很不高兴，这就把脸一沉，眼睛一瞪，显出一副狰狞的面目来。笑莺在旁边听祖同和玉明已经发生了肉体关系，她心中已经有点儿酸溜溜的滋味。只因为爸爸在旁边，不好发作。此刻听爸爸对祖同也有呵责之意，这就大了胆子，冷笑了一声，恨恨地插嘴说道：

"哼！他是被这个贱货迷得魂灵也没有了，哪里还会想着代爸爸去给她一种报复呢？我早已猜到，一个男子在女人家的柔情蜜意手段之下，怎么不要弄成了假戏真做？爸爸，我看表哥的样子，完全是真心爱上玉明了，那……那……不是害苦了我的终身吗？"

笑莺说到这里，脸上显出了无限哀怨的神情，大有盈盈泪下的样子。祖同这才如梦初醒般地急了起来。因为他确实一心一意地要想和玉明去结婚了，现在被笑莺这样一说，方才一本正经的态度，急急地辩白道：

"表妹，你不要伤心，你也不要冤枉我，我对玉明完全没有真心的爱，不是给舅舅报仇吗？现在目的已达，我当然慢慢地要离开她了。"

"笑莺，你听见祖同说的话吗？可见他并没有忘记你。就是他忘记了你，好在他还有笔据在我的手里，难道他就不怕犯法吗？所以你是不必难过，这种疑心完全是多余的事，因为我却很相信祖同，他绝不是一个得新忘旧的无赖子。"

石福华含了阴险的笑，虽然他在向女儿安慰，不过他那双时常在想陷害人的眼睛，却牢牢地盯住在祖同的脸上。祖同心中别别地一跳，他害怕着舅父又有什么阴谋会来捉弄自己，所以他认真地表示毫无变心的意思，说道：

"舅父就知道我的心了，我怎么会去真的爱上玉明呢？表妹，你

195

不要伤心，我是你忠实的丈夫。"

"哈哈！哈哈！祖同这话说得好！笑莺，你再不用伤心了，假使你还不放心的话，我再可以给你更坚固一点儿的保障。祖同，劳驾你动一动笔，再写一张字条。"

石福华在一阵笑声之中，他阴险的思虑中又转出一个念头来了，遂在他带着的那只公事皮包内取出纸笔，放在祖同的面前，笑嘻嘻地说。祖同眼睛有点儿定住了，木然了一会儿，才惊异地问道：

"舅父，你还需要我写什么字条呢？"

"你写这张字条，对你有十分的好处。"

"哦！那么怎样的写法？"

"我念，你写……"

"舅父，你先念一遍给我听然后我再写吧！"

祖同的门槛也相当的精，所以他不肯先落笔就写。石福华笑了一笑，点了点头，说道：

"我先讲一点儿意思给你听听也好，玉明这一半家产分给了你，其实你还不能得到她的实权，因为她到底是这屋子里的主人，除非你和她正式结了婚，那么你们夫妻才有共同管理家产之权。不过要和她结了婚，就犯了重婚之罪，因为你一定要娶我的女儿不可。在这情形之下，你要得她的家产就为难了。所以我有一个办法，就是你写一张把这分得的一半产业算已经抵押给了我的凭据，那么你就是和她闹翻了，我也可以给你出面打这场官司了。祖同，你以为我这话说得有理吗？"

"道理倒是有一点儿，不过……"

祖同觉得舅父的手段太辣，他完全把自己当作了伙计，我辛辛苦苦地向玉明去诈骗来的家产，却让他坐享其成，那我不是成了他的牛马了吗？所以心中老大不高兴。但口里不得不表示他的意思很对，然而在很对之中，他又用了不过两字，显然下文是有些困难。石福华见他皱了眉毛，心里当然明白他的意思，这就把面孔又变得

196

可怕了，冷笑了一声，说道：

"我以为没有什么不过可说的，祖同，你莫非被笑莺猜中了吗？要如你真的和玉明相爱上了，那你莫怪我舅父手段的狠毒，恐怕立刻就要对不起你了。"

"舅父，你何必要这样地说呢？我和玉明根本没有什么好感，我怎么会去真心地爱上她？那你们绝对可以放心的！"

"既然你没有真心地去爱上她，那你应该把这一张笔据写给我。"

"舅父，我以为这是两个问题，因为我已有两张笔据在你的手里，假使再写一张给你，那我的生命全部都操纵在你的手里了，而你们给我的，却又有一点儿什么保障呢？"

祖同这几句话虽然没有明白地表示，但从他脸部上的表情看起来，也很可以知道他有点儿生气的意思。石福华冷笑道：

"祖同，你这话奇怪了，我女儿的身子是被你破坏的，凭这一点儿处女的血，难道还不能算是你的保障吗？祖同，最后我给你考虑三分钟，你到底预备写不写？"

祖同见福华说这话时，脸上已含了一股子杀气，他一颗心忐忑地跳跃不停，觉得自己好像在做犯人似的简直被他们父女在审判的样子。这就沉吟了一会子，呆呆地说不出话来。石福华接着又沉着说道：

"祖同，你若不肯写，那你就是存心抛弃笑莺的意思。假使你真心爱笑莺的，那么你就快点儿写了吧！因为这完全是关于你们将来终身幸福的问题，所以你快点儿做个最后的决定。"

"好！为了表明完全是真心爱上了笑莺，那么我就写吧！"

"嗯！这样你才是我真正的好女婿！祖同，你知道怎么样写法吗？"

"我已知道，你已经对我说过，把我这煞费苦心得来的这一半产业，算已经抵押到舅父的名下，对不对？"

凭祖同这"煞费苦心"四个字，就可以知道他是含蓄讽刺福华坐享其成的意思。但福华并不理会到这些，连说不错不错。祖同于是提笔写了一张，并且又盖了章，交到福华手里，说舅父你看一遍。福华看了，认为满意，点头称好，向女儿说声我给你代为保存，他便老实不客气地把笔据藏到公事皮包内去了。

吃饭毕，福华向笑莺丢了一个眼风，一面付了账单，一面对祖同点点头，笑道：

"我有事情，不奉陪你了，好在笑莺已经是你的未婚妻子，所以我不必再有什么不放心的考虑，你们要到什么地方去玩，就到什么地方去玩吧！我绝对可以不来过问。再见！"

福华说罢，便兴冲冲地向外走了。这时笑莺和祖同相互地望了一眼，似乎有点儿明白父亲这几句话的意思，两人心中都有点儿难为情，在各人的脸颊上都忍不住浮现了一层桃花的色彩。祖同微微地笑道：

"表妹，那么我们到什么地方去游玩一会儿呢？"

"随便，到舞厅里去坐一会儿也好，你有兴趣吗？没有兴趣，请你自便也不要紧。"

笑莺不像以前那样的看见祖同仿佛当作宝贝一般的神气，她淡淡地一笑，表示毫不在乎的神情。祖同觉得她的话中当然是包含了俏皮的作用，这就挽了她的胳臂，故作亲热的样子，说道：

"你这是什么话？陪我心爱的未婚妻上跳舞厅去游玩，就是一点儿工夫也没有，那么我至少也得抽一点儿时间出来的。笑莺，你说对不对？"

"哼！别说这些好听白话了，心爱的妻子也许已经不是我了。"

笑莺冷笑了一声，一面孔显出吃醋的样子。祖同微微地叹了一口气，似乎很哀怨的口吻，说道：

"笑莺，你这是什么话呢？我之所以去把玉明弄上了手，还不是都为了你的爸爸吗？你爸爸已经得到了愿望，把我在玉明那里所得的财产都已弄在他的名下，那你们不是完全已得到保障了吗？只有我，为你爸爸费尽心血，所得的是有点儿什么好处呢?"

"你这话也太不应该了，难道我清清白白的身子被你白占的吗?"

"就是为了这一点，所以我劝你不要跟我吃醋，我觉得你近来的态度和我有点儿变了。记得我在医院里养伤的时候，你对我是多么的痴心啊!"

"这是彼一时此一时，在当初我认为你的身子完全是属于我的，但现在，我觉得至少有一半是被玉明分占去了。"

"但是你要明白，我的心并没有被玉明分去呀!"

"这我可不能相信你，因为我并没有看见过你的心。"

"上次你说没有看见，我后来在饭店里拿给你看了。今天夜里，你又这么地说，那么我们别上米高美去，就到大东旅社去好不好?"

两人从金谷出来，一路走，一路谈着话，已经走入米高美舞厅的甬道上。祖同此刻又站住了，因为有了几分酒意的缘故，他望着脂气满面的笑莺，忍不住贼秃嘻嘻地说。笑莺噘了噘嘴，逗给他一个妖媚的白眼，说道:

"你倒又想换新鲜的口味了吗? 哼! 没有这样的便当。我们且到舞厅里去游玩一会儿，等会儿再作道理吧!"

"笑莺，不是我在当面夸奖你，像你那种放浪于形骸之外的动态，我觉得玉明是万万也及不上你一根毫毛的。"

祖同这句话多少有点儿轻薄的意思，笑莺在他臂膀上狠命地拧了下去，直拧得祖同喊痛讨饶，方才停止了手。两人步入舞厅，侍者招待入座，泡上了茶。声乐一起，笑莺的脚底就感到痒起来，因为她最近认识了李星南之后，差不多天天是在灯红酒绿中跳舞游玩。两人于是挽手步入舞池，婆婆地跳起舞来。因为两人不是普通的关系，所以在跳舞的时候，尽管可以亲热到贴面孔、偎胸部，祖同好像有感觉，遂低低地笑道:

"笑莺，我觉得你的舞步比过去要纯熟得多，大概这几天时常上舞厅来游玩吗?"

"跟谁去玩？好！我不说你，你倒反而来疑心我，拿这些混账话来欺侮我。哼！谁不知道你和玉明天天在跳席梦思舞呢。"

笑莺被他这么一问，心头倒是别别地一跳，遂故作娇嗔的意态，向他表示恼怒。祖同听了，只好连连地求饶。不料事有凑巧，笑莺忽然瞥见李星南匆匆地从舞厅外走进来，东张西望，好像在寻人的样子。幸亏这时音乐停止，笑莺立刻回座。因为她现在对星南比祖同的印象更加好一点儿，所以她蹙了眉尖儿，马上计上心头，以手加额，低头向痰盂内作呕吐的神气，急得祖同连问怎么样。笑莺低低地显出难过的模样，说道：

"我有头晕，恐怕要病了。"

"不会的，那一定是酒吃醉的缘故。既然坐不住，那么准定上大东旅社去开个房间休息休息！"

笑莺听他这样说，显然他的心中是另有作用。这就白了他一眼，有些怨恨的态度，令人楚楚可怜地说道：

"你这人真没有良心，我身子已经有点儿不舒服，难道你还预备要戏弄我吗？"

"不！你误会了，我绝对没有这个意思。"

"你没有这个意思，为什么叫我到大东旅社去？"

"咦！不是给你去休息吗？"

"难道回家就不能休息吗？"

"既然你要回家，那也好，我讨车子送你回去！"

祖同被笑莺说得无话可答，遂只好又温情地顺从她的意思说。笑莺点点头，祖同遂付了茶资，还扶着她身子，一同走出舞厅，讨好了三轮车，说道：

"要不要我送你回去？"

"不用了，你也自管回去吧！"

笑莺跳上三轮车，向他挥了挥手说。祖同的念头是这样的，笑莺那里既然得不到甜蜜，还是到玉明那里去，她叫自己今夜睡在健生的房里，说不定在半夜三更的时候，还可以和她再度地享受云雨之情，所以他并不说一定要强送。因为两人心中各有目的，遂匆匆地分手别去。其实笑莺头痛呕吐也是假的，她无非不愿和祖同在一处，借此可以分开。当她一见祖同也坐三轮车走了，这就立刻吩咐车夫把车子掉头，仍旧靠到米高美舞厅的大门停下，付了车钿，匆匆入内去找寻李星南去了。三轮车夫倒是弄得莫名其妙，可见上海地方，怪事真多。所以他倒希望每日多遇见这种主顾，他可以不费气力，而坐享车钱了。

祖同到了何公馆，匆匆入内，他一直走进玉明的卧房。只见玉明坐在台灯下面闷闷地想心事。当她见到祖同的时候，便含笑站起身子来，低低问道：

"祖同，你怎么直到这时候才回来？晚饭在哪里吃的？"

"哦！我和王律师在曾满记吃的。因为要和我聚一次餐，所以倒叫我情面难却了。"

祖同含了笑容，不得不撒着谎回答。玉明信以为真，自然不疑有他，遂给他倒了一杯茶，两人在长沙发上坐下。玉明低低地问道：

"王律师对于公费的话可曾和你谈起过吗？"

"我对他先说了，他很客气，连说没有关系，其实像他这样一个大律师，他也并不在乎这一点点公费的。"

祖同喝了一口茶，望了她一眼回答。玉明点了点头，她好像在想什么似的，忽然抬头一撩眼皮，说道：

"祖同，我的意思，明天就去拣日子，哪月里结婚相宜就哪月里，你看好不好？"

"好的，其实，我比你还性急，闺房之乐，谁不急于想享受呢？玉明，我从小就有这么一个痴心，最好玉明能够嫁给我，现在，竟然成了事实，你想，这叫我还不喜之欲狂吗？"

祖同一面说，一面把玉明纤手握住了，低了头去却吻了一个香。玉明逗给他一个妩媚的白眼，缩回手去，轻轻地打了他一下，却嫣然地笑了。两人絮絮地谈着话，不知不觉地时已十二点了。玉明打了一个呵欠，秋波乜斜了他一眼，说道：

"时候不早了，你可以到健生卧房里去安睡了。"

"嗯！玉明，你陪我一同去，好不好？"

"为什么，难道还不认识哪一个房间吗？"

"不！因为我有些怕。"

"怕！你怕什么？又不是三岁小孩子，你真是不怕难为情的！"

玉明把手指在脸上划了一下，是说他不害羞的意思。虽然她口中是这么地说，不过她的身子却是陪着他一同到健生房中去了。两人步入健生卧房，玉明替他折好了被，拉上了窗帘，说道：

"你好好睡了，明儿见！"

"慢慢走！玉明，你别忙，我们再谈一会儿。"

祖同却依依不舍地拉住了她的手，低低地说。玉明瞅了他一眼，表示好笑的样子，说道：

"啊呀！你看看时候吧！这样晚了，还有什么多谈呢？"

"玉明，你不知道，我和你在一起谈话，就会忘记了疲倦，忘记了一切的烦恼。假使我们这样相对地望到天明，我也一点儿不会感到吃力的。玉明，你就陪我再谈一会儿吧！"

祖同一面说，一面拉了她，已一同坐到床边去了。玉明似乎难以拒绝的神气，含笑说道：

"我觉得没有什么可谈了，你还是睡吧！"

玉明伸手把他一推，祖同便倒向床上去。但是他把玉明用力一拉，玉明也倒了下来。祖同遂按着她的身子，笑嘻嘻道：

"玉明，我们就这样躺着谈吧！慢慢地想，我相信谈到天明也是谈不完的。"

"祖同，你不要这样子，被杏春撞见了，像什么样儿呢？"

"那么我们熄了电灯吧！她就看不见了。"

祖同顺手在床上开关上熄了灯光，因此卧室内便黑漆漆的一片了。可是并没有听见他们谈话的声音，静悄悄地不知在做什么。

第二天早晨，健生的房里是只有祖同一个人睡着。当当的钟声，把他惊醒了，祖同匆匆地起身，遂叫杏春倒面水。齐巧杏春在给何太太装烟，所以没有听见，等杏春知道了倒面盆水进房，祖同像煞要做屋主人的神气，向她骂了一顿。杏春受了委屈，便到何太太面前哭诉。何太太一听，不觉大怒起来，遂匆匆地来找祖同，大骂道：

"祖同，你这野小子简直是发了神经病！我家的婢女，要你来责骂吗？你是什么狗东西？你给我滚出去！"

"姨妈，对不起，我也是这里屋主人一分子了。"

"啊！你放的什么狗臭屁！这……这屋子是你的吗？亏你有这张脸说得出，我打你这不要脸！"

何太太听了这话，气得脸色发了青，她猛可地挥手过去，在他颊上结结实实地就是一记巴掌，打得祖同按了两颊，倒是怔怔地愕住了。但他立刻伸手到袋内去摸皮夹，是拿玉明给他这张笔据的意思。可是伸手摸进袋内，方才想到这张笔据昨夜被石福华拿走了，一时倒弄得啼笑皆非，无言可答。但何太太毫不放松地又扭住了他衣襟，没头没脑地就打，口里还骂着滚！滚！就在这时，玉明匆匆地赶来。祖同本当要还手抵抗，一见了玉明，遂故作哀告道：

"玉明你快给我说一句话，你妈叫我滚出去！还打我！打我！我为了你，我情愿受这一份委屈，不过你得给我说一句话！"

"妈，你……不能这样对待祖同。"

玉明见母亲拉住了祖同，好像要吞吃的样子，一时上前把两人拉开了，向何太太严肃地说。何太太想不到女儿帮助了他来喝住自己，她心中这一气，便放声大哭起来，说道：

"好，好，你这贱人！你有了他，你……就没有为娘了。我……白白辛苦养到你这么大！你……竟变得这个样子了。我问你，他是我家什么人？为什么我不能叫他滚出去？"

"妈，我老实地说，祖同……他是我的未婚夫。"

"未婚夫？是谁做的媒？"

何太太气得手脚都麻木了，她用了尖锐的语气，向她讽刺地问。玉明的脸红得一团炭火似的，她羞得难以回答。良久，方说道：

"是弟弟给我做的媒，假使弟弟不跟我打官司，我不会请祖同帮忙。现在我觉得没有一个知音，所以我想……和他结成一对夫妻。不过，母亲千万要明白我的苦心，我绝不是心已经向外了。因为我要保持我父亲遗下来的产业，我已叫祖同答应做何姓的入赘女婿。那么我们在结婚之后，祖同也可说是何家的子孙了。"

"放你臭屁！我何家绝不要像他这种没有出息的子孙！"

"妈，你说这话，那就使我未免太以难堪了。"

"什么难堪不难堪？我养了你这个不孝的女儿，我也不要做什么人了，我把这条老命就和你拼了吧！"

何太太一面啼哭，一面把她身子向玉明撞了过来。玉明连忙闪身躲开，不料何太太一扑空，就跌倒地上。既然跌倒，因为是气糊涂了，还以为是女儿抵抗，遂大叫"打母亲了，打母亲了"，一面在地上乱哭乱滚。就在闹得不亦乐乎的时候，忽然见健生急急地奔入卧房来了。

第七回

几经挫折方打鸳鸯结

　　健生提了一只挈匣，并挟了一张相片，急急地奔出何公馆的大门。管门的赵大，一见少爷似乎要出门到外码头去的样子，这就低低地问道：

　　"少爷，你预备到哪里去呀？"

　　"哦！赵大，你还不知道吗？我和小姐已经分了家，她一定要和我打官司。"

　　"打官司我知道，法官怎么样判决呢？"

　　"田产归我，房产归她，因此这房子的主人倒没有我的份儿了。赵大，你是从我父亲手下的老管门的，你给我想想，这判决是不是太混账了？"

　　健生在万分气愤之下，他情不自禁地向赵大诉起苦来。赵大听了，真有些代打不平，连说岂有此理，愤愤地说道：

　　"我从来也没有听见过做父亲留下的洋房汽车，倒都归在做女儿的名下，这……这……是什么混账法官判决的？少爷，我觉得这样你是太吃亏一点儿，你……你难道就这样地让她一走算了吗？"

　　"在这个强权是公理的世界上，我不让她，我还有什么话好说呢？"

　　健生说完，又深深地叹了一口气，他和赵大一点头，便跳上一辆三轮车匆匆地走了。赵大低低地喊了两声"反了，反了"，他眼瞧着少爷被三轮车载远去了的身子，在暮色苍茫的昏黑里消失了后，一时想起了已死去了的老爷，他真有些感到说不出的惆怅！

健生到了魏公馆，只见丽英嘟起了嘴，正在絮絮地告诉着这场官司的经过，从他们父女两人的面部表情上看起来，就可以知道他们也代我一百二十分的生气。健生把挈匣、照片放下，他低低地叫了一声老伯。也不知为什么缘故，当他叫了一声老伯之后，也不知打哪儿来的一股子悲酸，眼泪竟会夺眶流了下来。不过他又觉得这样未免太显得懦弱了一点儿，遂竭力忍住了，把手帕拭擦了一下，装作没有什么的神气。家骅把手摆了摆，叫他在旁边坐下说道：

"这场官司的结果，丽英都已详细地告诉了我。我想这样也好，一个青年人靠祖上遗产根本不算稀奇。最要紧的，当然还是自己努力，来创造伟大的事业，这我好像老早就对你这样说过。所以事情已经判决了，你也不必老显出颓丧的样子。要知道青年人是不可无春夏之气的，反正这里房子也不算怎的狭窄，你尽管可以在这里安身读书，而且顺便更可以给我照顾照顾家中的事情，所以我倒是极其的欢迎。"

"老伯金玉良言虽然不错，不过我心里却有这样的感觉，假使这次是老伯你给出面上庭的话，我想这场官司就绝不会失败到这样的地步！"

丽英亲自给他倒了一杯茶，健生却并不理会，他托着额角，似乎有所思索地回答。家骅把雪茄烟灰用手指弹了一下子，微微地一笑，说道：

"这也不尽然，因为我不想利用这畸形的恶势力来打胜这一场官司。比方说王柏春吧！他现在虽然是出足了风头，不过在我给他设想，他似乎眼光太近了一点儿。为了将来的前途计，我认为他此刻种下的因，往后自然会凝成他的果子来。那么他现在越出风头，我也越替他表示痛惜！"

"爸爸说这次你官司打输了，他心里倒反而觉得很快乐，因为他和当初的思想，完全有点儿相反了。"

丽英在旁边也插嘴低低地说。健生听了，不觉默了一会儿。家骅这时忽又想到了似的，望了健生一眼，低声问道：

"你此刻匆匆离家出外，你母亲知道没有？"

"知道的！"

"她的意思怎么说呢？"

"妈见我要走，她老人家不肯，遂和姊姊大吵起来，后来她气极了，说要走母子两人一同走，就是睡露天去也好，总算养了一个强盗般的女儿，把做娘的都赶跑了。姊姊听了，抱住母亲不肯放，故意还呜呜咽咽地哭泣，我看不惯这种虚伪的表示，所以我就自管奔到这里来了。"

健生愤怒十分地告诉着，他几乎有点儿咬牙切齿的样子。家骅点了点头，却有种得意的神色，笑微微地说道：

"在当初，我觉得你妈好像是站在玉明那边阵线上的。现在她居然同情到你的身上，那么我觉得你这场官司虽输了，然而骨肉间的情感上你是达到胜利了。我以为这代价是比家产要可贵得多，所以这场官司说你胜利也无不可。健生，你妈既然要跟你一同走，那很好，你为什么不请她一同到这里来呢？假使她老人家肯不嫌怠慢她的话，我也是相当地表示欢迎。"

"健生，我想明天就去接你妈来我家住吧！"

丽英听父亲这样说，遂也低低地劝说，表示她对何太太也有一份孝心的意思。健生点点头，说道：

"也好，反正我明天还要去搬东西哩！"

"你去搬什么东西？"

"老伯，我想我房中的一堂家具应该是归我的吧！"

"这也难说，假如玉明一定不肯，你就不必再找麻烦。整个的已经给她得了便宜，这些小数目，也索性再大方一点儿吧！况且这里屋子内的家具都很齐，你就是搬了来，也没有安放之处，所以我说乐得漂亮一点儿。"

"不是这样地说，我心中实在有些气不过。就是卖给旧货摊上，羊肉当作狗肉卖，我也甘心情愿的了。"

健生表示并非为了争产，现在倒是为了争一口气了。家骅笑了一笑，摇了摇头，认为大可不必的神气，说道：

"我说这又何苦来呢？给玉明便宜，她到底是你姊姊，将来她想明白了，她自然会知道你弟弟的老实。给别人家好处，别人家也不见得会感激你，而同胞手足更伤了感情。所以我劝你的眼光，稍为放得远一点儿。"

"是的，老伯的见识，当然比我们广得多了。"

"健生，这只挈匣里是什么东西？还有这镜框是……"

"哦！挈匣内是我的衣服和书籍，这镜框是……我爸爸的遗照。老伯，不知我能不能把他老人家在这里悬挂起来？"

健生听家骅又这样地问，遂低低地回答。说到这张相片的时候，他表示有点儿心虚的样子，脸上至少有点儿不安的神情。家骅点头含笑，两眼向健生望了一会儿，说道：

"我觉得你这孩子总算很有一点儿子孝心，所以我很欢喜。健生，我那楼上一间书室就做了你的卧房，你爸爸的相片，尽管可以挂在你的房中，那为什么不能够呢？你母亲来了，那你隔壁还有一间很宽敞的卧房，也好给你母亲安身的。我今天晚上还有人请我吃饭，此刻我该走了。丽英，你陪健生到楼上卧房去吧！给他收拾收拾清洁。"

"老伯，我真是太感激你了。"

"为什么还说这些话呢？难道你倒又和我生疏了？"

家骅笑了一笑，遂自管走了。健生和丽英送他出客厅，方才回身，丽英先去把挈匣提了，健生也来抢着拿，说挈匣很重，还是我来拿，你给我拿这一张相片吧！两人正在客气着，阿芬进来看见了，便忙笑道：

"小姐，何少爷，你们两人不要客气了，还是我来给你们拿吧！"

208

丽英向健生望了一眼，忍不住嫣然一笑，遂领头走向楼上去。两人到了书房，阿芬把挈匣、相片放下，给他们倒了两杯茶。丽英向四壁望了一下，说道：

"健生，我想你爸爸这张相片就挂在这张写字台旁的壁上吧！"

"好的，这位置倒不错。"

健生点头，表示满意，待他把照片挂好，阿芬便来请两人到客厅里用晚饭去了。两人吃毕饭，喝了一杯茶，又到楼上书房来闲坐。健生把挈匣打开，丽英给他一同整理衣服，一套一套地都挂到衣橱内去。所有书籍堆在写字台上。健生忽然叹了一口气，丽英关上橱门，回过身子，问道：

"为什么又长吁短叹起来？"

"为了打这场官司，每天弄得我神魂颠倒，因此学校里就荒了好几天的课。今天星期五，下星期一，我非好好振作精神研究功课不可了。"

"本来嘛，为了争夺家产，而荒废了学业，这被同学们知道了，是多么的可耻呢！"

"唉！也无非是为了一口气罢了。"

健生听丽英这样说，心中自然感到十分羞惭，这就涨红了两颊，低低地回答。一面坐到沙发下去，却是垂下颊来。丽英跟着他在身旁坐下，伸手搭在他的肩胛上，温和地说道：

"健生，你怨我说话太不知轻重了吗？"

"不！我并没有这个意思，我因为自己觉得非常的惭愧。确实，同胞手足，为了争夺家产，把正经事不干，一天到晚，奔波忙碌地空忙，这实在是件很可耻的事情。"

健生抬起头来，望了她一眼，把她手紧紧地握了一阵回答。丽英柔情蜜意的样子，微微地一笑，说道：

"悟已往之不谏，知来者之可追。健生，我觉得从今以后，你当然还得更努力一点儿，使你姊姊知道一个人专靠祖上遗产也不是就

209

此会发财的！你应该为你自己也为我争一口气！"

"我知道，你往后看着吧！不过我倒也并不恨姊姊的无理，只恨祖同这小子太不是人养了，他简直是幸灾乐祸的一只狗！"

"我真想不到玉明姊姊那么聪敏的姑娘会上他的当。但是日久见人心，我猜玉明姊姊将来一定会后悔的！"

"后悔有什么用呢？一失足成千古恨，唉！我真代姊姊心寒。"

健生说到这里，忍不住又微微地叹了一口气。丽英并不作答，她凝眸含颦地沉吟了一会儿，摇撼了健生一下肩胛，说道：

"健生，我说你明天无论如何要把你母亲去请到我家来住的！因为一个做母亲的人，她的心肠总是软的，她的耳朵也是软的，明天被玉明马屁一拍，好话一说，那么对于我俩的事情，恐怕你母亲又会因玉明的进谗而加以反对的吧！"

"我想那是绝不会的，因为母亲对祖同是痛恨入骨，而姊姊对祖同又认为唯一的知心人，所以凭这一点，他们无论如何也不会合得来的了。丽英，你爸爸昨天不是跟我说过吗，打完这场官司之后，便给你我订婚，我想这件婚事可以慢慢地筹备起来。"

丽英是一个女孩儿家，谈到自己的终身大事，究竟有些难为情，因此粉脸就像玫瑰花朵般地娇红起来，逗了他一瞥羞意的媚眼，赧赧然地说道：

"我爸爸虽有这个意思，但到底还得问过你的母亲才好。健生，所以我的意思，你母亲能够住到我家来，那么爸爸和她老人家自然慢慢地可以谈起这件婚事的机会来了。"

"不错！我明天一定请母亲住到这里来，你放心是了。"

"你这话奇怪，怎么叫我放心？"

健生无意之中说了一句放心，丽英认为自己一个女孩儿家那就未免感到吃亏一点儿，因此傪着健生有点儿撒娇的样子。健生觉得她的意态是可爱极了，一时情不自禁地把她抱在怀里，在她小嘴上接了一个热烈的长吻。吻得丽英几乎有点儿透不过气来，良久，才

210

把他恨恨地推开了，却逗了他一瞥如喜如嗔的白眼。健生笑了，丽英被他也引逗得嫣然起来了。

两人谈了一会儿，时已十点左右。丽英把纤手按在小嘴上打了一个呵欠，说明天还得上学校里去，还是早点儿安睡，说完，和健生点点头，便自管回房去了。这里健生在灯下温习一会儿功课，方才脱衣安寝。

第二天早晨，健生别了家骅，便匆匆到自己家中来。这是万万也想不到的事情，当他一脚跨进自己的卧房，忽然见到母亲倒在地上大哭大嚷，玉明和祖同站在旁边，脸上都有讨厌的神色。健生心中这一气愤，他几乎呆呆地愕仕了，一面把何太太扶起，一面向玉明戟指骂道：

"姊姊，我真不知道你到底是人还是畜生！你硬硬地留住了母亲，原来并不是一片孝心，却要把母亲活活地打磨死吗？现在你把母亲竟然打倒在地，我问你，你……你……的心肝在哪里？"

"健生，你，敢动手吗？你要明白，这屋子的主人不是你了。"

祖同在旁边见健生铁青了脸要冲过来打玉明的样子，这就赶上来掩护了玉明，狰狞了面目，向健生冷冷地说。健生睁大了眼睛，差不多快冒出火星来了，说道：

"我不是这里的主人，你就更不用放什么屁了！你是什么狗东西？你有资格在这里多说吗？你给我滚出去！"

"哈哈！哈！你是什么狗东西？敢叫我滚吗？那你也太自不量力了。我今天老实告诉你，我是你姊姊的未婚夫，我不能算是这里主人的一分子吗？玉明，你说，我有没有资格说话？你对他说，你对他说！"

祖同哈哈地狂笑了一阵，他厚了面皮，做自我介绍地回答。同时他向玉明望了一眼，逼她对健生说话。玉明至少是受到了他一点儿威胁，因此使她完全地忘记了手足之情，遂点头冷笑道：

"是的！我承认，从今天起，他是我的未婚夫了。而且，他已开

211

始做了我们何家的子孙了。他绝对有权利，可以代表我说几句话！"

"好！姊姊，你这丧心病狂的贱人！你将来吃苦的时候，也不要再来想到你的母亲和弟弟！母亲，我们让她，我们马上走！"

健生被她一承认，这就有火发不出来。眼瞧着祖同那种得意的样子，心中更加愤怒，这就冷笑了一声，向母亲急急地说。这时何太太伤心到了极点，她只管呜呜咽咽地哭泣道：

"啊！天哪！我前世作了什么孽，才会养到这样一个不孝的女儿，她有了丈夫，就没有了娘，她竟然动手来打娘，把我做娘的打倒在地上。"

"母亲，你可不能冤枉我！"

"我冤枉你？天为什么不响雷来打死我？我活了这一把年纪，谁敢动我一根汗毛？现在这不孝女帮忙外人来欺侮我，啊！我做人为什么这样的苦啊？你这贱人蜜糖嘴砒霜心，笑里藏刀想杀我。健生，你今天不来，为娘的准被他们害死了。我们走就走，不过你我房中的家具，我们今天要搬走，情愿变卖了充善捐，我也不愿留给这豺狼女儿！"

何太太哭骂了一会儿，骂到后面，她才停止了哭泣，想出这几句话来，表示非常果决的样子说。祖同不待健生回答，就先抢着对何太太说道：

"姨妈，你这话可不行呀！法官判决书上注明房产归玉明所有，这是包括屋子内一切动用的家具。比方说，田产归健生所有，哪怕田地埋有几十毫黄金吧，这和玉明也是毫无关系的了。那么反转来说，除了健生衣服之外，一概都不能拿取的，更何论是房中的家具呢。"

"好！好！你这魔鬼说得有道理，那么健生的家具不拿，难道我做娘的房里家具都不能拿吗？"

"姨妈的家具，在姨妈活着的时候归姨妈所有，假使死了之后，当然还是归玉明所有。所以姨妈只能在这里住着，却也不能搬到外面去!"

祖同沉着脸，又冷冷地回答。何太太气得顿脚不已，伸手在桌子上一掠，把茶杯茶壶烟缸等打碎了一地，大喝道：

"我女儿还没有断气，用不到你来跟我多说什么的！即使你是玉明的未婚夫，你也没有资格来配跟我说话！"

"玉明，你说，你说！我配不配代你说话？"

祖同回头望着玉明，又连连地逼问。玉明这时已迷糊了心，遂点了点头，她把身子别了过去。健生看了他们这一种做作，他几乎把肚子也胀破了，这就大声地对何太太说道：

"妈，我们什么都不要了，我们走吧！我要再在这里站一秒钟，我的肚子快要气破了，我的胸口快要闷死了！妈，我们走！我们走！"

"好！我就让他们，看他们快快活活地做人！健生，我还有两箱子衣服，我要拿，他们总没有阻止我的能力吧！杏春，杏春，快来叫车子吧！我们马上走！"

何太太一面说，一面叫，一面已跌跌撞撞地走出客厅来。健生扶着母亲，他是不想再和姊姊有什么理论，因为他想到了家骅的劝告，所以他索性认为吃亏就是便宜了。不多一会儿，杏春把车子叫来，健生便把母亲的衣箱拿入车厢内。杏春这时拉住了何太太的身子，流泪泣道：

"太太，你要走，带我一块儿走！"

"杏春，你为什么要走？你不要走，我加你工资，我给你做衣服，我总可以叫你感到满足。"

玉明、祖同从后面跟着出来，听杏春向太太这么要求，玉明觉得自己太孤单了，所以急急地向杏春劝留。杏春平日受了玉明的委屈不敢发作，今天也抢白她，冷笑道：

"小姐，谢谢你的美意，假使你把分得的家产全数都送给了我，恐怕也留我不住的了。在你那里享福，我情愿跟太太吃苦，因为你这种人已经是没有人的气味了。"

"杏春，你这死丫头！你……在说些什么？我给你两个耳刮子，才知道你真是放屁极了！"

玉明气得发抖，待要赶上去打杏春。但杏春已跟着何太太跳上汽车，健生向她白了一眼，汽车便向外驶行了。玉明觉得屋子里太空洞了，她此刻倒又觉得懊悔了，因此回身倒在沙发上，忍不住失声痛哭起来了。

健生陪了何太太到魏公馆，这时家骅也没有在。何太太认为很不好意思，说情愿到外面另租小一点儿房子，吃苦倒不怕，只恐怕被人家讥笑讨厌。健生向她百般解释，并且陪她到楼上，先到自己那间卧房，说这是给我睡的。魏老伯说隔壁一间，给母亲安身。这时何太太望到壁上应昌那张遗像，觉得儿子到底还有一点儿孝意。回首前尘，不胜感慨系之，忍不住又暗暗地伤心了一会子。因为魏律师有这番真心相待，可见从前都是自己误会了他，心中又不免感激了一会子。吃午饭的时候，魏家父女前后匆匆地都回家了。两人见了何太太便殷殷招待，真是客气得了不得。何太太见他们越客气，心中越感到不安，遂微红了脸，低低地说道：

"魏律师，所谓日久见人心这句话就真不错，今天我除了感激你之外，我又得向你表示十二分的抱歉。过去的事情，我有得罪的地方，请你千万看在健生的面上不要记挂在心里才好！"

"何太太，你何必再说这些话呢？我不是早对你说过吗，过去的事情，我们不谈。要谈的，还得谈谈未来的事情。"

家骅吸着雪茄，显出毫不介意的样子，笑嘻嘻地回答。在他这两句话中，好像还有一点儿神秘的作用似的。何太太有点儿愕然、猜疑的神情，低低地问道：

"魏律师，你说未来的事情是指哪一件而言的呢？"

"何太太，这件未来的事情，就是指他们两个孩子而说的。"

家骅一面说，一面含笑向两人指了指。健生、丽英听了，心中早已明白，所以大家的心头志忑地乱跳，两颊上不免浮现了一层桃花的色彩。何太太不是一个呆笨的人，她见了两个孩子的脸色，也早已明白过来。这就哦了一声，扬着眉毛，十分得意的样子，说道：

"魏律师，你莫非说的是他们两个孩子的亲事吗？"

"对了，何太太，你心中不知有什么成见吗？"

"我根本没有什么成见，只要魏律师不嫌他是个没知识的笨孩子，你肯这么地抬爱，看中他做女婿，那我还有什么话可说呢？当然，我是一万分地赞成！"

"只要何太太也认为我女儿尚可以做你家媳妇的话，那么这头亲事就绝没有其他的问题了。"

"魏律师，你太客气了，像丽英小姐这么一个贤淑的好姑娘，我觉得和我玉明相较，那就有天地之差别了。"

何太太说到后面，把笑容收起了，她似乎有点儿痛苦，遂又低低地叹了一口气。家骅向她又安慰了一番。这时厨下开上饭菜，因为是特地在早晨关照好的，所以小菜是特别的丰富。饭毕，家骅另有公事外出，临走对何太太说道：

"何太太，其实我们已经是亲家了，所以往后我也不和你们客气，你也不必受什么拘束，好在卧房都给你弄舒齐了。一切之事，还得请你照顾才好。"

"魏律师，我真说不出什么话来向你表示感谢才好。"

"我们成了至亲，还说什么'感激'两个字呢？丽英，今天是星期六，你下午不上学校，还是陪伴你婆婆到外面去看场电影，给她老人家散散心，我见她为了这些分产的事，真也气坏的了。"

家骅说到末了，又向丽英低低地关照。丽英听父亲直接地就说婆婆，一时真有点儿难为情，遂也只好含笑答应。这里待家骅走后，丽英、健生、何太太三人真的到大光明去看了一场电影。

从此以后，何太太身旁有丽英孝孝顺顺地侍奉做伴，所以把她烦闷也就慢慢地打消了。健生和丽英早出晚归，很守本分地努力用功，十分劝读，家骅见了，也十分欢喜。

　　光阴匆匆，不觉过了深秋，已经是到了隆冬的季节了。家骅和何太太已经商量定当，准于十月十五日为健生、丽英作为订婚的日子。既然商量已定，在三天之前，大小各报上已经登载了何健生、魏丽英两人的订婚启事了。

第八回

始悟簸弄惨演镜花月

何健生、魏丽英的订婚启事既然在报纸上登载出来，那么玉明在翻阅报纸的时候，当然也会看得到的。在她看到了这个消息之后，心中却感到无限的心痛。这是为什么缘故呢？原来在这两个月的日子中，玉明向祖同屡次催促早日结婚，祖同却总是一味地拖延，一会儿反悔不肯做何家的入赘女婿，一会儿又向玉明假情假意地温存。玉明已经被他一再地玩弄过了，所以在祖同眼中看起来，对于玉明当然也没有像从前那么的可珍贵了。

这天玉明在家里，坐在沙发上，看到报上的订婚消息，她忍不住暗暗地流起泪来。一阵阵地思想着，觉得祖同虽然是帮助自己打胜了官司，不过在我酒后对我这一阵子侮辱的情形猜测，可见他对我完全没有一番真正纯洁的爱。现在我是剩了孤零零的一个人，除了顾影自怜之外，我还有向什么人去诉苦好呢？玉明正在暗自伤心，忽然见祖同喝醉了酒，跌跌撞撞地回来。因为时已晚上八点左右，玉明有点儿生气的样子，说道：

"哼！我在家里等你吃饭直等到这个时候，谁知你在外面又和不知什么酒肉朋友在一块儿胡调，喝得这个样子。祖同，你……也多少给我争一口气呢！"

"你叫我再争气还要怎么样争气才好呢？玉明，对不起！那么你此刻快点儿自管吃饭吧！我在外面喝点儿酒，这也算不了是荒唐呀！"

祖同赔了笑脸，他在沙发上坐了下来，还不住地打酒嗝。玉明把报纸丢到他的怀里，怨恨地白了他一眼，说道：

"你看看报纸吧！健生和丽英都已订了婚，我们这头婚姻还是这么地悬宕着。唉！这样不清不白的生活我怎么再能过得下去？你叫我吃饭，我如何能吃得下饭？谁像你昏天黑地地只管在外面花钱，一点儿前后都不顾到。祖同，我问你，你到底存心和我结婚不结婚？"

"哦！哦！你是为了他们订婚而感到烦恼的吗？其实，这算不了什么稀奇。顶便当，我明天也去和你登一则订婚的启事好了。"

祖同却把报纸撩在地上，看也不看的，自管莫名其妙地胡说着。玉明怨恨极了，向他骂了一声放屁，说道：

"你喝醉了酒，你在说些什么屁话？我们还用订什么婚？我们也应该早点儿结婚了。假使明儿肚子大起来，你叫我怎么见人才好呢？"

"结婚就结婚，这也是一件便当的事情。玉明，你何苦发这么大的脾气呢？来，来，来，你给我倒杯茶喝吧！"

玉明见他一面说，一面又连连地打嗝，遂走到桌边去，倒了一杯茶，亲自端到祖同的手里，让他喝了两口。

正在这个时候，忽然见笑莺在门框子中出现了，她还哈哈地狂笑了一阵。玉明回头去看，倒是一怔。只听笑莺用了尖锐的喉咙，一面指了祖同，冷笑地说道：

"我知道你一定又到这里来了，你现在还有什么话可说呢？何玉明，我看你也太不要脸了！你怎么把祖同藏在你的闺房里？你们到底是在干些什么勾当呢？"

"石笑莺，你是什么狗东西？你敢来管我的闲事？我把祖同藏在家里，和你有什么相干呢？你……没有资格再走到我的卧房里来！"

玉明听笑莺竟对自己这样地责问，一时倒竖了两条柳眉，瞪着眼睛，向她大声地叱喝。笑莺把手指在自己鼻上一指，忍不住又哈哈地笑道：

"什么？不与我相干？你知道祖同是我的什么人？哈哈！我怕你瞎了眼睛！昏了头啊！"

"啊！他是你的什么人？你说，你说！"

玉明觉得笑莺来得突兀，而且她话中显然是有了蹊跷，因此也不免大吃了一惊。向祖同望着，表示非常地焦急。祖同虽然是和石福华、笑莺三人做好了圈套，但表面上不得不装出虚心而又竭力故作认真的神气，向笑莺喝道：

"你在这瞎闹些什么？"

"闹什么？我不来闹，难道给你们快快乐乐地在这里幽会吗？"

"什么？你敢放屁！你……简直是疯了！"

玉明气得什么似的，她几乎赶上去要和笑莺拼命的样子。但祖同却把玉明拉住了，自己走了过去，把手向房门外一指，喝道：

"笑莺，你给我出去！"

"出去？没有这么的容易吧！我是起过誓才来的，今天非跟你们把这笔账算清楚不可的了。"

"你要算什么账？笑莺，你再不走，我可对你不客气了。"

"你……你对我不客气？哈哈！好极了，你有了这个贱骨头，你就把我忘记了不成？世界上没有这么便当的事情，就说我们还没有结过婚，但事实上你到底是我的未婚夫。玉明，我老实警告你，你要嫁给祖同，哼！只怕也只有一个姨太太的份儿了！"

笑莺对玉明白了一眼，她的言语在讽刺之中还包含了一点儿自鸣得意的成分。玉明的心是像小鹿般地乱撞起来，她羞红了粉脸，但还不甘示弱地说道：

"你说什么？他是你的未婚夫？我不相信，祖同，你应该给我一个明白的回答。"

"你听她这个贱人的乱话，笑莺，你还不快给我滚出去！我真的不和你客气了！"

"好！好！你们一个奸夫，一个淫妇，想来欺侮我吗？我今天把这条性命就和你拼了吧！"

笑莺一面说，一面扑到玉明身上来，两人便扭作一堆打起架来。玉明想不到自己会受了她这样的亏，遂一面高喊她新用的仆妇赵妈，一面和她抵抗。因为气愤过了度，所以她竟使不出一点儿劲道来，这就被笑莺抓住了头发，结结实实地打了两个耳光。祖同在旁边见了，觉得也不能让玉明太受了委屈，所以上前把笑莺用力拉开，拖着她向房外就走。笑莺口里不停地哭骂道：

"我不走！我不走！我要和她拼命！她这个淫妇不要脸，占了我的未婚夫不放走，她……真是一只不要脸的狐狸精！"

"好了，好了，你快点儿回去吧！"

祖同却并不敢打她，只把她拉着出去。玉明抚着自己被扯乱的蓬头发，颓然地在沙发上坐下，因为自己从来没有受过这样侮辱，今天却被笑莺打了两记耳光，而且还这样辱骂了一顿，越想越气，越气越伤心，这就伏在沙发臂胳上忍不住呜呜咽咽地哭泣起来了。这时赵妈方才匆匆地奔进来，一见小姐在哭泣，倒是一怔，便急急地告诉道：

"小姐，你快不要哭了，外面有个人来找小姐。"

"找我？是谁？"

玉明方才停止哭泣，抬起头来，惊讶地问。不料这时，只听有人在回答了一句是我。玉明向房门外一望，只见石福华像魔鬼般地在房门口出现了。他呵呵地冷笑了一阵，在灯光之下见到他那副狰狞的脸孔，使她那颗脆弱的心头忑忑地感到极度地紧张起来。这就站起身子，用了颤抖的声音，问道：

"你……你……来干什么的？"

"我吗？我来看看你！"

"我不需要你来看我，对不起！这里是我的闺房，有话请你到客厅里来谈吧！"

玉明一面说，一面便向房外走。但石福华却把她叫住了，冷笑了一声，说道：

"玉明，你不要走！我只问你两句话，何必到外面去！"

玉明并不理睬他，只管向外面走了。福华这就不得不跟她到了客厅，用了严肃的态度，问道：

"玉明，我的女儿笑莺刚才到过这里没有？"

"嗯！来过刚走！"

"祖同呢？"

"一道走的！"

"玉明，你现在还有什么话说，你把我女婿章祖同成天成夜地弄在你的身边，未免也太不知廉耻了。"

石福华用了严责的口吻，向她阴险地说。玉明红了脸，她也不知道怎么回答才好，因此反而默无一语。福华遂接下去说道：

"好一个贞洁的姑娘！你怎么也会干出这样下流的事情来呢？"

"石福华，你没有资格来管我的闲账！给我滚！"

"不用你下逐客令，我自然会走，但是我还得说几句话！"

"不许你说！不许你说！你给我走！"

玉明的神经是受了极度的刺激，所以她有点儿疯狂的样子，把手向门外直指。石福华忍不住又哈哈地大笑了一阵，还是态度安然的神气，冷冷地说道：

"这可是我的自由了，何玉明，你是一个聪明的姑娘呀！你会和弟弟联合在一起把我父女赶跑呀！但是你太不争气了！你到底又和弟弟闹翻了，而且，而且，把母亲也赶走了，只留了章祖同一个人，夜里可以和你做伴。你……真是有了男人没有父母兄弟的贱东西！哼！在我的面前，却偏装正经的样子，真是不要你的脸！"

"哦！我明白了，祖同这个没有心肝的狗东西！"

玉明听福华什么都知道了，可见得祖同和他时常在一起的，所以他才会知道得这样的详细，说不定祖同还是他指使出来，叫他来

221

搬弄是非的，一时痛恨入骨，遂咬牙切齿地骂着。福华笑道：

"你还只有现在明白吗？我老实告诉你，你假使愿意做章祖同的姨太太，那你就要把我叫得好听一点儿的了。"

"好！好！你们串通一气地来捉弄我，我这才知道是上了祖同的当！石福华，你给我滚出去！"

福华见她赶了上来，在她的眼睛里好像要冒出火星来的样子。因为要出自己的一口怨气，所以石福华要把玉明气得做不了人，他在袋内取出两张笔据来，又哈哈地笑起来，说道：

"玉明，只怕你也没有资格可以来赶我走了，因为这屋子的主人我也是其中一分子了！哈哈！哈哈！"

"啊！你……你……这是打哪里说起？你有什么凭据可说是这里的屋主人？"

"我吗？我念给你听吧！兹因章祖同向石福华借款一千五百万元，到期未能归还，特将何玉明名下分得之洋房半座，暂时抵押与石福华名下，恐后无凭，特此为证！玉明，你听清楚了没有？假使你不相信，你可以看看你给祖同这张笔据，也在我的手里！哈哈！你纵然有孙行者那样的本领，但结果，还是逃不出我的手掌之中！"

"还我！你这吃人的魔鬼！"

玉明再也想不到祖同完全是做了福华的傀儡，她在疯狂之余还想夺回这张笔据，遂赶扑上去伸手就抢。但福华却早已藏到背后，把她轻轻一推，笑道：

"反了，反了，这是什么世界？你就可以动手抢吗？何玉明，你要清楚一点儿，这两张笔据在我的手里，我明天就可以来收回这一半的屋子。哪怕你和我打官司打到高等法院去吧，这回你就赢不得了。哈哈！哈哈……"

玉明被他一阵笑后，她气得手脚冰凉，全身有点儿发麻。一阵气急，涌上心口，她喉间感到一阵腥气，这就哇的一声，吐出一口血来，同时身子摇了两摇，便跌到地上去了。石福华却万分得意地向她逗了一瞥含有该死意思的目光，扬长自去。这可急坏了旁边站着的赵妈，连忙把玉明扶起身子，高叫"小姐，小姐！你怎么啦"？玉明被赵妈一阵子叫醒，遂定了定心神，在沙发上颓然坐下，说道：

"我没有什么，赵妈，你给我静静地坐一会儿，你出去，有事我再叫你！"

"小姐，你喝茶吗？"

"不！你出去！"

赵妈无可奈何地退到外面去了。玉明一个人坐在沙发上，呆呆地不哭也不淌泪，她心中在想这件事情应该有个最后的解决。祖同完全被福华利用，他不过是糟蹋了我的身子，至于其他一切的好处还是握在石福华的手里。假使我认为这样吃点儿亏就算了，索性走出到外埠去吧！那么这似乎太便宜了石福华，而且我在母亲和弟弟的面前拿什么话去交代？当然，我这一口冤气是不能不出的。但身子已经不清白了，而且父亲一半房产被人夺了。因为有了这两张笔据，我真的连官司都无从打起。想到这里，真是心痛若割，不由泪如泉涌。忽然她想到了有一条路可以走，这条路可以报这一次受亏的大仇！虽然对于这世界还有点儿依恋之情，但为了报仇，她已经是下了一个最后的决心了。玉明在经过一番考虑之后，遂走到写字台旁，从抽屉内取出信笺，很快地写了一封信，折了信笺，套入信封，在信封上又写"健生弟亲拆"五个字。然后高声叫道：

"赵妈，赵妈！"

"小姐，你有什么吩咐？"

"把这封信送到魏公馆去，交给健生少爷。"

"魏公馆在哪里？健生少爷是谁？"

"在华龙路五零三号，健生少爷就是我的弟弟，他接了这封信就知道的。你快去，你快去！这是车钿！"

赵妈接了钞票，遂匆匆地走了。玉明站起身子，在室中团团地踱了一个圈子。正欲入内进房，忽然见祖同从外面又匆匆奔进来。

他满面赔了笑脸，向玉明打躬作揖地说道：

"玉明，你不要生气，你也不要误会，这贱人真不是人养的，竟莫名其妙地来咬我一口，谁要有她这样的未婚妻，那真是倒霉！"

"哼！祖同，你瞒得我够苦了，你也捉弄我够苦了。事到今日，你何必再向我花言巧语地做戏文呢？"

玉明冷笑了一声，因为她已心痛到了极点，所以再没有精神来大声说话，她的喉间不免带有凄婉的成分。祖同还装作一本正经的神气，温和地说道：

"玉明，假使你一定要承认她真的是我未婚妻，那你就完全上她的当了。"

"可是我倒并非上她的当，却完全上了你的当！总而言之，这是我终身洗刷不净的一种耻辱！我对不起我的祖先，我对不起我的父母，而且……我也有点儿对不起我的弟弟！祖同，你虽然是达到了目的，但是你给石福华利用了去，我觉得你为了别人家，而牺牲了你一生的幸福，这是不值得的！而且我也为你的前途可惜！"

祖同听玉明这样说，心头别别地一跳，因为玉明后面这两句话，在他心眼上有点儿同感。所以他懊悔起来，挨近身子去，把手搭到她的肩胛上，低低地说道：

"玉明，你允许我再改过自新吗？真的！石福华把我完全利用了。"

"祖同，请你不要再靠近我！你要再多碰我，我的灵魂会感到多一种不安！你把我分给你半座屋子的笔据也交给了石福华，而且又甘心情愿地把屋子抵押给他，我觉得你这并不是完全聪明人所做的事。因为我把身子也交给了你，在你我之间多少还有一点儿感情存在，况且我和你也不是七世冤仇，你何苦要听石福华的话来陷害我？即使我被你们害得丢脸出丑，于你又有什么好处？再说，你恐怕还是逃不了法律制裁的！"

"玉明，我听了你这一番话，我完全觉悟了。是的，我是世界上第一愚笨的人，我为什么要这样的做呢？唉！难怪你要怨恨我入骨的了。"

祖同越想越悔，他几乎要流泪的样子。但玉明却淡淡地一笑，逗给他一瞥轻视的目光，把身离开了他，坐到沙发上去，说道：

"我倒并不怨恨你，我只怨自己的情感太脆弱，自己的气量太狭窄！我为什么要和弟弟打官司？我为什么却要有那些做个男子的新奇思想？到现在，我究竟是什么都失败了。我只有放弃我以前那种希望，让我早一点儿得到一个永远的归宿。虽然我在这人生的旅途中已受到了你的伤害，但我可不愿苟延残喘地给人家听到我的呻吟！"

"玉明，你这是什么话？"

"哼！你不懂吗？我要离开这个世界了。"

"玉明，你不要悔心到这个样子，我们还可以重新做个人！虽然这一半屋子被石福华夺了去，但还有一半屋子，我们还可以创造一个新的家庭！玉明，我一定做个何家的子孙，但我可以不管理一切的家产，我明后天就可以跟你结婚！玉明，请你饶恕我的罪恶，可怜我的愚蠢吧！"

祖同跟到她的旁边，说完了这几句话，他已在玉明的面前跪了下来，大有忏悔的意思。玉明却闭了眼睛，默不作答。祖同流泪道：

"玉明，你……难道永远不再见我了？"

"是的，我永远不愿见你，不但是你而已，甚至是世界上其他的一切！"

玉明一面说，一面睁开眼睛，并不接触到祖同的脸上。她站起了身子，急匆匆地奔到卧房里去了。祖同慌忙也从地上爬起，急急地追到卧房里去。但卧房门是关得紧紧的，祖同伸手急急叩门，里面却并不作答。祖同以为女孩儿家不过是哭一场罢了，遂连喊玉明开门，一面在房外徘徊，心里十分难过，不免轻轻地叹气。谁知忽听砰的一声，好像是什么东西倒下的样子。祖同这才急了，遂即破

225

窗而入。只见玉明跌在地上，喉间流了一片鲜血，旁边落着一把尖锐的小刀。祖同想不到玉明会自杀，一时想起缠绵之情，不由十分悲痛，立刻开了房门，高喊阿三，是叫他把汽车备好送往医院急救的意思。但在他拉开房门的时候，忽听一阵皮靴之声，只见健生、家骅等领头，后面跟了四名警察，匆匆到来。祖同心中一急，遂先告诉道：

"健生弟，你姊姊自杀了！"

"啊！自杀了？恐怕不见得，明明是你暗杀了她。老伯，别放走了凶手。"

健生奔至房门口一望，只见姊姊真的躺在血泪汪汪的地上了。他啊了一声竭叫起来，一面关照家骅，一面奔入卧房，把玉明抱在怀内，哭出声音来，叫道：

"姊姊，姊姊，你为什么要自杀？你为什么要自杀呢？"

"玉明，玉明，唉！你……你到底也有懊悔的日子吗？"

何太太也从后面哭哭啼啼地撞进来，她是万分心痛地叫着说。这时健生把玉明已扶到沙发上坐下，玉明口不能言，但听了母亲和弟弟的叫喊，似乎尚有知道的样子，把眼睛向他们望了一下，但很快地又合下了眼皮，同时在眼角旁涌上两行悲酸的泪水来。何太太一摸她脸，已经冰冷，知道气绝身死，不由放声大哭。丽英站在旁边，也忍不住挥泪如雨。这时家骅请四名警士把祖同上了手铐，祖同竭力声辩，说并不是我谋杀她，的确是她自杀身死的，我根本没有罪，为什么要把我押起来？那四名警士哪里由他分说，伸手先量他一下耳光，骂声："他妈的！这个屋子里只有你们两个人，她自杀，难道你袖手旁观吗？况且凶器都在，你还赖到什么地方去？"一面说，一面已给他上了手铐。家骅在旁边说道：

"章先生，你不要叫冤枉，玉明小姐虽然死了，但是她有遗书在这里。健生你把姊姊刚才写给你的信，念给他听吧！也好叫他不喊冤枉！"

"祖同，你听着吧！'亲爱的弟弟！我想不到你会有先见之明，在我眼睛里真的出血的时候，我的确又想到我亲手足亲兄弟了。弟弟，过去的事情，是我错了，我不应该跟你打官司争遗产！但是，这完全是祖同叫我这样干的，我是上了祖同的当。但祖同又受了石福华的指使，所以甜言蜜语地来欺骗我，把我的身子污了，而且逼我写了一张笔据，说这座洋房一半该是归祖同所有。而祖同把我那张笔据又交到石福华手里，并且祖同又写笔据给福华，说借款不能归还，将该屋抵押给福华，预备将来和我打官司的计划。他们完全是做好了圈套，谋夺我家产不算，还要逼我走上死路！我本当可以不死，但我活着，这张笔据不能作废，现在我被他们逼死了，请弟弟给我报仇！我相信法官是贤明的，他一定也知道他们的阴险，来陷害我一个涉世未深的弱女子！弟弟，再会吧，来生！姊姊是个不孝女，还希在母亲那里代为告罪。并且祝你和丽英妹妹花好月圆！'祖同，你听见了没有？假使你认为不服的话，咱们到法庭里再说吧！"

　　祖同听健生朗朗地读完了这封信，又说了这两句话，一时低垂了头，不觉黯然。家骅说道：

　　"这叫作冤有头，债有主，你瞧着吧！石福华也是逃不了这法律的制裁！我们走吧！"

　　"他妈的！走！"

　　警士们又向祖同呵斥着说，祖同默默地跟着家骅走出房外去。他的耳朵里还听到何太太一阵悲悲切切哭女儿的哀声，在这静寂的黑夜之中凄怨地流动。他心中激起了无限的悔恨和惭愧，他的眼泪也滚滚地落下来了。

　　是非难逃公论，祖同和石福华究竟是绳之以法入狱了。玉明虽然是上了他们的当，但到底还是一个有智慧的姑娘，她留下了这一封遗书，到底是击破了石福华像豺狼一般狡猾的阴谋。福华可说是做了一场春梦，他空有了这两张笔据。结果，何姓的家产，还是仍旧落在健生的手里。不过何太太的心中，多少受了一个创伤。同时笑莺姑娘，也永远地沉沦在这罪恶的环境里了。正是：

世事浮云多变幻，镜花水月梦一场！

附　　录

从鸳鸯蝴蝶派谈到冯玉奇小说

裴效维

《民国通俗小说典藏文库·冯玉奇卷》将收录冯玉奇的百余种小说作品，此举极其不易。现在，我愿以这篇文章给出版者呐喊助威。尽管我人微言轻，但我毕竟是一个中国文学的研究者，为鸳鸯蝴蝶派说些公道话是我的责任。

冯玉奇是一位鸳鸯蝴蝶派作家，因此我们要想了解冯玉奇，必须首先厘清有关鸳鸯蝴蝶派的一些问题。

一、何谓鸳鸯蝴蝶派

鸳鸯蝴蝶派作家平襟亚在《关于鸳鸯蝴蝶派》（署名宁远）一文中对鸳鸯蝴蝶派的来历说得很清楚：

> 鸳鸯蝴蝶派的名称是由群众起出来的，因为那些作品中常写爱情故事，离不开"卅六鸳鸯同命鸟，一双蝴蝶可怜虫"的范围，因而公赠了这个佳名。
>
> ——载香港《大公报》1960 年 7 月 20 日

可见鸳鸯蝴蝶派并不是一个有组织有宗旨的小说流派，而是因为当时流行的言情小说多写一对对恋人或夫妻如同鸳鸯蝴蝶般相亲相爱，形影不离，因而民间用鸳鸯蝴蝶小说来比喻这种言情小说，那么这种言情小说的作家群当然也就是鸳鸯蝴蝶派了。这种说法应该是可信的，因为民间常用鸳鸯和蝴蝶来比喻恋人或夫妻，很多民间文学作品中不乏其例。这一比喻非常形象生动，但并无褒贬之意，因此不胫而走。

传到新文学家那里，便加以利用，并赋予贬义，作为贬低对手的武器。但新文学家对鸳鸯蝴蝶派的界定并不一致，大致有两种看法。

一种看法认同民间的比喻说法，即将鸳鸯蝴蝶派小说局限为通俗小说中的言情小说，将鸳鸯蝴蝶派局限为言情小说作家群。鲁迅是这种看法的代表，他在 1922 年所写的《所谓"国学"》一文中说："洋场上的文豪又作了几篇鸳鸯蝴蝶派体小说出版"，其内容无非是"'卿卿我我''蝴蝶鸳鸯'"（载《晨报副刊》1922 年 10 月 4 日）。又于 1931 年 8 月 12 日在社会科学研究会做了《上海文艺之一瞥》的长篇演讲，其中对鸳鸯蝴蝶派小说更做了形象而精辟的概括：

> 这时新的才子＋佳人小说便又流行起来，但佳人已是良家女子了，和才子相悦相恋，分拆不开，柳阴花下，像一对蝴蝶、一双鸳鸯一样。

——连载于《文艺新闻》第 20、21 期

此外，周作人、钱玄同也持这种看法。周作人于 1918 年 4 月 19 日在北京大学文科研究所小说研究会做《日本近三十年小说之发达》的演讲中，就说现代中国小说"还有《玉梨魂》派的鸳鸯蝴蝶体"（载《新青年》第 5 卷第 1 号）。次年 2 月，周作人又发表《中国小说里的男女问题》（署名仲密）一文，认为"近时流行的《玉梨魂》，虽文章很是肉麻，（却）为鸳鸯蝴蝶派小说的鼻祖"（载《每

周评论》第 5 卷第 7 号）。与周作人差不多同时，钱玄同在 1919 年 1 月 9 日所写的《"黑幕"书》一文中也说："人人皆知'黑幕'书为一种不正当之书籍，其实与'黑幕'同类之书籍正复不少，如《艳情尺牍》《香闺韵语》及'鸳鸯蝴蝶派小说'等等皆是。"（载《新青年》第 6 卷第 1 号）这种看法后来被人称之为"狭义的鸳鸯蝴蝶派"看法。

另一种看法却将鸳鸯蝴蝶派无限扩大，认为民国年间新文学派之外的所有通俗小说作家都是鸳鸯蝴蝶派，他们的所有通俗小说都是鸳鸯蝴蝶派小说。这种看法的代表人物是瞿秋白和茅盾。瞿秋白从小说的内容方面来扩大鸳鸯蝴蝶派小说的范围，他在《财神还是反财神》一文中说，"什么武侠，什么神怪，什么侦探，什么言情，什么历史，什么家庭"小说，都是鸳鸯蝴蝶派小说（见人民文学出版社 1953 年 10 月版《瞿秋白文集》）。茅盾则从小说的形式方面来扩大鸳鸯蝴蝶派小说的范围，他在《自然主义与中国现代小说》一文中认定鸳鸯蝴蝶派小说包括"旧式章回体的长篇小说""不分章回的旧式小说""中西合璧的旧式小说""文言白话都有"的短篇小说（载 1922 年 7 月《小说月报》第 13 卷第 7 号）。这种看法后来被人称之为"广义的鸳鸯蝴蝶派"看法，而且逐渐成为主流看法，以致后来的文学研究者都接受了这种看法。

新文学家不仅在鸳鸯蝴蝶派的界定问题上分成了两派，而且在鸳鸯蝴蝶派的名称上也花样百出。如罗家伦因为徐枕亚等人好用四六句的文言写小说，便称其为"滥调四六派"（见署名志希的《今日中国之小说界》，载 1919 年《新潮》第 1 卷第 1 号），但无人响应。郑振铎因为《礼拜六》杂志为鸳鸯蝴蝶派的主要刊物之一，便称其为"礼拜六派"（见署名西谛的《新文学观的建设》一文，载 1922 年 5 月 21 日《文学旬刊》第 38 号）。这一说法得到了周作人、茅盾、瞿秋白、朱自清、阿英、冯至、楼适夷等人的响应，纷纷采用，以致使用频率越来越高，知名度越来越大，终于成为鸳鸯蝴蝶派的别称了。于是"鸳鸯蝴蝶派"和"礼拜六派"两个名称便被新文学家所滥用。如郑振铎在《新文学观的建设》一文中称"礼拜六派",而在《〈文学论争集〉导言》一文中却称"鸳鸯蝴蝶派"(见上海良友图书公司 1935 年 10 月出版的《新文学大系·文学论争集》卷首)。还有人在同一篇文章里既称鸳鸯蝴蝶派,又称礼拜六派。如阿英在 1932 年所写的《上海事变与鸳鸯蝴蝶派文艺》一文中说:张恨水的所谓"国难小说",与"礼拜六派的作品一样,是鸳鸯蝴蝶派的一体","充分地说明了鸳鸯蝴蝶派的作家的本色而已"(见上海合众书店 1933 年 6 月出版的《现代中国文学论》)。

茅盾在 20 世纪 70 年代觉得统称鸳鸯蝴蝶派或礼拜六派都不合适,于是提出了一个折中的看法,他在《紧张而复杂的生活、学习与斗争(上)——回忆录(四)》中说:

> 我以为在"五四"以前,"鸳鸯蝴蝶派"这名称对这一派人是适用的。……但在"五四"以后,这一派中有不少人也来"赶潮流"了,他们不再老是某生某女,而居然写家庭冲突,甚至写劳动人民的悲惨生活了,因此,如果用他们那一派最老的刊物《礼拜六》来称呼他们,较为合式。

> ——载 1979 年 8 月《新文学史料》第 4 辑

事实是该派在"五四"前后没有根本变化,都是既写言情小说,又写其他小说,将其人为地腰斩为两段,既显得武断,又无法掩盖当时的混乱看法。

这些混乱的看法导致后来的文学研究者无所适从:或沿用"鸳鸯蝴蝶派"的说法(如北大本《中国文学史》和《中国小说史稿》、复旦本《中国文学史》和《中国近代文学史稿》等);或沿用"礼拜六派"的说法（如山东师院本《中国现代文学史》等）；或干脆别出心裁地称之为"鸳鸯蝴蝶—礼拜六派"（见汤哲声《鸳鸯蝴蝶—礼拜六小说观念的价值取向及其评价》，载《苏州大学学报》1992年第2期）。这可真算是中国小说史上的一出有趣的滑稽戏了。

二、如何评价鸳鸯蝴蝶派

鸳鸯蝴蝶派的开山作品是1900年陈蝶仙的言情小说《泪珠缘》，因此鸳鸯蝴蝶派应该是指言情小说派，这也就是后来的所谓"狭义的鸳鸯蝴蝶派"，但被新文学家扩大为"广义的鸳鸯蝴蝶派"，实际上也就是民国通俗小说派。

鸳鸯蝴蝶派与同时期的"南社"不同，既没有组织，也没有纲领，而是一个在思想倾向和艺术风格上大体相同或相近的小说流派，连"鸳鸯蝴蝶派"这一招牌也是别人强加给它的。然而客观地说，鸳鸯蝴蝶派确实是一个产生过巨大影响的小说流派。在"五四"以前的近二十年间，它几乎独占了中国文坛；在"五四"以后的三十年间，虽然产生了新文学，但新文学只是表面上风光，而鸳鸯蝴蝶派却一派兴旺发达景象。我对"广义的鸳鸯蝴蝶派"做过不完全的统计：该派作家达数百人，较著名者有一百余人，所办刊物、小报和大报副刊仅在上海就有三百四十种，所著中长篇小说两千多种，至于短篇小说、笔记等更难以计数。在此前的中国文学史上，还没有哪个文学流派有过如此宏大的规模，产生过如此巨大的影响。

鸳鸯蝴蝶派由于规模宏大，又处在历史的一个巨变时期，其成员的确鱼龙混杂，其作品也良莠不齐，但总体来说，它形象地记录了中国二十世纪前五十年的历史，为中国读者提供了丰富的精神食粮，对中国小说的传承起过积极作用，因此应该给予充分的肯定。

鸳鸯蝴蝶派小说已经不是中国传统通俗小说的复制，而是一种改良的通俗小说。在形式方面，它既采用章回体，也采用非章回体，甚至采用了西洋小说的日记体、书信体等，至于侦探小说则更是完全模仿自西洋小说。在艺术手法方面，受西洋小说的影响非常明显，如增加了人物形象和景物描写，结构与叙事方式也趋于多样化，单线和复线结构并用，第三人称和第一人称叙述法兼施，还采用了倒叙法和补叙法。在内容方面，鸳鸯蝴蝶派小说已经扩大了描写范围，反映了当时社会生活的各个方面，甚至已经紧跟时事，及时反映当前的社会现实，被称为"时事小说"。如李涵秋的《广陵潮》描写辛亥革命，而他的《战地莺花录》则描写五四运动，这种及时反映当时发生的重大政治事件的小说，与多写历史故事的古代小说完全不同，显然是一大进步。鸳鸯蝴蝶派的言情小说，也不同于古代的才子佳人小说，而是一种新才子佳人小说。古代的才子佳人小说因面对森严的封建礼教，只能写才子与佳人偶尔一见钟情，以眉目传情或诗书传情的方式进行交流，最后皆是有情人终成眷属的大团圆结局。而这种大团圆结局完全是人为的：或出于巧合，或由于才子金榜题名，皇帝御赐完婚，这就完全回避了封建包办婚姻的问题。而民国年间的封建礼教已经在一定程度上松绑，尤其像上海、北京等大城市得风气之先，恋爱自由和婚姻自主思想已经渐入人心。因此有些鸳鸯蝴蝶派的言情小说也突破了古代才子佳人小说的窠臼，才子佳人已经敢于"相悦相恋，分拆不开，柳阴花下，像一对蝴蝶、一双鸳鸯一样"。其结局也不再全是有情人终成眷属的大团圆，而是"有时因为严亲，或者因为薄命，也竟至于偶见悲剧的结局……这实在不能不说是一个大进步"（鲁迅《上海文艺之一瞥》，连载于1931年7月27日、8月3日《文艺新闻》第20、21期）。言情小说由大团圆结局到悲剧结局的确是一个大进步，因为前者是回避封建包办婚姻礼制，而后者是控诉封建包办婚姻礼制。而这一进步的开创者是曹雪芹和高鹗，他们在《红楼梦》里所写的婚姻差不多都是悲剧。因此胡适称赞《红楼梦》不仅把一个个人物"都写作悲剧的下场"，而且最后"作一个大悲剧的结束，打破了中国小说的团圆迷信"

（《〈红楼梦〉考证》，见1923年亚东图书馆版《胡适文存》）。可见鸳鸯蝴蝶派的言情小说在一定程度上继承了《红楼梦》开创的爱情婚姻悲剧模式，因而具有相当的反封建意义。我们可以徐枕亚的《玉梨魂》为例加以说明，因为该小说被新文学家指为鸳鸯蝴蝶派的代表性作品。

《玉梨魂》的故事很简单——清末宣统年间，小学教员何梦霞与年轻寡妇白梨影相爱，但两人均认为他们的这种行为是不道德的。为了得到感情的解脱，白梨影想出个"移花接木"的办法，即撮合何梦霞与自己的小姑崔筠倩订了婚。然而何梦霞既不能移情丁崔筠倩，白梨影也无法忘情于何梦霞，结果造成了一连串的悲剧——白梨影在爱情与道德的激烈冲突下郁郁而死；崔筠倩因得不到何梦霞之爱而离开了人世；白梨影的公公因感伤女儿、儿媳之死而一病身亡；白梨影的十岁儿子鹏郎成了孤儿。何梦霞为排遣苦闷，先赴日本留学，继又回国参加了辛亥武昌起义（即辛亥革命），壮烈牺牲。

《玉梨魂》不仅描写了一个爱情婚姻悲剧，而且不同于一般的爱情婚姻悲剧。一般的爱情婚姻悲剧都是由封建势力造成的，即由包办婚姻造成的；而《玉梨魂》所写的爱情婚姻悲剧，其原因却是何梦霞和白梨影自身的封建道德。他们既渴望获得恋爱自由和婚姻自主的权利，又不能摆脱封建道德和封建礼教的束缚，两者激烈冲突，造成三死一孤的惨剧。从而揭露了封建道德和封建礼教的影响力是多么巨大，它已深入人们的骨髓，使其不能自拔。因此，它的反封建意义比一般的爱情婚姻悲剧更为深刻。

其实，新文学阵营也不是铁板一块，虽然大多数新文学家对鸳鸯蝴蝶派全盘否定，但也有少数新文学家态度比较客观，他们对鸳鸯蝴蝶派也给予一定的肯定。鲁迅是其中最突出的一位，他不仅认为某些鸳鸯蝴蝶派的悲剧言情小说是"一大进步"，而且不同意某些新文学家对鸳鸯蝴蝶派消极影响的夸大其词。他说：

至于说他流毒中国的青年，那似乎是过虑。倘有人能为这类小说所害，则即使没有这类东西也还是废物，无从挽救的。与社会，尤其不相干，气类相同的鼓词和唱本，国内非常多，品格也相像，所以这些作品也再不能"火上添油"，使中国人堕落得更厉害了。

——《关于〈小说世界〉》，载《晨报副刊》
1923 年 1 月 15 日

这种客观的观点与前述周作人无限夸大鸳鸯蝴蝶派作品能使国民生活陷入"完全动物的状态"乃至"非动物的状态"的观点形成了鲜明对比。当抗日战争爆发后，鲁迅更提倡文学界的抗日统一战线，主张团结鸳鸯蝴蝶派一起抗日。他说：

我以为文艺家在抗日问题上的联合是无条件的，只要他不是汉奸，愿意或赞成抗日，则不论叫哥哥妹妹，之乎者也，或鸳鸯蝴蝶都无妨。但在文学问题上我们仍可以互相批判。

——《答徐懋庸并关于抗日统一战线问题》，
载《作家》月刊第 1 卷第 5 期

鲁迅不仅提倡团结鸳鸯蝴蝶派一起抗日，而且主张新文学派与鸳鸯蝴蝶派在文学问题上"互相批判"，这种平等对待鸳鸯蝴蝶派的度量，也与那些视鸳鸯蝴蝶派如寇仇，必欲置诸死地而后快的新文学家形成了鲜明对比。

对鸳鸯蝴蝶派给予肯定的不只鲁迅，还有朱自清和茅盾。朱自清认为供人娱乐是中国传统小说的特点，因此不赞成将"消遣"作为罪状来批判鸳鸯蝴蝶派小说。他说：

在中国文学的传统里，小说……更是小道中的小道，就因为是消遣的，不严肃。不严肃也就是不正经，小说通常称为"闲书"，不是正经书。……鸳鸯蝴蝶派的小说意在供人们茶余酒后的消遣，倒是中国小说的正宗。

——《论严肃》，载《中国作家》创刊号

茅盾也承认鸳鸯蝴蝶派小说也"写家庭冲突，甚至写劳动人民的悲惨生活"。他还从艺术性方面对鸳鸯蝴蝶派小说给予一定肯定。他认为鸳鸯蝴蝶派的有些长篇小说"采用西洋小说的布局法"，如倒叙法、补叙法，以及人物出场免去套语、故事叙述"戛然收住"等等，这一切是对"旧章回体小说布局法的革命"。还认为鸳鸯蝴蝶派的有些短篇小说学习了西洋短篇小说"截取一段人生来描写，而人生的全体因之以见"的方法："叙述一段人事，可以无头无尾；出场一个人物，可以不细叙家世；书中人物可以只有一人；书中情节可以简至只是一段回忆。……能够学到这一层的，比起一头死钻在旧章回体小说的圈子里的人，自然要高出几倍。"（《自然主义与中国现代小说》，载 1922 年 7 月 10 日《小说月报》第 13 卷第 7 号）

鲁迅、朱自清、茅盾毕竟属于新文学派，因此他们对鸳鸯蝴蝶派的肯定是有限的。我们应该摆脱成见与束缚，从中国文学史的角度，对鸳鸯蝴蝶派做出客观公正的评价。

三、如何看待冯玉奇的小说

我们澄清了以上有关鸳鸯蝴蝶派的三个问题，等于为介绍冯玉奇的小说提供了一个坐标，也等于为读者提供了一把参照标尺。读者用这把标尺，就可自行评判冯玉奇的小说了。

冯玉奇于 1918 年左右生于浙江慈溪，笔名左明生、海上先觉楼、先觉楼，曾署名慈水冯玉奇、四明冯玉奇、海上冯玉奇。据说他毕业于浙江大学（一说复旦大学）。1937 年九一八事变后寄居上海，感山河破碎，国事蜩螗，开始写作小说以抒怀。其处女作为《解语花》，由上海春明书店出版。出版后旋即由东方书场改编为同名话剧，演出后轰动一时。那时他才十九岁。由此一发而不可收，至 1949 年 7 月《花落谁家》出版，在短短十来年时间里，他创作的小说竟达一百九十多种，平均每年近二十种，总篇幅应该不少于三千万字，只能用"神速"来形容。这时他只有三十一岁。近现代文学史料专家魏绍昌先生（已去世）所编《鸳鸯蝴蝶派研究资料（史料部分）》（上海文艺出版社 1962 年 10 月出版）开列的《冯玉奇作品》目录只有一百七十二种，也有遗珠之憾。不过我们从这一目录中仍可确定冯玉奇是一位以写言情小说为主的通俗小说作家，因为在一百七十二种小说中，言情小说占有一百二十二种，其他小说只有五十种：社会小说三十四种、武侠小说十四种、侦探小说两种。

冯玉奇不仅是一位写作神速且极为多产的通俗小说作家，还是一位热心的剧作家和剧务工作者。早在他二十六岁（1944 年）时，就担任了越剧名伶袁雪芬的雪声剧团的剧务，并为之创作了《雁南归》《红粉金戈》《太平天国》《有情人》《孝女复仇》五大剧本，演出效果全都甚佳。在他二十七到二十八岁（1945～1946）时，又与他人合作，前后为全香剧团和天红剧团编导了《小妹妹》《遗产恨》《飘零泪》《义薄云天》《流亡曲》等二十多个剧本，演出效果同样甚佳。可见冯玉奇至少写过十几个剧本。

冯玉奇一生所写的小说和剧本总计不下两百五十种，总篇幅可能达到四千万字以上，是名副其实的"著作等身"，是当之无愧的中国最多产的作家，号称多产的同派小说家张恨水也难望其项背。当时的文学作品已是一种特殊商品，冯玉奇的小说如此畅销，其剧本演出又如此轰动，这足可以证明其受人欢迎，这就是读者和观众对冯玉奇的评价，它比专家的评价更为准确，也更为重要。遗憾的是，我们无法看到他的剧作和三十岁以后的作品，也不知其晚景如何，卒于何年。

从冯玉奇的生活年代和创作时段来看，他显然是鸳鸯蝴蝶派的后起之秀，所以尽管他作品如此之多，影响如此之大，而同派的老前辈却很少提到他，这也是"文人相轻"的表现之一。

按说要介绍冯玉奇的小说，应该将其全部小说阅读一遍，但我没有这么多时间，也没有这么大精力，因而只向中国文史出版社借阅了《舞宫春艳》《小红楼》《百合花开》三种，全都是言情小说。因此我只能以这三种言情小说为例加以介绍，这可能会犯以偏概全的错误，因此只能供读者参考。

《舞宫春艳》写了两个纠缠在一起的爱情婚姻悲剧故事：苏州富家子秦可玉自幼与邻居豆腐坊之女李慧娟相恋，由于门第悬殊，秦可玉被其父禁锢，二人难圆成婚之梦。不幸李慧娟生下了一个私生女鹃儿，只好遗弃，自己则郁郁而死。鹃儿被无赖李三子收养，长大后卖到上海做伴舞女郎，改名卷耳。中学生唐小棣先是爱上了姑夫秦可玉家的婢女叶小红，不料叶小红失踪，于是移情于卷耳，但无钱为卷耳赎身，两人感到婚姻无望，于是双双吞鸦片自尽。

《小红楼》的故事紧接《舞宫春艳》：曾经被唐小棣爱过的叶小红的失踪，原来也是被无赖李三子拐卖为伴舞女郎，小棣、卷耳自杀后，小红才被救了回来，并被秦可玉认为义女。经苏雨田介绍，与辛石秋相识相恋而订婚。同时石秋的姨表妹巢爱吾也爱石秋，但石秋既与小红订婚在先，便毅然与小红结婚。爱吾为了摆脱难堪的地位，离家出走，下落不明。石秋奉父命赴北平探望二哥雁秋，在火车站被人诬陷私带军火，被军人押到司令部。可巧爱吾此时已成为张司令的干女儿兼秘书，便设法救了石秋一命。但张司令强迫石秋与爱吾结婚，二人既不敢违命，又固守道德，便以假夫妻应付。

后来石秋回到家里，终于与小红团聚。

《百合花开》写了两个紧密相关的爱情婚姻故事：二十岁的寡妇花如兰同时被四十二岁的教育家盖季常和十八岁的革命青年盖雨龙叔侄俩所爱，而盖季常的十六岁侄女盖云仙又同时被三十六岁的银行家杨如仁和十九岁的革命青年杨梦花父子俩所爱。经过许多曲折后，终于两位长辈让步，盖雨龙与花如兰、杨梦花与盖云仙同场结婚。

由以上简单介绍可知，冯玉奇的这三种小说共写了五个爱情婚姻故事，其中两个是悲剧结局，三个是有情人终成眷属。这正如鲁迅所说："有时因为严亲，或者因为薄命，也竟至于偶见悲剧的结局……这实在不能不说是一个大进步。"其次，这三种小说的五个爱情婚姻故事，倒有四个是三角爱情婚姻故事，但它们的情况并不雷同。唐小棣、叶小红、卷耳的三角恋是一男爱二女，辛石秋、叶小红、巢爱吾的三角恋是两女爱一男，而盖季常、盖雨龙、花如兰和杨如仁、杨梦花、盖云仙的三角恋更为异想天开，竟然都是两辈嫡亲男人（叔侄、父子）同爱一个女子。可见冯玉奇极有编故事的才能，从而使作品更具吸引力和娱乐性。又次，这三种言情小说的描写极为干净，没有任何色情描写。除了秦可玉与李慧娟有私生女外，其他人都非礼勿言，非礼勿行。如辛石秋与叶小红因婚礼当天石秋之母去世，为了守孝，新婚夫妻在百日之内没有圆房。而辛石秋与姨表妹巢爱吾为了对得起叶小红，虽被张司令强迫成亲，却只做了几天假夫妻。

从表现形式和艺术手法来看，我觉得冯玉奇的小说与当时新文学的新小说都受了西洋小说的影响，基本相同。譬如：两者都突破了传统小说书名的套路，不拘一格，尤其采用了一字书名和二字书名，如冯玉奇有《罪》《孽》《恨》《血》和《歧途》《逃婚》《情奔》等；而巴金有《家》《春》《秋》，茅盾有《幻灭》《动摇》《追求》。两者的对话方式也突破了传统小说的套路，灵活自如：对话既可置于说话者之后，也可置于说话者之前，还可将说话者夹在两句或两段话之间。至于小说的结构法、叙述法与描写法，更是差不多的。譬如人物描写不再是"沉鱼落雁""闭月羞花""倾国倾城"之类的千人一面，景物描写也不再是"落红满地""绿柳成荫""玉兔东升"之类的千篇一律，而加以具体描绘。这里随便举一个例子：

> 小红坐在窗旁，手托香腮，望着窗外院子里放有一缸残荷，风吹枯叶，瑟瑟作响。墙角旁几株梧桐，巍然而立。下面花坞上满种着秋海棠，正在发花，绿叶红筋，临风生姿，可惜艳而无香，但点缀秋色，也颇令人爱而忘倦。

这是《小红楼》对莲花庵一角的景物描绘，虽然算不上十分精彩，但作者通过小红的眼睛描绘了院中的三样东西——风吹作响的"枯荷"、巍然挺立的"梧桐"、正在开花的"海棠"，从而衬托出莲花庵幽静的环境，曲折地表明了时在秋季。频繁使用巧合手法是冯玉奇小说的显著特点，可以说把所谓"无巧不成书"用到了极致。巧合手法有助于编织故事，缩短篇幅，增加作品的吸引力等，但使用过多则时有破绽，有损于作品的真实性。冯玉奇的某些小说也采用了章回体，但只是标题用"第×回"和对偶句，"却说""且听下回分解"之类的套语已不再经常出现，因此并非章回体的完全照搬。况且章回体并非劣等小说的标志，它在我国小说史上发挥过巨大作用，产生过杰出的四大古典小说。因此用章回体来贬低冯玉奇的小说，也是毫无道理的。

冯玉奇的小说也有明显的缺点。它们与其他鸳鸯蝴蝶派小说一样，主要注重小说的娱乐性，而忽视小说的社会性和艺术性，因此没有产生杰出的作品。他是南方人而小说采用北方话，加之写作速度太快，无暇深思熟虑，导致语言不够流畅，用词不够准确，还有许多错别字和语病。还有使用"巧合"法太多，有时破绽明显，这里不再举例。

　　总而言之，冯玉奇既不是"黄色"和"反动"小说家，也不是杰出小说家，而是一位勤奋多产、有益无害的通俗小说家，他应在中国小说史尤其是中国现代小说中占有一席之地。

　　　　　　　　　　　　　　　　2017 年 6 月 4 日于北京蜗居

图书在版编目（CIP）数据

黄金祸·镜花月／冯玉奇著. — 北京：中国文史
出版社，2018.3

（民国通俗小说典藏文库·冯玉奇卷）

ISBN 978 - 7 - 5205 - 0038 - 8

Ⅰ. ①黄… Ⅱ. ①冯… Ⅲ. ①长篇小说 – 中国 – 现代
Ⅳ. ①I246.5

中国版本图书馆 CIP 数据核字（2018）第 009892 号

点　　校：张俊儒　清寒树
责任编辑：蔡晓欧

出版发行：**中国文史出版社**

网　　址：http://www.chinawenshi.net

社　　址：北京市西城区太平桥大街 23 号　邮编：100811

电　　话：010 - 66173572　66168268　66192736（发行部）

传　　真：010 - 66192703

印　　装：廊坊市海涛印刷有限公司

经　　销：全国新华书店

开　　本：720 × 1020　1/16

印　　张：15.75　　字数：198 千字

版　　次：2018 年 5 月第 1 版

印　　次：2018 年 5 月第 1 次印刷

定　　价：48.00 元